Nada para ver aqui

Kevin Wilson

Nada para ver aqui

Tradução
Natalia Borges Polesso

Rio de Janeiro, 2022

Copyright © 2019 by Kevin Wilson. Todos os direitos reservados.
Copyright da tradução © 2021 by Casa dos Livros Editora LTDA.
Título original: *Nothing to See Here*

Todos os direitos desta publicação são reservados à Casa dos Livros Editora LTDA.

Nenhuma parte desta obra pode ser apropriada e estocada em sistema de banco de dados ou processo similar, em qualquer forma ou meio, seja eletrônico, de fotocópia, gravação etc., sem a permissão do detentor do copyright.

Diretora editorial: *Raquel Cozer*
Gerente editorial: *Alice Mello*
Editora: *Lara Berruezo*
Assistência editorial: *Anna Clara Gonçalves e Camila Carneiro*
Copidesque: *Laura Folgueira*
Preparação de original: *Isabella Pacheco*
Revisão: *Isabela Sampaio e Vanessa Sawada*
Design de capa: *Allison Saltzman*
Adaptação de capa: *Guilherme Peres*
Ilustração de capa: © *Christian Northeast*
Diagramação: *Abreu's System*

Dados Internacionais de Catalogação na Publicação (CIP)
(Câmara Brasileira do Livro, SP, Brasil)

Wilson, Kevin
  Nada para ver aqui / Kevin Wilson ; tradução Natalia Borges Polesso. – Rio de Janeiro : HarperCollins Brasil, 2022.

  Título original: Nothing to see here
  ISBN 978-65-5511-288-7

  1. Ficção norte-americana I. Título.

22-98353   CDD-813

Índices para catálogo sistemático:
1. Ficção : Literatura norte-americana   813
Maria Alice Ferreira – Bibliotecária – CRB-8/7964

Os pontos de vista desta obra são de responsabilidade de seu autor, não refletindo necessariamente a posição da HarperCollins Brasil, da HarperCollins Publishers ou de sua equipe editorial.

HarperCollins Brasil é uma marca licenciada à Casa dos Livros Editora LTDA.
Todos os direitos reservados à Casa dos Livros Editora LTDA.
Rua da Quitanda, 86, sala 218 – Centro
Rio de Janeiro, RJ – CEP 20091-005
Tel.: (21) 3175-1030
www.harpercollins.com.br

Para Ann Patchett e Julie Barer.

Um

NO FINAL DA PRIMAVERA DE 1995, POUCAS SEMANAS DEPOIS que fiz vinte e oito anos, recebi uma carta da minha amiga Madison Roberts. Eu ainda pensava nela como Madison Billings. Ouvia notícias de Madison quatro ou cinco vezes ao ano, atualizações sobre a vida dela que eram tão distantes para mim quanto as novidades sobre a Lua, uma existência do tipo que só se vê em revistas. Ela era casada com um homem mais velho, um senador, e tinha um menininho que vestia com roupas náuticas, que parecia um ursinho de pelúcia caro transformado em humano. Eu estava trabalhando como caixa em dois mercados concorrentes e fumando maconha no sótão da casa da minha mãe, porque, assim que eu fiz dezoito anos, ela transformou meu quarto de infância em uma sala de ginástica, uma esteira enorme preenchendo o espaço onde eu tinha crescido infeliz. Eu esporadicamente namorava pessoas que não me mereciam mas pensavam que mereciam. Dá para imaginar como as cartas da Madison eram cem vezes mais interessantes do que as minhas, mas nós mantínhamos contato.

Aquela carta tinha quebrado o espaçamento natural das correspondências, preciso e esperado. Mas aquilo não me causou desconfiança. Madison e eu só nos comunicávamos por escrito. Eu nem tinha o telefone dela.

Eu estava no intervalo do trabalho, no Save-A-Lot, na primeira chance que tive de ler a carta e, ao abri-la, descobri que Madison queria que eu fosse para Franklin, Tennessee, onde morava na propriedade do marido, porque ela tinha uma oportunidade de trabalho interessante para mim. Ela incluiu uma nota de cinquenta dólares para a passagem de ônibus, porque sabia que o meu carro não era muito bom para distâncias de mais de vinte e cinco quilômetros. Ela não disse qual era o trabalho, embora não pudesse ser pior do que lidar com cupons de desconto para alimentação e fazer a porra da balança pesar direito maçãs amassadas. Usei os últimos cinco minutos do meu intervalo para perguntar a Derek, meu chefe, se eu poderia ter uns dias de folga. Eu sabia que ele ia dizer não, e não me ressenti com a negativa dele. Eu nunca tinha sido uma funcionária responsável. Essa é a dificuldade de se ter dois trabalhos: você tem que decepcioná-los em momentos diferentes e, às vezes, perde a conta de em qual cagou mais. Pensei sobre Madison, talvez a mulher mais bonita que eu tenha conhecido na vida, e além disso absurdamente inteligente, sempre considerando as melhores chances de cada cenário. Se ela tivesse um trabalho para mim, eu aceitaria. Sairia do sótão da minha mãe. Esvaziaria a minha vida, porque eu era honesta o bastante para saber que não tinha muito a perder quando tudo desaparecesse.

UMA SEMANA DEPOIS DE ESCREVER DE VOLTA A MADISON COM a data em que eu chegaria, um homem de camisa polo e óculos de sol estava me esperando na rodoviária de Nashville. Ele parecia um homem que gostava muito de relógios.

— Lillian Breaker? — perguntou ele, e eu assenti.

— A sra. Roberts me pediu para acompanhá-la até a residência dos Roberts. Meu nome é Carl.

— Você é o motorista deles? — perguntei, curiosa com as particularidades de ter dinheiro. Eu sabia que pessoas ricas na TV tinham motoristas, mas parecia um absurdo hollywoodiano sem conexão com o mundo real.

— Não, não exatamente. Sou só um tipo de faz-tudo. Eu ajudo o senador Roberts, e a sra. Roberts por conseguinte, quando tem algo a fazer.

— Você sabe o que eu estou fazendo aqui? — perguntei. Eu sabia como policiais soavam, e Carl parecia um policial. Eu não ficava lá muito empolgada com a polícia, então, estava sacando ele.

— Eu acredito que sim, mas vou deixar a sra. Roberts conversar com você. Acho que ela preferiria assim.

— Que tipo de carro você dirige? — perguntei a ele. — É seu?

Eu tinha ficado num ônibus por duas horas com pessoas que se comunicavam somente com tosses secas e fungadas esquisitas. Eu só queria ouvir minha própria voz no ar.

— Um Mazda Miata. É meu. Está pronta para ir, senhora? Posso pegar a sua bagagem? — perguntou Carl, claramente pronto para completar com sucesso essa parte de sua função. Ele tinha um trejeito de policial quando tentava esconder a impaciência com uma firme formalidade.

— Eu não trouxe nada — respondi.

— Excelente. Queira me seguir, eu a levarei à sra. Roberts agora.

Quando chegamos ao Miata, um carro vermelho da moda que parecia pequeno demais para estar na estrada, perguntei se poderíamos andar com a capota aberta, mas ele disse que não era uma boa ideia. Pareceu-lhe difícil recusar. Mas também pareceu difícil para ele ser solicitado. Eu não consegui entender Carl, então, me acomodei no carro e deixei que todas as coisas passassem por mim.

— A sra. Roberts diz que você é a amiga mais antiga dela — disse Carl, puxando conversa.

— Acho que sim — falei —, nós nos conhecemos faz algum tempo.

Eu não disse que Madison provavelmente não tinha sequer outro amigo de verdade. Eu não a culpava. Eu também não tinha. O que eu tampouco disse foi que não estava bem certa de que éramos mesmo amigas. O que éramos era algo mais estranho. Mas Carl não queria ouvir nada daquilo, então, só fomos em silêncio o resto do caminho, o rádio tocando músicas bobas que me faziam querer escorregar para dentro de uma banheira quente e sonhar em matar todos que eu conhecia.

CONHECI MADISON NUMA ESCOLA CHIQUE PARA GAROTAS escondida em uma montanha no meio do nada. Cento e tantos anos atrás, talvez há mais tempo, todos os homens que tinham conseguido ganhar algum dinheiro numa paisagem tão inóspita decidiram que precisavam de uma escola para preparar suas filhas para a eventualidade de que se casassem com outros homens ricos, subindo na vida até que ninguém se lembrasse mais de um tempo em que teriam sido nada além de meninas exemplares. Eles trouxeram um cara britânico ao Tennessee, e ele administrava o lugar como uma escola para princesas, e logo outros homens ricos de outras paisagens inóspitas mandaram suas filhas para lá. E então, depois que isso aconteceu bastante, pessoas ricas em cidades de verdade, como Nova York e Chicago, começaram a ouvir sobre essa escola e a mandar suas próprias filhas. E se você consegue aproveitar esse tipo de sorte, ela se mantém por séculos.

Fui criada no vale daquela montanha, tão pobre que mal conseguia imaginar um jeito de sair de lá. Eu morava com a minha mãe e um rodízio do elenco de seus namorados, meu pai ou estava morto, ou simplesmente tinha vazado. Minha mãe falava dele muito vagamente, não havia sequer uma foto. Parecia que talvez algum deus grego tivesse assumido a forma de um garanhão e a emprenhado, antes de retornar à sua casa no topo do Monte Olimpo. Era mais provável que fosse só um pervertido das casas chiques que a minha mãe limpava. Talvez fosse um vereador da cidade, e eu o tivesse visto a vida toda sem saber. Mas preferia pensar que ele estava morto, que era completamente incapaz de me salvar da minha infelicidade.

A Escola Preparatória para Garotas Iron Mountain, oferecia uma ou duas bolsas integrais todo ano para garotas do vale que se mostravam promissoras. E, embora pareça difícil acreditar agora, eu era promissora pra caralho. Tinha passado a infância rangendo os dentes e mandando bem em tudo, em nome da excelência. Aprendi a ler sozinha aos três anos de idade, combinando os livros de historinhas que vinham com discos com palavras que o narrador falava pela pequena caixa de som. Quando eu tinha oito anos, minha mãe me deixou encarregada das nossas finanças, o orçamento semanal, um envelope de dinheiro que ela trazia para casa à noite. Eu só tirava nota dez. No início, era puramente pelo desejo instintivo de ser melhor, como se eu suspeitasse que era uma super-heroína e estivesse apenas testando os limites dos meus poderes. Mas, uma vez que as professoras começaram a me falar sobre a Iron Mountain e a bolsa de estudos, informação com a qual minha mãe não poderia ter se importado menos, eu redirecionei meus esforços. Não sabia que a escola era só um selo que as garotas ricas obtinham no seu caminho para o futuro predestinado. Pensava que era uma base de treinamento para amazonas. Eu fazia outros estudantes chorarem na competição de soletrar. Plagiava estudos científicos e os emburrecia apenas o suficiente para ganhar prêmios nas feiras de ciências municipais.

Memorizava poemas sobre o Harlem e os recitava toda desajeitada para os namorados da minha mãe, que pensavam que eu era um demônio esquisito que falava em línguas. Jogava de armadora no time de basquete dos garotos, porque não tinha um time para garotas. Fazia as pessoas da minha cidade, fossem elas pobres ou de classe média, especialmente de classe média-alta, se sentirem bem, como se eu fosse algo sobre o que poderiam concordar, uma representante legítima daquele pequeno município do interior. Eu não estava destinada à grandeza, sabia disso. Mas estava descobrindo como roubar grandeza de alguém estúpido o bastante para deixá-la escapar.

Consegui a bolsa, e alguns dos meus professores até arrecadaram dinheiro suficiente para me ajudar a cobrir despesas com livros e comida, já que minha mãe me disse, bem direta, que não conseguiria bancar nada daquilo. Quando chegou a hora de começar as aulas, vesti um blusão feioso, a única coisa boa que eu tinha, e minha mãe me largou com uma bolsa de lona cheia das minhas coisas, incluindo três mudas de saias pretas e camisas brancas do uniforme escolar. Os outros pais estavam lá com seus BMWs e carros tão chiques que eu não sabia nem os nomes.

— Deus, olha pra esse lugar — exclamou minha mãe, heavy metal tocando no rádio, os dedos brincando com um cigarro apagado, porque eu havia pedido a ela que não fumasse para o meu cabelo não ficar fedendo. — Lillian, eu sei que vai parecer cruel, mas isso não é lugar pra você. Não é que sejam melhores do que você. Só que vai ser duro.

— É uma boa oportunidade — disse a ela.

— Sua vida foi uma merda, eu entendo isso — falou ela, paciente como sempre fora comigo, embora o motor ainda estivesse em ponto morto. — Sua vida foi uma merda, e eu sei que você quer coisa melhor que a merda. Mas está indo da merda ao ouro, e vai ser difícil de verdade lidar com isso. Espero que você consiga.

Não fiquei brava com ela. Eu sabia que minha mãe me amava, embora não de maneiras óbvias que outras pessoas entenderiam. Ela queria que eu ficasse bem, ao menos isso. Mas eu também sabia que minha mãe não gostava de mim exatamente. Eu a incomodava. Eu reprimia o estilo dela. Mas era de boa para mim. Eu não a odiava por aquilo. Ou talvez a odiasse, mas eu era uma adolescente. Odiava todo mundo.

Ela empurrou o acendedor de cigarro do carro e, enquanto esperava acender, me beijou de leve e me deu um abraço.

— Pode voltar para casa a qualquer hora, meu bem — disse ela, mas eu imaginei que me mataria se tivesse que fazer aquilo.

Saí do carro, e ela foi embora. Enquanto eu andava até o meu dormitório, percebi que as outras garotas nem olhavam para mim e eu via que não era por maldade. Acho que nem me enxergavam, seus olhos tinham sido treinados desde o nascimento para reconhecer importância. Coisa que eu não tinha.

E, então, encontrei Madison no meu quarto, o quarto que dividiríamos. Toda a informação que eu tinha sobre ela havia sido fornecida em uma breve carta durante o verão, informando que minha colega de quarto seria Madison Billings e que ela era de Atlanta, Geórgia. Chet, um ex-namorado da minha mãe que ainda ficava lá em casa quando ela não estava namorando outra pessoa, tinha visto a carta e dito:

— Aposto que ela é dos Billings, das lojas Billings. É em Atlanta. São ricaços.

— Como você saberia, Chet? — perguntei.

Eu não ligava muito pro Chet. Ele era um pateta, o que era melhor do que as outras opções. Ele tinha uma tatuagem da Betty Boop no antebraço.

— A gente tem que se agarrar às pequenas pistas — disse ele para mim. Ele dirigia uma empilhadeira. — Informação é poder.

Madison tinha o cabelo loiro na altura do ombro e estava usando um vestido de verão amarelo com centenas de pequenos peixes-dourados laranja estampados. Até de chinelos, ela era alta como uma modelo, e eu sabia que a sola dos pés dela seriam macias pra caralho. Ela tinha um nariz perfeito, olhos azuis, sardas o suficiente para parecer saudável sem parecer que Deus a tivesse enviado com problemas de pele. O quarto todo cheirava a jasmim. Ela já tinha arrumado o espaço e escolhido a cama mais distante da porta. Quando me viu, sorriu como se fôssemos amigas.

— Você é a Lillian? — perguntou ela, e eu só pude fazer que sim com a cabeça.

Eu me senti como uma criança no programa do Bozo, com meu blusão de merda.

— Eu sou Madison. É um prazer conhecer você.

Ela estendeu a mão, suas unhas pintadas de rosa-bebê, como o nariz de um coelhinho.

— Eu sou Lillian — respondi, e apertei sua mão. Eu nunca tinha apertado a mão de alguém da minha idade.

— Me disseram que você é bolsista — ela então me informou, embora não houvesse qualquer julgamento em sua voz. Parecia que ela apenas queria deixar claro que sabia.

— Por que te disseram isso? — perguntei a ela, minha cara ficando vermelha.

— Não sei. Mas me disseram. Talvez quisessem se certificar de que eu seria educada sobre o assunto.

— Bem, tudo bem, acho — concluí. Senti como se estivesse quarenta, cinquenta passos atrás da Madison e a escola já estivesse dificultando as coisas para eu acompanhar.

— Não importa pra mim — completou ela —, eu prefiro. Garotas ricas são as piores.

— Você não é uma garota rica? — perguntei esperançosa.

— Eu sou uma garota rica — respondeu ela. — Mas não sou como a maioria das garotas ricas. Eu acho que é por isso que me puseram com você.

—Que bom, então — falei.

Eu estava suando muito.

— Por que você está aqui? — perguntou ela. — Por que quis vir pra este lugar?

— Eu não sei. É uma boa escola, certo? — falei.

Madison era direta de um jeito que eu nunca tinha visto antes, as merdas que deveriam prejudicá-la de algum modo pareciam tranquilas porque seus olhos eram muito azuis e ela não parecia estar brincando.

— Acho que sim. Mas, tipo, o que você quer tirar deste lugar? — questionou ela.

— Posso largar a minha mala? — perguntei. Toquei meu rosto, e as gotas de suor se acumulavam e começavam a pingar pelo meu pescoço.

Ela gentilmente pegou minha mala e a colocou no chão. Depois, fez um gesto mostrando a minha cama, desfeita, e eu me sentei nela. Ela se sentou ao meu lado, mais perto do que eu gostaria.

— O que você quer ser? — perguntou ela.

— Eu não sei. Jesus, não sei — respondi. Pensei que Madison fosse me beijar.

— Meus pais querem que eu tire notas espetaculares e vá para Vanderbilt, e depois me case com o chanceler de alguma universidade e tenha lindos bebês. Meu pai foi tão específico. "Nós adoraríamos se você se casasse com um chanceler de universidade." Mas eu não vou fazer isso.

— Por que não? — questionei. Se o chanceler fosse sexy, eu pularia fácil para dentro da vida que os pais da Madison imaginaram para ela.

— Eu quero ser poderosa. Quero ser uma pessoa que faz coisas grandes acontecerem, que os outros me devam tantos favores que nunca possam retribuir. Quero ser tão importante que, se um dia eu fizer merda, nunca vou ser punida.

Ela pareceu psicótica quando disse aquilo, eu queria que a gente se pegasse. Ela jogou o cabelo de um jeito que só podia ter sido instintivo, uma evolução.

— Eu sinto que posso te contar isso.

— Por quê? — perguntei.

— Porque você é pobre, certo? Mas você está aqui. Você quer poder também.

— Eu só quero ir para a faculdade, sair daqui — falei, mas senti que ela talvez estivesse certa. Eu aprenderia a querer todas aquelas coisas que ela falou. Eu poderia gostar de poder.

— Acho que seremos amigas — concluiu ela. — Eu espero, ao menos.

— Deus — falei, tentando impedir meu corpo de convulsionar —, eu também espero.

E nós nos tornamos amigas, acho que se poderia dizer. Ela tinha que maneirar na esquisitice em público porque as pessoas se assustavam quando gente bonita não agia de uma determinada maneira, isso as deixava feias. E eu tinha que maneirar na esquisitice porque as pessoas já suspeitavam que eu fosse extremamente estranha só por ser bolsista. Alguns dias depois de eu estar lá, outra bolsista, de uma cidade que fazia fronteira com a minha, veio até mim e disse, não de uma forma maldosa:

— Por favor, não fale comigo durante o tempo todo que estivermos aqui.

E eu concordei imediatamente. Melhor assim.

A questão é que tínhamos que manter a compostura em público, então era bom chegar ao nosso espaço compartilhado e recortar fotos de Bo e Luke Duke e esfregá-las por todo o nosso corpo. Era bom ouvir Madison falar sobre ser uma advogada que mandaria o homem mais malvado do mundo para a cadeira elétrica. Contei a ela que eu queria crescer e poder comer uma barra de Milky Way todo dia no café da manhã. Ela disse que era melhor que querer ser presidente dos Estados Unidos da América, o que ela meio que queria ser.

Nós também jogávamos no time de basquete, as duas únicas calouras no time principal em anos e anos. O time não era brincadeira, tinha ganhado alguns títulos estaduais. Na Iron Mountain, basquete e corrida de cross country eram muito importantes para a identidade da escola; eu suspeitava que era porque a maioria das garotas queria muito adicionar complexidade às suas candidaturas universitárias, mas havia garotas como eu que só queriam mesmo ser fodonas para as pessoas mais fracas. Eu jogava de armadora e Madison, alta pra caramba, de pivô. Nós passávamos muito tempo no ginásio, só nós duas, cruzando a quadra toda em alta velocidade, arremessando com a mão esquerda. Eu sempre havia sido boa, mas fiquei melhor com Madison no meu time. Ela me dava uma espécie de visão extrassensorial da quadra; era tão bonita que eu conseguia encontrá-la sem nem olhar. Nós éramos Magic Johnson e Kareem. Dissemos para o nosso treinador que queríamos usar tênis pretos de cano alto, mas ele não deixou.

— Meu Jesus, meninas, parece que vocês acham que são lendas das quadras de Nova York — afirmou ele. — Só não cometam faltas e não percam a bola.

Havia momentos em que Madison me largava sozinha, mas eu não levava para o lado pessoal. Acho que, se eu fosse um tipo diferente de pessoa — e eu não quero dizer rica —, poderia fazer parte, mas eu não tinha interesse. Ela e as outras garotas bonitas sentavam juntas no almoço. Às vezes, escapuliam do campus e iam para um bar perto de uma faculdade de arte experimental, onde os garotos davam em cima delas. Às vezes, compravam cocaína de algum cara muito suspeito chamado Panda. Madison aparecia no nosso quarto às três da manhã, escapando de algum modo dos responsáveis pelo dormitório que nos vigiavam, e se sentava no chão, bebendo uma garrafa enorme de água.

— Deus, eu me odeio por ser tão previsível — dizia ela.

— Parece divertido — falei, mentindo.

— Pode ser — respondeu ela, suas pupilas loucamente dilatadas. — Mas é só uma fase.

A escola era mais complicada lá do que no vale, mas as aulas não eram difíceis. Eu só tirava dez. E Madison também. Ganhei um concurso de poesia quando escrevi sobre crescer pobre; Madison tinha me dito para participar depois que mostrei a ela meu primeiro poema, que era sobre uma porra de uma tulipa.

— Usa isso no momento certo — sugeriu ela, acho que querendo dizer a minha criação ruim —, e você vai tirar muito bom proveito.

Acho que entendi. Quer dizer, cá estava eu na Iron Mountain, prosperando. Eu cheguei até aqui. Às vezes, Madison dormia na minha cama pequena, nós duas agarradas uma na outra. Eu tinha coisas boas e não era tão difícil admitir de onde eu tinha vindo antes de acabar bem aonde era o meu lugar.

E então, uma das amigas bonitas de Madison — a menos bonita das seis, se quiser ser cruel — ficou chateada com uma piada que Madison tinha feito, um momento em que a esquisitice dela tinha transbordado para além do confinamento do nosso quarto, e contou aos pais do dormitório que Madison tinha um papelote de cocaína na gaveta da escrivaninha. Um dos pais veio conferir, e lá estava. Iron Mountain era um lugar para pessoas ricas e dependia daquelas pessoas, portanto, Madison esperava, na cama comigo uma noite enquanto conversávamos sobre o assunto, que a escola pegasse leve com ela. Mas eu não era rica e sabia que, às vezes, um lugar como a Iron Mountain precisava dar o exemplo por meio de uma pessoa rica para ganhar a confiança de um bando de outras pessoas ricas. Era quase fim do ano, poucas semanas até as provas finais, e Madison e seus pais foram chamados, com um convite enviado em papel timbrado oficial, na diretoria da escola, não mais comandada por um cara britânico, mas por uma mulher sulista chamada sra. Lipton, com um corte de cabelo branco e um terninho marrom. A sra. Lipton chamava todo mundo de "filha", mas nunca se casou.

O pai de Madison veio dirigindo na noite anterior; a mãe dela não pôde vir, "de tão perplexa de decepção", o sr. Billings disse a Madison pelo telefone. Ele quis nos levar para jantar, um tipo de despedida para nós duas, embora eu achasse que aquilo parecia estranho. Ele nos buscou em um Jaguar novinho. Era mais velho do que eu esperava e parecia com o Andy Griffith, cumprimentando todo mundo com uma piscadela.

— Olá, garotas — disse ele, abrindo a porta do carro.

Madison só grunhiu e pulou para dentro, mas o sr. Billings pegou a minha mão e a beijou.

— Madison me falou muito de você, srta. Lillian — disse ele.

— Certo — respondi.

Eu ainda me sentia insegura com adultos. Achei que talvez ele quisesse dormir comigo.

Fomos de carro até uma churrascaria, onde havia uma mesa reservada para nós, embora o sr. Billings tivesse dito que era para quatro. E, então, vi a minha mãe, arrumada para o padrão dela, mas não arrumada o suficiente para aquele lugar. Ela olhou para mim com aquele tipo de olhar que diz "que porra você fez?", mas rapidamente sorriu para o sr. Billings, que se apresentou e beijou a mão dela, o que claramente fez minha mãe ficar toda empolgada.

— Um drink, senhora? — perguntou ele à minha mãe, que pediu gim-tônica. Ele pediu um bourbon, puro. Parecia que tínhamos virado uma nova família instantaneamente. Fiquei procurando na Madison alguma pista de que ela estivesse pirando de medo também, mas ela nem me olhava, apenas ficou correndo os olhos para cima e para baixo no cardápio.

— Estou feliz que vocês duas puderam se juntar a Madison e a mim nesta noite — afirmou o sr. Billings depois que pedimos. Minha mãe tinha escolhido um filé que custava vinte e cinco dólares, mas eu pedi um fettuccine de frango, que era a coisa mais barata do menu. Por mais que tente me lembrar, eu não tenho a menor ideia do que Madison e o pai dela pediram.

— Obrigada por me convidarem — respondeu minha mãe. Ela tinha vivido uma vida dura, fumava demais, mas tinha sido líder de torcida e a garota mais bonita do concurso de beleza no ensino médio. Ela ainda era bonita, eu tinha que admitir, uma beleza que não tinha passado para mim, e eu conseguia ver como ela poderia, naquele cenário, seduzir o sr. Billings por uma noite.

— Lamento que a razão do nosso encontro não seja tão feliz — disse ele, olhando para Madison, que agora olhava fixamente a toalha de mesa à frente dela. — Receio que Madison tenha se metido em confusão, porque é cabeça-dura. Eu tenho cinco filhos, mas Madison é a mais nova e ela é a que mais dá trabalho, mais do que todos juntos.

— Quatro meninos — acrescentou Madison, meio vermelha de raiva.

— De todo modo, Madison cometeu um erro e será punida por isso. Ou é o que parece que nos espera amanhã pela manhã. E é por isso que eu queria conversar com você e Lillian.

— Pai — Madison começou, mas congelou com o olhar do pai.

— Lillian fez alguma coisa errada? — indagou minha mãe. Ela já estava em seu segundo gim-tônica.

— Não, minha cara — o sr. Billings continuou. — Lillian tem sido uma jovem exemplar na Iron Mountain. Tenho certeza de que está bem orgulhosa dela.

— Estou — concordou minha mãe, mas soou como uma pergunta.

— Bem, a situação é a seguinte. Eu sou um empresário e, como tal, estou olhando para as coisas de um ângulo diferente, vendo todas as possibilidades. Veja, a minha mulher se recusou a vir, ela acha que Madison precisa aceitar seu castigo e aspirar a fazer melhor com o que lhe restar. Mas a minha mulher, embora eu a ame, não considerou integralmente as ramificações da expulsão da Madison. O efeito que isso teria no futuro dela é maior do que consigo imaginar.

— Bem, os jovens cometem erros — concluiu minha mãe. — É assim que aprendem.

O sorriso do sr. Billings fugiu por alguns breves instantes. Depois ele se recuperou.

— Correto — concordou ele. — Eles aprendem. Cometem erros e depois aprendem a nunca mais cometê-los. Mas, no caso da Madison, não vai importar se ela nunca mais cometê-los. Seu destino foi selado. Então, venho até vocês com uma oferta.

E eu entendi. Puta merda, eu entendi bem na hora. E fiquei com tanta raiva de não ter sacado horas antes. Olhei para Madison e, é claro, ela não olhava para mim. Agarrei o braço dela por baixo da mesa e apertei pra caralho, mas ela nem se mexeu.

— Qual é a oferta? — minha mãe quis saber, levemente bêbada e muito interessada.

— Eu acredito que a diretora seria mais complacente se a estudante fosse alguém que não a Madison — sugeriu ele. — Acho que se, por exemplo, fosse a sua filha, uma garota virtuosa que deu tanto de si para lidar com tantas dificuldades, a diretora ofereceria apenas uma punição branda, no máximo um semestre de suspensão.

— Por quê? — perguntou minha mãe, e eu quis dar um chute na cara dela.

Queria que ela ficasse sóbria, mas eu sabia que não faria diferença.

— É complicado, senhora — respondeu o sr. Billings. — Mas eu acredito de verdade nisso. Acredito que, se você e Lillian marcharem porta adentro da sala daquela mulher amanhã e contarem a ela que as drogas eram, na verdade, da Lillian, a punição seria bastante leniente.

— Isso é um grande talvez — retrucou minha mãe. Talvez ela não estivesse tão bêbada quanto eu pensei.

— Bem, é um risco, admito. É por isso que eu estaria disposto a reembolsá-las pelo incômodo. Inclusive, tenho um cheque nominal a você, sra. Breaker, de dez mil dólares. Acredito que isso ajudaria na continuidade da educação da Lillian. Imagino que haja o suficiente neste presente para cobrir algumas das suas próprias despesas.

— Dez mil dólares? — repetiu minha mãe.

— Correto.

— Mãe — falei, bem quando Madison disse "pai", mas os dois nos calaram. Exatamente naquele momento, Madison olhou para mim. Seus olhos eram muito azuis, mesmo na luz fraca daquela churrascaria de quinta. Era um sentimento tão estranho, odiar alguém e ainda assim amá-la ao mesmo tempo. Fiquei pensando se aquilo era normal para os adultos.

O sr. Billings e minha mãe continuaram conversando, a comida veio, e Madison e eu não comemos nem um pedacinho dos nossos pratos. Parei de ouvir as conversas. Madison segurou a minha mão debaixo da mesa e ficou apertando até o pai dela pagar a conta e nos acompanhar até a saída do restaurante, o cheque dele na bolsa da minha mãe.

Naquela noite, depois que ele nos largou no nosso dormitório e nós assinamos nosso retorno, Madison perguntou se podia dormir na minha cama comigo, mas eu disse a ela para ir tomar no cu. Escovei os dentes e então, enquanto ela estava sentada na cama lendo Shakespeare por causa de algum trabalho que tinha que escrever, já que não seria expulsa, afinal, fiz minha mala de lona. Como é que eu podia ter menos coisas do que quando cheguei? O que era a minha vida? Fui para a cama e desliguei meu abajur. Poucos minutos depois, Madison desligou o dela e nós duas ficamos lá no escuro, sem dizer nada. Não sei quanto tempo levou, mas ela finalmente veio pé ante pé para o meu lado do quarto e ficou parada na beira da cama. Ela era minha única amiga. Cheguei para o lado, e ela se enfiou na minha cama. Ela me abraçou, e eu pude sentir o peito dela pressionado contra as minhas costas.

— Desculpa — pediu ela.

— Madison — foi só o que fui capaz de dizer. Eu desejei algo, mas não consegui. Ou seria difícil conseguir quando eu tivesse outra chance.

— Você é minha melhor amiga — disse ela, mas eu não consegui responder nada. E fiquei lá deitada até cair no sono, e, quando um dos pais do dormitório bateu na nossa porta de manhã para dizer que a minha mãe estava lá fora esperando por mim, eu me dei conta de que, em algum momento da noite, Madison tinha ido para a cama dela.

A DIRETORA PARECIA SABER QUE EU ESTAVA MENTINDO, tentou diversas vezes fazer com que eu alterasse a minha história, mas minha mãe ficava se intrometendo, falando o quão difícil a minha vida tinha sido. E, então, a sra. Lipton me expulsou da escola. Minha mãe não pareceu chocada. Eu nunca nem tinha fumado um dos cigarros da minha mãe até então e fui expulsa da escola por causa de drogas. Senti que ter sido boa não tinha servido para nada.

Quando eu fui para o quarto pegar minha mala de lona, Madison não estava mais lá. Na viagem de volta ao vale, minha mãe disse que separaria dinheiro para as minhas despesas de faculdade, mas eu sabia que o dinheiro já tinha acabado. Havia evaporado no momento em que tocou as mãos dela.

Quatro meses depois, recebi uma carta da Madison falando sobre as férias dela no Maine. Ela me contou como foram péssimas as últimas semanas de aula sem mim e como queria muito que eu fosse visitá-la em Atlanta. Não houve qualquer menção sobre o que tinha acontecido comigo, sobre o que eu tinha feito por ela. Ela contou sobre um garoto que havia conhecido no Maine e quantas coisas tinha deixado que ele fizesse. Eu conseguia ouvir a voz dela na carta. Era uma voz bonita. Escrevi de volta e não mencionei a merda horrível entre nós. Viramos correspondentes.

Voltei para minha escola pública terrível, o que parecia voltar à estaca zero, depois de passar um ano no auge. Todos os professores e alunos, todos na cidade sabiam da minha expulsão, da cocaína, do fato de que eu tinha fodido a minha única chance de melhorar de vida. Inventavam pequenos acréscimos na história para fazer parecer ainda pior. E me culpavam. Estavam tão raivosos, tipo, porra, por que tinham mesmo pensado que alguém como eu conseguiria dar conta daquela experiência? E, então, desistiram de mim, pararam de conversar comigo sobre faculdade, sobre bolsas. Virei um fantasma, uma história que vivia na cidade, um conto para servir de exemplo, mas quem se assustaria? Quem ouviria?

Tudo era muito fácil e ninguém se importava, e eu perdi o interesse. Comecei a trabalhar depois do horário da escola, ajudando minha mãe a limpar casas. Comecei a passar tempo com garotos e garotas idiotas que tinham acesso a maconha e comprimidos, e ficava com eles contanto que não esperassem nada de mim. Depois, quando passaram a esperar, eu simplesmente comecei a comprar maconha eu mesma e fumar baseados na varanda atrás da minha casa sozinha, sentindo o mundo se achatar. Comecei a me importar cada vez menos com o futuro. Eu me importava mais em tornar o presente tolerável. E o tempo passou. E essa foi a minha vida.

QUANDO NOS APROXIMAMOS DA PROPRIEDADE, TUDO O QUE pude ver era uma vegetação verde e o que pareciam ser quilômetros e quilômetros de uma cerca branca. Eu não conseguia entender para que a cerca servia, pois não mantinha nada dentro ou fora. Era puramente ornamental, e aí, tipo, *dã*, eu me dei conta de que quem tem esse tanto de dinheiro pode fazer gestos puramente ornamentais. Lembrei a mim mesma de ser mais esperta. Eu era esperta. Só havia uma camada grossa de estupidez que pairava sobre mim. Mas eu ainda era selvagem quando precisava ser. Ficaria mais esperta. O que quer que Madison tivesse para me oferecer, eu aprenderia facilmente.

A porra do caminho de entrada parecia ter mais de um quilômetro e nos levava diretamente para os portões do paraíso, de tão bem-cuidado. Poderia ter terminado em uma pizzaria decrépita com grades nas janelas e ainda assim você ficaria entusiasmado.

— Quase lá — avisou Carl.

— Como fazem com a correspondência? — perguntei.

— Como assim? — questionou ele.

— Tem que andar até o fim dessa estrada só para pegar a correspondência? Ou eles têm, tipo, um carrinho de golfe? Ou alguém pega pra eles?

Não perguntei se era ele quem buscava a correspondência para eles, mas senti que ele sabia que eu estava pensando naquilo.

— O carteiro leva até a porta — respondeu ele.

— Ah, bom — falei.

Pensei em Madison sentada em sua varanda, bebendo chá adoçado, esperando pacientemente enquanto o carteiro se arrastava pela entrada segurando uma carta minha sobre ideias para uma tatuagem no tornozelo.

Eu frequentemente fantasiava sobre a casa da Madison. Parecia estranho pedir uma foto da mansão, tipo, *Ei, eu poderia viver sem outra foto do seu filho de pelúcia, mas, por favor, envie fotos de todos os banheiros da sua mansão*. Quando ela mandava fotos, eu podia meio que imaginar as partes da casa, cara e bem-organizada. Talvez se eu as cortasse em pedaços, poderia ver a mansão toda. Às vezes, era mais fácil acreditar que Madison morava na Casa Branca. Aquilo fazia sentido para mim na época. Madison morava na porra da Casa Branca.

Então, quando estacionamos na propriedade, senti um bolo na minha garganta e quase agarrei a mão de Carl como apoio. A casa tinha três andares, talvez mais. Eu não conseguia elevar o pescoço o suficiente para ver o telhado, e até onde eu sabia naquele momento, a casa podia muito bem ir até o espaço. Era de um branco reluzente de cegar, nem um traço de mofo ou sujeira, a casa que você constrói em seus sonhos. Havia uma varanda enorme que parecia dar a volta na estrutura inteira, devia dar uns dois quilômetros se você a percorresse. Eu tinha me preparado para a riqueza, mas claramente a minha vida tinha me deixado mal preparada para o que poderia ser a riqueza. E o marido da Madison era mesmo rico daquele jeito? Ele não tinha inventado computadores nem era dono de um império de fast food. E ainda assim seu nível de riqueza tinha dado a ele uma casa daquelas. Tinha lhe dado Madison, que de repente apareceu na porta da frente e estava acenando, tão bonita que eu a escolheria em vez da casa sempre que tivesse a chance.

Carl manobrou o carro ao redor da fonte no meio da entrada e parou bem na frente da porta da casa. Enquanto o carro estava em ponto morto, ele prontamente escapuliu de seu assento e veio abrir a minha porta. Eu não conseguia me levantar. Não conseguia fazer minhas pernas funcionarem. Madison de repente desceu as escadas e estendeu os braços para um abraço. Eu não fui ao encontro dela. Parecia que, se eu movesse um músculo sequer, tudo evaporaria e eu acordaria de novo no meu futon, o ar-condicionado ainda quebrado. Carl finalmente teve que me puxar como uma boneca de pano, como se eu fosse um presente de aniversário para Madison, e ela, então, me abraçou até que senti seu perfume, até que me lembrei dela, de nós duas na cama daquele dormitório, e tudo era tangível novamente. Era real. Eu me endireitei e lá estava eu, parada. Era a primeira vez em quase quinze anos que eu via Madison, mas ela parecia a mesma. Só estava um pouco mais bronzeada e preenchida de um jeito que sugeria maturidade. Ela não parecia um robô. Não parecia desalmada.

— Você está tão bonita — disse ela, e eu acreditei.
— Bem, você parece uma modelo — respondi.

— Eu queria ser modelo — afirmou ela. — Queria ter um calendário só com fotos minhas. — E, simples assim, éramos nós duas de novo, eu sendo esquisita e ela revelando que, por Deus, era esquisita também.

Carl conferiu seu relógio, fez uma pequena reverência, depois saltou de volta para dentro do carro e foi embora. Nós poderíamos ter passado o resto do dia observando-o se afastar. Eu meio que queria. Fiquei esperando que o carro dele se transformasse em uma cabaça oca e ele, em um rato. Eu esperava mágica e não achava que ficaria decepcionada.

— Está tão quente aqui fora — disse ela. — Vamos entrar.

— Essa é a sua casa? — perguntei.

Madison sorriu.

— É uma delas — respondeu ela, seu nariz se enrugou e seus olhos começaram a piscar. Ela não poderia falar daquele jeito com o marido nem com qualquer uma das outras mulheres que viviam no luxo. Isso era bom. Ela também não conseguia acreditar em sua sorte.

Dentro da casa, não sei o que eu esperava, mas era bem sem graça. Não havia um monte de arte louca nas paredes, e acho que pensei que talvez haveria uma mobília da era espacial, mas aquele era o tipo de riqueza em que as coisas eram tão sóbrias que não dava para perceber o quanto eram caras até tocá-las ou chegar mais perto para ver como eram feitas com grande cuidado e com materiais ultrassofisticados. No saguão, havia um grande retrato de Madison e o marido, do casamento deles. Ela parecia que tinha acabado de ser coroada Miss América e ele parecia um MC que havia sido famoso um dia. Eu não conseguia dizer se era amor, mas também sabia que não era uma boa juíza do amor, nunca tinha experimentado nem mesmo testemunhado o amor uma única vez na vida.

MADISON CONHECERA O SENADOR JASPER ROBERTS QUANDO trabalhou na campanha de reeleição dele logo depois de se formar na Universidade Vanderbilt em Ciências Políticas. Ela começou no degrau mais baixo, porque o senador, normalmente inalcançável, tinha deixado sua esposa e dois filhos havia pouco tempo e começado a namorar uma de suas maiores doadoras, uma herdeira obcecada por cavalos que usava chapéus malucos. Eles queriam ter a perspectiva de uma mulher sobre as coisas, acho. Os caras no topo, que o senador escutava, tinham lhe dito que ele tinha que ser superdigno, nunca falar sobre o assunto e bufar como um Muppet se alguém em algum momento trouxesse à tona. Eu me lembro da carta dela para mim mais ou menos nessa época. *Céus, esses caras são tão burros*, escreveu ela. *É como se eles nunca tivessem dado continuidade a qualquer coisa muito burra que já fizeram para poder simplesmente consertá-la.* Como Madison era brilhante e tinha um jeito meio enviesado de dizer as coisas de uma maneira tão direta que quebrava todas as expectativas, o senador acabou colocando-a no comando da campanha. E, é claro, ele fez isso porque estava se apaixonando por ela, como todo mundo se apaixonava, e porque a herdeira não calava a porra da boca falando de algum cavalo que queria comprar.

Madison o tornou conciliador. Ela escrevia absolutamente todos os discursos dele. Ele admitiu que suas falhas, seu desejo de tornar próspero seu eleitorado, de ajudar cada pessoa que representava, o fez perder de vista a felicidade de sua própria família. E, agora que ele tinha perdido aquela família, não podia perder sua maior família, os eleitores do grande estado do Tennessee. Não era tão difícil. Ele vinha de um legado político, gerações de homens Roberts administrando coisas, tanta riqueza que as pessoas simplesmente presumiam que tinham que votar nele. Ele só tinha que mostrar que estava ciente de que havia feito merda.

E ele ganhou. E Madison ficou meio que famosa nesses círculos políticos. *É realmente só porque a porra do oponente burro dele não sabia o que estava fazendo,* ela tinha admitido em outra carta. *Se eu estivesse daquele lado, Jasper teria perdido.* E, depois, eles se casaram. E, depois, ela ficou grávida. E, agora, ela tinha essa vida.

NÓS NOS SENTAMOS NO SOFÁ E ERA COMO SE SENTAR EM UMA nuvem, exatamente o oposto do meu futon velho, que era como se sugasse a pessoa para um buraco no chão, presa lá pela eternidade. Fiquei pensando em quanto daquela decoração era escolha da Madison e quanto eram sobras da outra mulher dele. Havia sanduíches em uma bandeja com níveis, muita maionese e pepino, tão minúsculos que pareciam comida de uma casa de bonecas. Havia um bule de chá adoçado e dois copos com cubos de gelo grandes e firmes dentro. O gelo mal tinha começado a derreter, e me dei conta de que tinham se materializado ali segundos antes de entrarmos na sala.

— Lembra do dia em que nos conhecemos? — perguntou Madison.

— Claro que lembro — respondi. Não fazia tanto tempo assim. Tinha sido há muito tempo para ela? — Você estava usando um vestido com peixinhos dourados.

— Meu pai mandou fazer aquele vestido pra mim num costureiro em Atlanta. Eu odiava. Peixinhos dourados? Ele não tinha noção.

— Espera, seu pai morreu? — perguntei de repente, desconfiada.

— Não, ele ainda está vivo — respondeu ela.

— Ah, que bom — falei, mas não queria ter falado. Simplesmente saiu. — Que bom — repeti, em todo caso.

— Lembrei que você provavelmente nem tinha penteado os cabelos — acrescentou ela.

— Não, eu definitivamente tinha penteado os cabelos — confirmei.

— Eu lembro que quando você entrou no quarto, como um raio, eu sabia que ia amar você.

Fiquei me perguntando onde o marido dela estava. Senti que estávamos a ponto de nos pegarmos. Senti que talvez o trabalho fosse ser a amante secreta dela. Meus batimentos estavam acelerando, como sempre acontecia na sua presença.

Quando não respondi, seus olhos ficaram meio apáticos de repente, e ela disse:

— Eu sempre senti que perdi alguma coisa maravilhosa quando você saiu da Iron Mountain.

Não teríamos um acerto de contas, não era isso. Ainda não. Ela não traria à tona o fato de que seu pai-que-não-estava-morto tinha me pagado para levar a culpa por ela, para que ela pudesse ter essa mansão, esse marido senador e todas essas coisas caras. Nós estávamos, eu compreendi, sendo educadas.

— Mas agora você está aqui! — continuou ela. Ela me serviu chá gelado e eu bebi tudinho, tipo, em dois goles. Ela nem pareceu surpresa, só encheu meu copo de novo. Comi um sanduíche e era horrível, mas eu estava com fome. Comi mais dois. Nem me dei conta de que tinha pratinhos empilhados na bandeja. Eu tinha segurado os sanduíches com as minhas mãos ridículas. Eu nem queria olhar para o colo porque sabia que havia migalhas ali.

— Onde está o Timothy? — perguntei, esperando ver o filho dela entrar na sala com uma capa de pele de guaxinim e uma espingarda de madeira com rolha na ponta, sua pele pálida como a velha realeza.

— Está tirando uma soneca — respondeu ela. — Ele ama sonecas. É preguiçoso como eu.

— Eu amo sonecas também — falei. Quantos sanduíches se comia naquelas ocasiões? Havia mais uns vinte na bandeja. Era preciso deixar algum pelo bem do decoro? Ela não tinha tocado neles. Espera, será que eram decorativos?

— Aposto que você quer saber por que eu pedi que você viesse até aqui — ela começou.

Percebi que aquilo era temporário, que eu teria que partir, então, fiquei curiosa sobre o que poderia ser tão importante a ponto de precisarmos nos encontrar pessoalmente depois de tantos anos de correspondência.

— Você disse que tinha uma oportunidade pra mim? — indaguei. — Tipo um trabalho?

— Eu pensei em você porque, Lillian, sério, isso é muito particular, o que estou prestes a contar, independentemente do que você decidir fazer. Eu precisava de alguém que pudesse ser discreta, que soubesse guardar segredo.

— Eu sei ser discreta — falei. Eu amava aquelas coisas, coisas ruins.

— Eu sei — concordou ela, quase ficando vermelha, mas sem ficar.

— Está tudo bem? — perguntei.

— Sim e não — disse ela, torcendo a boca como se a estivesse enxaguando. — Sim e não. Eu já contei a você sobre a primeira família do Jasper?

— Acho que não. Eu li sobre ela, acho. Quer dizer a primeira mulher dele?

Ela pareceu pesarosa, como se soubesse que estava me arrastando para dentro de algo que poderia me arruinar. Mas não parou. Não me mandou de volta para a casa da minha mãe. Ela se agarrou a mim.

— Bom, ele teve uma primeira esposa, um amor de infância, mas ela morreu. Ela teve um tipo raro de câncer, acho. Ele não fala nada sobre ela. Eu sei que ele me ama, mas também sei que ele a amava mais. De todo modo, depois disso, houve um longo período de luto. E aí ele acabou se casando com a Jane, que era a filha mais nova de um homem muito poderoso na política do Tennessee. Jane era... bom, ela era estranha. Ela tinha algo sombrio dentro de si. Mas, sem querer falar mal do meu marido, era politicamente vantajoso estar casado com ela. Ela conhecia o mundo no qual ele estava envolvido e podia fazer as coisas que ele precisava que fossem feitas. E eles tiveram gêmeos, uma menina e um menino. E aquela era a vida deles, sabe? Até que ele conheceu aquela mulher dos cavalos, aí deu merda.

— Mas depois você o conheceu — eu me meti. — Tudo deu certo.

Ela nem sorriu. Estava empenhada no assunto agora. Ia contar até o fim.

— Deu. Tivemos o Timothy. Eu ainda consigo estar envolvida em política, só que de um ângulo diferente, uma espécie de cargo de apoio. E é bom. O Jasper me ouve. Honestamente, a política é meio entediante para ele. É que é o legado da família dele. Ele gosta da fama, mas não é muito bom em leis. De todo modo, as coisas iam bem.

— O que aconteceu? — perguntei.

— Ok, bom, a Jane morreu. Ela morreu há poucos meses.

— Sinto muito — falei. Tentei adivinhar que tipo de luto a morte de Jane inspiraria na Madison. Nenhum, provavelmente. Ainda assim, eu disse que sentia muito.

— É trágico — continuou ela. — Ela nunca se recuperou de verdade do divórcio. Ela sempre tinha sido tão instável, tão estranha. Sinceramente, ela ficou um pouco louca. Ligava tarde da noite dizendo as piores coisas. Jasper nunca entendeu exatamente como deveria lidar com ela. Eu tinha que conversar com ela a noite inteira, fazê-la compreender sua nova realidade. Eu sou boa nessas coisas, sabe?

— O que aconteceu com ela? — perguntei.

Madison franziu a testa. Suas sardas eram tão bonitas.

— Aqui está o que eu preciso te contar, certo, Lillian? É aqui que eu preciso que você me prometa que vai guardar segredo.

— Ok — respondi, ficando um pouco irritada. Eu já tinha dito que guardaria a porra do segredo. Eu precisava do segredo. Precisava comê-lo, para que ele vivesse dentro de mim.

— Agora que a Jane morreu — continuou ela —, tem o problema dos filhos do Jasper. Eles têm dez anos. Os gêmeos. Bessie e Roland. Uns doces de crianças... Merda, não, eu não sei por que disse isso. Eu não os conheço. Mas, enfim, são crianças. E são os filhos do Jasper. São responsabilidade dele. Então, estamos fazendo ajustes nas nossas vidas para acomodá-los.

— Espere — interrompi —, você nunca nem conheceu os filhos do seu marido? Ele vê essas crianças?

— Lillian! Por favor — pediu ela —, podemos não focar nisso?

— Eles ainda não estão aqui? — perguntei.

— Ainda não — admitiu ela.

— Mas se a mãe morreu faz um tempo, o que eles estão fazendo? Estão por conta própria?

— Não, é claro que não. Caramba. Eles estão com os pais da Jane, que são supervelhos e não são bons com crianças. Nós só precisávamos de tempo para deixar tudo preparado para a chegada deles. Daqui a uma semana, eles vão estar aqui conosco. Morando com a gente.

— Ok.

— Eles passaram por muita coisa, Lillian. Não tiveram a melhor das vidas. Jane era uma pessoa difícil. Ela mantinha as crianças dentro de casa com ela e nunca saía. Ela dava aula para eles em casa, mas não consigo imaginar o que ensinou para os dois. Eles não estão acostumados com gente. Não estão preparados para mudanças.

— O que você quer que eu faça? — perguntei.

— Eu quero que você cuide deles — Madison finalmente falou o motivo exato de eu ter pegado um ônibus para vê-la.

— Tipo uma babá? — eu perguntei. — Não entendi.

— Tipo uma babá, eu acho, é isso — respondeu ela, mais para ela do que para mim. — Eu pensei mais como uma governanta, tipo algo mais antiquado.

— Qual é a diferença? — questionei.

— Acho que é só mais o jeito que soa. Mas, na verdade, você lidaria com todos os aspectos do cuidado deles. Você se certificaria de que estivessem felizes, você os ensinaria de modo que eles possam acompanhar melhor as aulas. Monitoraria o progresso deles. Garantiria que se exercitem. Que fiquem limpos.

— Madison, eles, tipo, viviam embaixo da terra ou algo assim? O que tem de errado com eles? — Eu queria muito que tivesse algo errado com eles. Queria que eles fossem mutantes.

— São só crianças. Mas crianças são selvagens pra caralho, Lillian. Você não faz ideia. Nem imagina.

— O Timothy parece bem fácil — tentei, ridícula.

— São fotografias — confessou Madison, de repente acelerada. — Eu o treinei. Eu tive que domá-lo.

— Bem, ele é uma graça — opinei.

— Essas crianças são uma graça também, Lillian — replicou Madison.

— O que tem de errado com eles? — perguntei novamente.

Madison não tinha tocado em seu chá durante toda a conversa, desde que tínhamos nos sentado, e agora, para ganhar algum tempo, ela bebeu o copo todo. Finalmente, olhou para mim com grande seriedade.

— O negócio é o seguinte — explicou ela. — Jasper está cotado para ser secretário de Estado. É tudo segredo ainda, ok?

O outro cara está doente e ele vai sair. E alguém da equipe do presidente fez contato com Jasper para sondá-lo e para começar o processo de checagem. Tudo vai acontecer neste verão.

— Que loucura — exclamei.

— Isso pode levá-lo a coisas grandes. Tipo, vice-presidente. Ou presidente até, se tudo der certo.

— Bom, isso é bacana — concluí. Imaginei Madison como primeira-dama dos Estados Unidos da América. Lembrei-me de uma vez durante um jogo de basquete em que ela tinha acotovelado uma garota no pescoço para pegar um rebote e foi expulsa. Esbocei um sorriso.

— Então você entende o que está acontecendo, certo? A Jane morreu e essas crianças estão vindo morar com a gente bem quando tudo isso está acontecendo. É uma loucura. É muito estressante. O escrutínio. É coisa séria, Lillian. Eles investigam tudo. Eles já sabem sobre a coisa do adultério, o que não os deixou muito animados. Mas eles gostam do Jasper. As pessoas gostam do Jasper. Eu acho que tudo vai dar certo. Mas essas crianças. Quem sabe como foi a vida delas? Eu não quero que elas estraguem tudo para o Jasper. Ele ficaria tão irritado. Meu Deus, tipo superirritado.

— Você só quer que eu cuide delas e as mantenha em segurança? — perguntei.

— Certifique-se de que estão seguras e de que não façam nenhuma loucura — completou ela. Seus olhos brilhantes, tão esperançosos.

Eu sabia como manter a ordem. Sabia todos os jeitos de fazer coisas ruins acontecerem e como evitá-las. Estava ciente de como as pessoas tentavam arruinar alguém. Essas crianças não me derrotariam. E percebi que já estava pensando como se tivesse aceitado o trabalho. Eu não sabia nada sobre elas, caralho. Eu não sabia como tomar conta de crianças. Do que crianças gostavam? O que elas comiam? Que danças eram populares com elas? Eu não tinha a menor ideia de como dar aulas para crianças. Se eu fracassasse nessa tarefa, seria o fim das coisas com Madison. Eu nunca poderia visitá-la na Casa Branca. Seria como se nunca tivéssemos nos conhecido.

— Acho que consigo — concluí, tão patética. Eu fiz minha voz soar mais firme. Fiz meu corpo virar aço. — Eu topo, Madison. Posso fazer isso.

Ela se esticou por cima dos sanduíches e me abraçou, forte.

— Não sei nem dizer o quanto preciso de você — admitiu ela. — Eu não tenho ninguém. Preciso de você.

— Está bem — falei. Minha vida toda, talvez eu só estivesse aguardando até Madison precisar de mim de novo, até eu ser chamada para um serviço e fazer tudo ficar bem. Honestamente, não era uma vida ruim, se fosse só isso.

Madison, que estava com o corpo tenso e trêmulo, relaxou. Eu finalmente senti calma, sabia da profundidade da situação, vi o fundo do poço e sabia que podia entrar e sair dele sem qualquer incidente. Eu me recostei de novo no sofá confortável, que me segurou bem na postura correta. Depois rapidamente me inclinei para a frente e comi mais dois sanduíches.

— Lillian — falou Madison.

— O quê? — perguntei.

— Na verdade, tem mais — completou ela, fazendo careta.

— O quê?

— As crianças. Bessie e Roland. Tem uma coisa que eu preciso contar sobre elas.

Tive um pequeno lampejo do que poderia vir. Era sexual, algum tipo de abuso que as tinha transformado em conchas esvaziadas. Aquela ideia virou algum tipo de deficiência: membros faltantes, cicatrizes faciais horríveis. Sensibilidade à luz do sol, boca sem dente algum. E então foi para impulsos homicidas, gatinhos afogados na banheira, facas a postos. É claro que Madison esperaria até que eu já tivesse aceitado o trabalho.

— Elas têm um tipo único de... não sei como chamar... de problema — ela começou, mas eu não consegui ficar quieta.

— Eles não têm dentes? — perguntei, não com medo, meramente querendo terminar com aquilo. — Eles mataram um gatinho?

— O quê? Não, só... só me escuta, ok? Eles têm um problema e ficam superaquecidos de verdade.

— Ah, ok — respondi. Eles eram criancinhas delicadas. Não gostavam de exercícios. Tudo bem.

— Os corpos deles, por alguma razão que os médicos ainda não entenderam bem, podem elevar a temperatura. Elevar de um jeito alarmante.

— Ok — falei. Havia mais. Eu só falei para fazer Madison continuar explicando.

— Elas pegam fogo — admitiu ela finalmente. — Elas podem, raramente, é claro, entrar em combustão.

— É sério? — perguntei.

— Lógico! Céus, lógico que é sério. Por que eu brincaria com uma coisa dessas?

— Bem, porque eu nunca ouvi nada assim. Porque parece uma piada.

— Bem, não é piada. É uma doença séria.

— Jesus, Madison, isso é muito louco — exclamei.

— Eu nunca vi, tá? — retrucou ela. — Mas o Jasper já. Aparentemente, as crianças ficam muito quentes quando se agitam e de repente pegam fogo.

Eu estava em choque, mas as imagens vieram fáceis na minha mente. Crianças feitas de fogo. Aquilo parecia algo que eu queria ver.

— Como elas ainda estão vivas? — perguntei.

— Elas não se machucam — disse ela, dando de ombros para destacar o quão embasbacada ficava. — Elas só ficam bem vermelhas, como se tivessem se queimado no sol, mas não se machucam.

— E as roupas? — questionei.

— Ainda estou tentando entender isso, Lillian — respondeu ela. — Eu acho que as roupas queimam.

— Então eles são crianças peladas pegando fogo?

— Acho que sim. Então você entende por que estamos preocupados. Quer dizer, Jasper é o pai deles, embora eu tenha bastante certeza de que isso venha da família da Jane. Começou quando ela estava criando os dois por conta própria. Ela dava muito trabalho, eu não ficaria surpresa se fosse uma piromaníaca esquisita. Mas Jasper vai intervir. Ele vai cuidar dessas crianças, mas nós precisamos ser inteligentes. Temos uma edícula na propriedade. Bem, era outra coisa, mas não importa. Jasper gastou uma fortuna para reformá-la e deixá-la segura para as crianças. É lá que você e as crianças vão morar. É bem boa, Lillian. É linda. Eu preferiria morar lá que nesta casa enorme, honestamente.

— Eu moraria com as crianças? — perguntei.

— Vinte e quatro horas por dia, sete dias por semana — explicou ela, e conseguiu ver na minha cara que eu tinha achado aquilo uma droga. — Podemos organizar alguns dias de folga, outra pessoa que cuide deles, se você precisar de um dia de intervalo. E é só durante o verão, até nós bolarmos uma solução mais permanente, ok? Uma vez que o escrutínio estiver feito e a nomeação sair, vai ser mais fácil.

— Isso é esquisito, Madison. Você quer que eu crie os filhos inflamáveis do seu marido?

— Não chame de "filhos inflamáveis". Nem brinca com isso. Não podemos nem falar sobre o assunto. Os médicos têm sido muito discretos, graças às conexões do Jasper, e não vão dizer nada, mas temos que dar um jeito na situação para que possamos descobrir como resolver esse problema.

Essa era a Madison gerente de campanha. Ela olhava para as crianças botando fogo na porra do meu cabelo, uns incendiadores pelados, e enxergava apenas um problema que poderia ser resolvido com um comunicado de imprensa ou uma foto arranjada.

— Não sei, não — falei. Aqueles sanduíches de pepino estranhos agora faziam meu estômago doer ferozmente. Meus dentes doíam do chá gelado. Onde estava Carl? Será que ele podia me levar de volta para a casa da minha mãe? Será que Madison me deixaria ir embora?

— Lillian, por favor. Eu preciso de você. E eu li as suas cartas, tá? Eu sei da sua vida. Você realmente acha que está deixando algo importante para trás? Aquele amigo que roubou sua televisão? Sua mãe, fazendo você dirigir até algum cassino no Mississippi? Nós vamos te pagar, tá? Um monte de dinheiro. E, sim, é muito trabalho, mas Jasper é uma pessoa poderosa. Podemos ajudar você. Depois que isso tudo acabar, você estará livre da sua vida e vai ter algo melhor.

— Não faça de conta que você está me fazendo um favor — falei, um pouco zangada.

— Não, eu sei que estou pedindo muito de você. Eu não queria nada disso, sabe? Mas você é minha amiga, né? Estou pedindo que você seja minha amiga e me ajude.

Ela não estava errada. Minha vida era uma droga. Era ruim, e doía, porque eu tinha previsto uma vida que era, se não o destino de Madison, ao menos algo que pudesse me sustentar. Realmente, de fato, eu ainda acreditava que estava destinada a uma vida incrível. E se eu domasse aquelas crianças, se eu curasse a doença do fogo esquisita delas? Não seria o início de uma vida espetacular? Não era algo que seria cotado para se tornar um longa biográfico?

— Ok — concordei. — Ok, eu cuido dessas crianças. Vou ser a... como foi que você falou?

— Governanta — completou ela, satisfeita.

— Isso, vou ser isso aí.

— Eu prometo a você que nunca vou me esquecer disso. Nunca.

— Melhor eu ir pra casa — falei. — O Carl já foi? Alguém pode me levar na rodoviária?

— Não — respondeu Madison, sacudindo a cabeça e se levantando. — Você não vai embora hoje. Você vai ficar aqui. Passar a noite. Na verdade, você não tem que ir para casa se não quiser. A gente compra tudo o que você precisa. Roupas novas. O melhor computador. O que você quiser.

— Ok — aceitei, de repente muito cansada.

— O que quer jantar hoje? Nossa cozinheira pode fazer qualquer coisa.

— Eu não sei. Talvez pizza ou algo assim.

— Temos um forno de pizza! — exclamou ela. — A melhor pizza que você já comeu.

Nós olhamos uma para a outra. Eram três da tarde. O que faríamos até o jantar?

— Timothy ainda está tirando uma soneca? — perguntei, tentando quebrar aquela estranheza.

— Ah, sim, é melhor eu ir vê-lo. Quer uma bebida ou algo assim?

— Talvez eu possa tirar uma soneca? — sugeri.

Eu mal notava o quanto a casa era enorme agora que podia me locomover por ela. Subimos uma escadaria em espiral, como as de um musical com um grande orçamento. Madison estava me contando alguma bobagem sobre como durante a Guerra Civil eles tinham subido com cavalos por essas escadas e os escondido do Exército da União no sótão. É possível que eu tenha imaginado isso, como algum tipo de sonho febril, efeito de se tomar uma decisão que mudaria a vida inteira.

Ela me levou até um cômodo que parecia que devia ter uma princesa exilada na cama. Cada móvel parecia pesar quinhentos quilos. Provavelmente algum carpinteiro do século XIX tinha feito a mesa lá mesmo e ela estava no mesmo lugar desde então. Havia um lustre. Eu tinha morado em apartamentos com um terço do tamanho daquele cômodo. Fiz uma nota mental de que eu precisava parar de ficar tão impressionada com a riqueza da Madison. Eu ia morar naquele lugar. Tudo o que ela possuía agora era meu. Eu precisaria me acostumar a tocar nas coisas e não ser eletrocutada.

— Você precisa de uma camisola? — perguntou ela.

— Posso dormir assim mesmo — respondi.

— Bons sonhos — disse ela, me dando um beijo na testa. Ela era tão alta, eu tinha esquecido que ela me beijava na testa quando estávamos na escola, o quanto os lábios dela eram macios. E depois ela se foi; a casa a engoliu. Eu não conseguia ouvir sequer passos.

Foi quase impossível conseguir deitar na cama. Eu me sentia a coisa mais suja que a casa já tinha visto. Eu me sentia uma órfã que tinha invadido uma mansão. Tirei meus sapatos e depois os alinhei delicadamente ao lado da cama. Subir na cama necessitou esforço de verdade, de tão alta. Fechei meus olhos e desejei dormir. Pensei naquelas duas crianças, pegando fogo, me chamando de braços abertos. Eu as observava queimar. Elas estavam sorrindo. Eu não estava dormindo. Não estava sonhando. Aquela seria mesmo a minha vida agora. Elas pararam na minha frente. E eu as puxei para os meus braços. E entrei em combustão.

Dois

NUNCA VOLTEI PARA CASA. LIGUEI PARA MINHA MÃE NA MANHÃ seguinte e contei que ia ficar em Franklin. Eu tinha uma mentira elaborada prontinha, alguma coisa sobre ser contratada como assistente de advocacia e trabalhar em uma grande ação judicial coletiva envolvendo lixo tóxico, mas ela nem quis saber.

— O que você quer que eu faça com suas coisas? — foi tudo o que ela perguntou.

Na verdade, eu não tinha coisas, nada de que eu precisasse. Havia umas revistas que eu tinha roubado do mercado, uma camiseta que eu realmente gostava e um par de tênis de basquete, que economizei por seis meses para comprar e só tinha usado para jogar umas partidas na YMCA. Mas Madison tinha dito que eles comprariam qualquer coisa que eu quisesse.

— Deixa aí — falei. — Talvez eu vá pegar depois.

— Você está com a Madison? — perguntou ela.

— Sim, estou ficando na casa dela — contei.

— Ela sempre foi boa pra você por alguma razão — comentou ela, como se estivesse pasma com a bondade desnecessária.

— Bem, você sabe, eu fiz uma coisa boa pra ela — falei, ficando brava, pronta para uma briga.

— História antiga — retrucou ela.

— Na verdade, vou ser governanta — contei a ela de repente.

— Tá bem, então — disse ela, e desligou antes que eu pudesse explicar o que era.

MADISON ESTAVA NO ANDAR DE BAIXO, NO CANTINHO DO CAFÉ da manhã, um banco de couro macio que dava a volta em toda a mesa. Havia uma janela saliente enorme e eu podia ver esquilos pulando pelo gramado, cavucando atrás de nozes. Demorei um segundo para perceber que Timothy estava lá, um garfo de prata de lei que cabia perfeitamente em sua mãozinha. Tentei lembrar quantos anos ele tinha. Três? Quatro? Não, três. Ele era lindo, mas era um tipo de beleza diferente da de Madison. Em Timothy, não era natural, era meio como um desenho animado. Os olhos dele eram tão grandes que pareciam ocupar setenta e cinco por cento da cara, como um boneco de coleção na casa de uma velha. Ele estava vestindo um pijama vermelho, estampado com a insígnia da bandeira do estado do Tennessee.

— Olá — falei para ele, mas ele continuou só me olhando. Não parecia tímido. Só não conseguiu entender se eu era alguém com quem ele deveria conversar.

— Diz oi pra Lillian — disse Madison finalmente. Ela estava comendo queijo cottage com mirtilo.

— Olá — cumprimentou Timothy, mas imediatamente voltou para seus ovos mexidos. Já tinha cansado de mim.

— Quer café? — perguntou Madison, como se eu fosse um de seus filhos, como se não fosse a primeira vez em anos que nós tínhamos nos visto.

Eu me assustei quando uma senhora apareceu bem atrás de mim, segurando um bule de café fumegante. Era asiática, muito pequena, idade indeterminada.

— Essa é a Mary — falou Madison.

— Posso fazer o que você quiser — ofereceu a mulher, com um sotaque possivelmente britânico. Ou talvez só tão elegante que parecia europeu. Não era sulista, disso eu sabia. Ela não estava sorrindo, mas talvez não fosse para ela sorrir. Eu meio que desejei que ela estivesse sorrindo. Seria mais fácil pedir um sanduíche de bacon gigante.

— Só o café está bom — falei, e Mary me serviu uma xícara e depois voltou para a cozinha. Fiquei pensando em quantas pessoas eram empregadas por Jasper Roberts. Dez? Ou talvez cinquenta? Ou eram cem, ou mais? Qualquer um desses números parecia crível. Bem naquele momento, como se conjurado pela minha curiosidade, um homem usando suspensórios e um chapéu molenga enorme cruzou o quintal segurando um ancinho como um soldado marcha com seu rifle.

— Quantos criados vocês têm? — perguntei a Madison, que ficou tensa. Eu não sabia dizer se estava fazendo aquilo de propósito, tentando fazê-la se sentir tão podre de rica.

— Provavelmente mais do que precisamos — respondeu ela finalmente. — Mas eles não são criados. São funcionários. É tipo administrar um navio de cruzeiro ou algo assim. É que um lugar tão grande tem um monte de coisas que precisam ser feitas e um monte de pessoas que têm habilidades específicas. Mas eu sei o nome de todas elas. Consigo dar conta delas.

— E agora você tem a mim — completei.

— Você não é uma funcionária — respondeu ela, alegre. — Você é a minha amiga que está me ajudando.

Bebi o café e estava muito bom, o gosto era tão complexo que me fez perceber que eu teria que me livrar das minhas expectativas de como as coisas funcionavam. Eu estava acostumada com o cafezinho da empresa, tão ralo que eu precisava colocar um quilo de açúcar nele só para ter gosto de algo. A pizza que tínhamos comido na noite passada estava tão fresca que eu conseguia sentir o gosto dos tomates no molho. A massa estava levemente chamuscada. Eu ia finalmente, depois de vinte e oito anos, experimentar coisas do jeito que eram planejadas para ser. Chega de imitações.

— O que você tem que fazer hoje? — perguntei a Madison e depois completei: — O que *eu* tenho que fazer hoje? — Que era mais importante.

— Você pode apenas relaxar. Pode dar uma volta e se familiarizar com o terreno. Esta tarde, vamos a Nashville comprar algumas roupas e itens de necessidade. Ah, e o Jasper vai estar em casa à noite, ele está voltando de D.C. Quero que vocês se conheçam.

— Quanto tempo ele fica por aqui? — perguntei.

— Menos do que você imaginaria — respondeu ela. — Ele tem um monte de trabalho em Washington, tem um apartamento lá. Mas eu o vejo bastante, ele é bem família, sabe.

Eu não sabia, mesmo. Afinal de contas, o maior motivo pelo qual eu estava lá era cuidar dos seus filhos primitivos e quase órfãos. Depois eu me dei conta de que aquilo era só a Madison passando por alguns assuntos. Ela tinha o olhar distante. Eu sabia que, com o tempo, ela esqueceria de si mesma e eu ficaria sabendo o que havia de errado com o senador Roberts. Eu podia esperar.

— Vou levar o Timothy para a creche e depois, quando eu voltar, vamos explorar. Parece uma boa ideia? — propôs ela.

— Bacana — falei. Eu queria outra xícara de café, mas não sabia se era falta de educação ir buscar eu mesma. Ou será que era pior chamar a Mary só para repor a minha? Eu sabia que qualquer opção que eu escolhesse estaria errada. Sabia que, até que eu realmente acreditasse que tudo o que eu fazia era exatamente a coisa certa, eu continuaria fazendo a coisa errada.

— Diga tchau à Lillian — Madison instruiu Timothy.

O menino bateu levemente o guardanapo em sua boquinha, a coisa mais delicada e irritante que já na vida. Só depois, ele olhou para mim e disse:

— Tchau.

— Tchau, Tim — respondi, esperando que o menino ficasse incomodado com essa abreviatura de seu nome. Eu já estava estragando tudo. Precisava que o Timothy gostasse de mim. Ou precisava aprender como gostar dele. Era prática. Até que os gêmeos chegassem, ele era minha única chance de descobrir como tolerar, conversar e se comportar com uma criança.

Tentei pensar nas vezes em que eu tinha interagido com uma criança por vontade própria. Uma vez, uma menininha tinha se perdido nos corredores do Save-A-Lot. Eu estava mudando os preços nas caixas de cereal e, de repente, eu a notei, como um fantasma que se materializava só para mim. Ela estava fazendo aquela coisa de deixar os olhos muito abertos em um grande esforço para tentar não chorar. Cautelosamente estendi a mão. Ela pegou com facilidade, sem questionar, e nós andamos em silêncio pela loja até chegarmos no último corredor, onde a mãe burra pra caralho estava parada na frente do freezer, olhando comida congelada light, sem a mínima ideia de que sua filha poderia ter sido raptada. Antes que eu pudesse resmungar algo bem passivo-agressivo para a mãe, a menina simplesmente apertou a minha mão para que eu a olhasse. Depois ela beijou minha mão, desvencilhou-se de mim e correu para a mãe, deixando-me lá parada. Por alguns segundos, eu quis abraçar a menina e ficar com ela. Abri a porta de um freezer de picolés e enfiei a cabeça no frio até me sentir normal de novo, até que a menina e sua mãe saíssem da minha vista. Eu estava tão lesada que acabei roubando uma peça inteira de presunto no fim do turno só para tirar a menina da minha cabeça. Nas semanas seguintes, fiquei desejando que ela voltasse, mas nunca mais a vi. Talvez crianças fossem assim, uma necessidade desesperada que nos deixava vulneráveis, mesmo a gente não querendo.

Eu fiquei na mesa, mesmo depois que Madison e o filho saíram dali. Notei que Madison não tinha comido muito do seu queijo cottage, então eu me debrucei sobre a mesa e puxei a tigela para mim. Bem quando eu dava a primeira colherada, Mary reapareceu, teletransportada provavelmente, e me serviu mais café.

— Eu poderia ter feito uma comida para você — afirmou ela. — Você só tem que pedir.

— Ah, bem, eu só pensei em comer isso aqui. Sabe, tipo, eu não queria desperdiçar.

— Sobras — falou Mary. Não consegui saber se estava sendo compreensiva ou tirando sarro da minha cara. Quando eu não tinha certeza, geralmente, presumia que a pessoa estivesse tirando sarro de mim. Mas eu podia dar um soco nela. Ainda não, não até que aprendesse o quanto ela era essencial para toda a operação. E, então, tomei um gole daquele café espetacular e relaxei. *Isto é luxo,* eu disse para mim mesma. *Não fode tudo batendo na empregada e sendo chutada do paraíso.*

— Será que poderia fazer um sanduíche de bacon para mim? — perguntei a Mary. Ela fez que sim com a cabeça e, sem esforço algum, esticou-se e retirou a tigela de queijo cottage e mirtilo.

Peguei meu café e fui caminhando atrás da Mary até a cozinha. — Eu levo pra você — disse ela, olhando por cima do ombro.

— Eu vou com você — respondi. — Me sinto esquisita sozinha na mesa.

Ela abriu uma geladeira do tamanho de um carro e retirou um pacote enorme de bacon. Colocou muitas fatias numa frigideira, deve ter sido meio quilo. Sem nem olhar para mim, cortou fatias de pão fresco e colocou os dois pedaços na torradeira que parecia ser dos anos 1950 e do futuro ao mesmo tempo.

— Faz quanto tempo que você trabalha pra Madison? — perguntei.

Ela não respondeu até que as torradas saltassem.

— Eu trabalho para Jasper Roberts há onze anos.

— Você gosta? — questionei.

— Se eu gosto de trabalhar? — retrucou ela, franzindo a testa.

Havia uma esperteza nela, mas eu entendi o porquê. Toda vez que o supermercado contratava algum imbecil novo, tudo que eu queria saber era quanto trabalho extra eu teria que fazer para compensar o que eles não sabiam, quantas de suas cagadas poderiam me atrasar. Mas eu conquistaria Mary. Minhas cagadas afetavam só a mim. Ela estaria segura.

— Quero dizer, é bom aqui?

— É trabalho. É ok. O senador Roberts é um homem bom o bastante. — Ela colocou o bacon sobre uma folha de papel-toalha para secar a gordura. — O que você quer no pão? Alguma coisa?

— Maionese? — pedi.

Quando o sanduíche ficou pronto, ela colocou num prato que parecia algo que se podia usar em um casamento, como se pudesse quebrar se respirássemos sobre ele.

— Posso comer no balcão? — perguntei, e Mary deu de ombros. É claro, é claro que era o melhor sanduíche que eu já tinha comido. Primeiro eu pensei que era só porque alguém tinha feito para mim, mas minha mãe já tinha me feito alguns sanduíches tristes na vida, então talvez fosse a atmosfera. Tentei não pensar demais naquilo. — Isso está muito bom — disse a Mary, que só assentiu com a cabeça. Comi em três mordidas e depois olhei para o prato, sem certeza do que fazer com ele. Mary o pegou e lavou bem na minha frente. Eu deixei acontecer. Era fácil assim, eu acho.

— Então você estava aqui quando o sr. Roberts era casado com a segunda mulher? — perguntei.

— Sim, é claro — respondeu ela.

— E como eram as crianças? — questionei.

— Como eram as crianças? — repetiu ela. — São crianças. Selvagens.

— Como o Timothy? — perguntei e achei que quase a fiz sorrir.

— Não, não como o Timothy — falou ela. Sua postura relaxou quando ela tentou explicar. — Selvagens. De um jeito bom. Doces, crianças agitadas. Eles faziam bagunça, mas eu não me importava de limpar tudo.

— Eu vou cuidar deles — contei.

— Eu sei — confirmou ela, mas eu não estava completamente certa de que ela já sabia disso. Ela era boa. Fazia aquilo havia tempos.

— Madison é a minha melhor amiga — expliquei, bem idiota, e Mary sabia que tinha sido idiota, porque nem se dignou a dar uma resposta. — Obrigada pelo sanduíche — agradeci, e ela se virou na direção exata do trabalho que a esperava.

Andei pela casa, conferindo todos os cômodos, só para me acostumar com a sensação do meu corpo estar dentro daquela mansão, naquela propriedade. Tentei adivinhar a função de cada cômodo, o que distinguia um do outro. O chão do corredor era de mármore e eu odiei sentir aquilo nos meus pés com meias, mas os cômodos todos tinham chãos lindos de madeira com tapetes gigantes dos tempos, não sei, da Guerra Civil. Tinha uma sala de jogos, mas aquela não era a expressão certa. Eu me lembrei daquele jogo de tabuleiro, *Detetive*: o Salão de Jogos. Havia uma mesa de sinuca no centro e máquinas de fliperama em uma das paredes, um tabuleiro de xadrez com duas cadeiras estofadas de cada lado. Tinha um bar no canto com todos os tipos de licores empoeirados. Enfiei a mão dentro de uma das caçapas da mesa de sinuca, tirei a bola e a escondi dentro de um balde de gelo vazio. Apertei o botão *start* de uma das máquinas de videogame, *Monster Bash*, e ela se acendeu, não precisava de moedas. Imediatamente dei um tapão na lateral da máquina, a palavra TILT apareceu e o jogo morreu. Peguei a rainha branca do tabuleiro de xadrez e ia levar comigo, mas fiquei com vergonha e devolvi.

Voltei para o meu quarto para pegar meus sapatos e poder andar pela propriedade. Havia uma mulher no quarto e ela estava arrumando a cama. Instantaneamente me senti culpada por não a ter arrumado quando acordei.

— Ei — falei, e ela se assustou, mas depois relaxou.

— Olá, senhora — respondeu ela.

— Obrigada por arrumar a cama — agradeci, mas ela pareceu sem jeito. Peguei meus sapatos e caí fora de lá. Eu ainda não tinha escovado meus cabelos nem meus dentes. Não tinha trazido nada comigo. Eu sabia que, se pedisse, apareceriam uma escova de cabelo, uma escova de dentes e quatro tipos diferentes de pasta, mas tentei fingir que era autossuficiente. Muitas vezes quando penso que estou sendo autossuficiente, na verdade, só estou aprendendo a viver sem as coisas de que preciso.

Segui por um caminho de pedras até a edícula, onde eu viveria com as crianças. Era uma casa de madeira de dois andares, branca com persianas vermelhas. As paredes eram pintadas de bolinhas laranja e vermelhas num fundo branco. O chão era feito de um tipo de material esponjoso, azul-claro. Havia muitos pufes, móveis de escola primária. O lugar inteiro parecia um misto de *Vila Sésamo* com uma instituição psiquiátrica. Mas não era ruim. Era limpo, como se alguém tivesse projetado um experimento científico, mas convidativo o bastante para que eu pudesse morar nele. Tinha tanto espaço que pensei que teria lugares para me esconder quando quisesse estrangular as crianças.

Quando olhei para cima, vi um sistema contra incêndio incrivelmente complicado e luzes vermelhas piscando, dos detectores de fumaça. Fiquei pensando se a casa estaria cheia de amianto. Como alguém prepara uma casa para a possibilidade de crianças de fogo?

— Gostou? — disse alguém atrás de mim, de repente.

— Puta merda! — gritei, girando para trás, minha perna involuntariamente dando um chutinho de judô. Carl estava lá parado, de braços cruzados. Ele nem estava olhando para mim, estava com o olhar fixo no sistema de *sprinklers* anti-incêndio.

— Desculpa — falou ele, mas não parecia querer se desculpar de verdade. Parecia que aquilo era um teste para ver o quanto eu poderia me assustar. Eu tinha tachado o Carl de polícia, mas agora reconsiderei. Ele parecia um daqueles caras de terno sem rosto e de óculos escuros que rastreia extraterrestres. Ele era o bandido em um filme dos anos 1980.

— Quase me caguei de susto — falei para ele.

— A porta estava aberta — retrucou ele. — Eu só estava dando uma olhada.

— É aqui que eu vou morar — afirmei.

— Sim, por enquanto — respondeu ele. — A sra. Roberts lhe informou da situação?

Fiquei olhando para ele porque era uma sensação boa fazê-lo se esforçar.

— Das crianças? — completou ele finalmente. — A... situação delas?

— Elas pegam fogo — afirmei. — Estou sabendo.

— Posso perguntar uma coisa, srta. Breaker?

— O que é?

— Você tem alguma experiência com cuidados infantis? Tem treinamento médico? Tem alguma graduação em Psicologia Infantil?

— Eu consigo cuidar de duas crianças — garanti a ele.

— Não quero ser grosseiro. Por exemplo, você sabe fazer RCP?

— Meu Deus, Carl, sim, eu sei fazer RCP — falei. — Eu tenho até um certificado. Sou certificada. Eu posso ressuscitar as crianças. — Há dois anos, uma senhora tinha morrido na seção de hortifrúti enquanto eu me ajoelhava sobre ela, esperando a ambulância. Depois daquilo, o dono da loja obrigou todo mundo a fazer um treinamento de RCP e primeiros socorros.

— Ok, isso é bom — concluiu ele, sorrindo.

— Eu também fiz um curso de segurança contra incêndio — continuei. — Eu sei usar um extintor de incêndio.

— Numa criança? — indagou ele.

— Se ela estiver pegando fogo — completei.

Ele foi até a cozinha e abriu a porta do que eu pensei ser uma despensa. Em vez de alimentos, estava lotada de cima a baixo de extintores de incêndio lustrosos e vermelhos.

— Bem, então, eu acho que você vai ficar bem.

— Carl?

— Sim? — respondeu ele.

— Você acha que fui eu que tive essa ideia? Acha que eu dei um golpe na Madison pra ela me dar esse trabalho de cuidar dessas porras de crianças esquisitas?

— Não, não mesmo. Eu acho que o senador Roberts e a sra. Roberts se viram em uma situação incomum. Acho que eles estão fazendo o melhor que podem, tentando ser responsáveis e empáticos, considerando as circunstâncias. E acho que você é simplesmente uma parte de um desejo maior de ajudar essas crianças. Mas eu não acho que essa seja a solução correta. Acho que vai ser um desastre.

— São só crianças — falei.

— Estou aqui para ajudar como puder — afirmou ele. — Pense em mim como alguém que pode ajudar quando você se deparar com problemas imprevistos.

Bem naquela hora, Madison apareceu na porta.

— Você não amou isso aqui? — perguntou ela. — As bolinhas?

Carl deu um jeito de ficar ainda mais endireitado do que já estava, como se seus ossos tivessem se trancado em alguma postura desconhecida que nem soldados poderiam alcançar.

Assenti, olhando em torno da casa.

— Carl — chamei —, o que você acha das bolinhas? Você amou?

Ele sorriu.

— É muito apropriado para crianças — disse ele finalmente. — Muito... festivo.

— Precisamos comprar umas roupas — falou Madison para mim. — Vamos fazer compras?

— Parece uma boa ideia — respondi, ela agarrou meu braço e nós deixamos o Carl parado lá, como se fosse o aniversário dele e ninguém tivesse nem sonhado em ir à festa.

— Ele me dá medo, Madison — contei a ela enquanto andávamos até a garagem.

— Eu acho que isso é meio que o trabalho dele, né? — replicou ela. — Tipo, ele deixa as pessoas desconfortáveis ou superconfortáveis, dependendo da situação.

— Eu não sei se ele gosta de mim — falei.

— Bem, eu não sei se ele gosta nem de mim — confessou ela. — Quem se importa?

FOMOS NA BMW DA MADISON PARA NASHVILLE, ATÉ UM shopping onde uma das lojas principais era uma Billings, o *B* no prédio todo enorme e chique, as letras douradas. Ela pegou de dentro da bolsa um cartão de crédito dourado da loja, algo que o pai dela devia ter dado.

— É tudo de graça aqui — afirmou ela. — Então pegue o que quiser.

Não havia muita coisa que eu quisesse. Tudo era tão delicado e brilhante; experimentei uma calça de cetim e quis me matar.

— Madison — falei. — Eu vou cuidar de crianças. Eu sou babá. Não preciso de coisas pra jantares.

— Nunca se sabe do que se pode precisar — retrucou ela. Ela escolheu um vestido verde extravagante, sem alça, e o estendeu na minha frente, como se eu fosse uma boneca que ela estava vestindo.

— Eu não tenho peito o suficiente pra segurar esse vestido — afirmei. Eu não tinha peito algum, e na época da escola ficava triste com isso, mas depois parei de me importar.

— Vou comprar pra você — disse ela. — Uma coisa chique. É isso. Agora, pode pegar o que quiser.

Eu comprei seis excelentes pares de calça jeans da Calvin Klein, em várias lavagens diferentes, e um monte de camisetas, coisas que pareciam confortáveis sem serem cafonas. Coisas que, se pegassem fogo, não seria o fim do mundo. Comprei alguns moletons que eram feitos para pessoas muito mais velhas ou muito mais jovens, mas que eu amei, de raiom verde e prata, como se eu fosse uma assassina. Comprei quatro pares de tênis Chuck Taylors e um par de tênis de basquete da Nike muito caro. Peguei umas calcinhas e sutiãs, um maiô como os das atletas olímpicas e um chapéu legal para manter o sol longe dos meus olhos. Eu me senti uma sereia que de repente tinha pernas e agora vivia entre os humanos.

Madison encontrou um cara com o cabelo lambido para trás que estava usando um terno miserável para nos acompanhar e o encheu de coisas. Quando ele não conseguia segurar mais nada, levou de volta para um caixa e completou o total. Quando eu não estava olhando, Madison escolheu um salto alto, um terninho e até umas lingeries sensuais. Eu não a impedi. Eu ia aceitar tudo. Ela me comprou um perfume chamado Razão e Sensibilidade, que vinha num vidro tão parecido com um pau que pensei que fosse uma piada.

Quando terminamos, ela me mandou para o shopping, para a praça de alimentação, porque, achei, não queria que eu visse quanto tudo aquilo custava. Não que eu fosse me importar. Ou talvez sim, Madison tão alta e perfeita, entregando aquele cartão dourado, eu com roupas sujas como uma órfã. Acho que nunca saberia como era, porque, não muito depois, Madison estava lá, com todas as roupas já dentro do porta-malas da BMW dela, pronta para me levar de volta para casa.

— Me conta do Jasper — pedi, desligando o CD de Emmylou Harris que estava me deixando louca, a voz boa demais para alguém se concentrar nela.

— O que você quer que eu conte sobre ele? — replicou ela. Mal tocava no volante, o carro simplesmente fazia o que ela queria baseado apenas em seu desejo.

— Como ele é? — perguntei. — Não, quero dizer, eu acho que quero saber se você o ama.

— Você acha que eu não amo o meu marido? — indagou ela, sorrindo.

— Bem, você ama? — perguntei, genuinamente curiosa.

— Acho que amo — disse ela, enfim. — Ele é o homem perfeito pra mim, porque é responsável e me trata de igual pra igual, e ele tem seus próprios interesses e me deixa fazer o que eu quero.

— Mas como ele é? O que você gosta nele, em nível pessoal? — perguntei, não querendo desistir. Pensei nos namorados da minha mãe, milhares deles, e em como cada um tinha sido um mistério para mim, em por que a minha mãe pensava que eles acrescentavam algo na vida dela. Pensei sobre os meus próprios namorados, em como eu, na maior parte das vezes, só queria que eles ficassem na mesma sala que eu, em como não esperava nada deles. Pensei no senador Roberts. A foto dele que eu tinha visto o fazia parecer bonito o bastante, cabelo grisalho e olhos azuis de gelo, mas velho o suficiente para eu tê-lo dado como morto.

— Ele é intenso. Não é sulista do jeito que faz a gente ficar com vergonha. Sabe, na Vanderbilt, tinha um tipo de garoto que usava bermuda em tons pastel e mocassim. Eles usavam anarruga, como se fossem advogados racistas dos anos 1940. Eu os odiava. Eram tipo umas crianças, mas pareciam velhos de meia-idade. Eu os chamava de garotos Mint Julep, tipo, eles sentiam falta do Velho Sul, porque, mesmo que tenha havido um racismo terrível, tinha valido a pena se significava que eles poderiam ser importantes sem fazer esforço algum.

— Parece que você está descrevendo os seus irmãos — falei. Madison às vezes escrevia sobre eles, todos banqueiros ou CEOS. Sempre disse que nada do que ela fazia era tratado por seus pais com o mesmo entusiasmo que as realizações de seus irmãos, mesmo que os irmãos fossem alcoólatras, todos divorciados e casados novamente.

— Sim, são iguais aos meus irmãos. Garotos Mint Julep, como se bebessem um *mint julep* num dia normal sem achar esquisito. Sei lá. Estou enrolando. Não estou falando do Jasper. Eu não sei como descrevê-lo. Ele é quieto, e tem princípios, e é intenso. Ele entende as pessoas e isso o torna um pouco impaciente com elas, como se fossem burras demais para se proteger e ele tivesse que fazer isso por elas. Ele não é engraçado, mas tem senso de humor.

— Por que você se casou com ele? — perguntei.

— Porque ele quis casar comigo — respondeu ela. — Ele me queria, era mais velho e tinha experiência, e eu gostava que ele já tinha estragado tudo com a herdeira e deixado a família dele. Gostava que ele tivesse falhas mas, ainda assim, princípios. Acho que isso foi importante pra mim.

— Tenho medo de conhecê-lo — admiti.

— Tenho um pouco de medo que você o conheça — confessou ela. — Espero que você não o odeie.

Eu não respondi nada, porque tinha muita certeza de que, só por princípios, eu o odiaria. Eu não gostava de homens tanto assim, achava-os cansativos. Mas estava disposta a dar uma chance. Estava aberta a coisas novas, eu achava. Se isso significava morar naquela casa, eu podia dar conta de conversar com o senador de vez em quando. Quer dizer, o trabalho dele requeria que ele servisse aos meus interesses, já que eu era residente do estado. Eu não votava, mas ele não precisava saber disso.

ENQUANTO MADISON FOI BUSCAR O TIMOTHY NA CRECHE, tomei um banho e coloquei uma roupa nova, deixando as minhas velhas e esfarrapadas num cesto que eu sabia que seria abduzido quando eu não estivesse olhando, minhas roupas lavadas e dobradas e depois retornadas com talvez até um lacinho amarrado nelas. Passei um pouco do perfume que Madison escolhera para mim, que cheirava à prata velha e madressilva. Quando finalmente desci, vi Timothy parado lá, sem sinal algum de adultos.

— Cadê sua mãe? — perguntei, e ele simplesmente se virou e foi andando pelo corredor. Eu o segui e nós acabamos no quarto dele, que eu não tinha visto mais cedo naquele dia. A cama dele era maior do que qualquer cama que eu já tinha tido, tão macia que fiquei pensando em como ele não se sufocava instantaneamente quando subia nela.

— Então esse é o seu quarto? — perguntei para ele.
— Sim — respondeu ele. — Você quer ver os meus bichinhos de pelúcia?
— É, acho que sim — falei. — Claro.

Havia um baú grande e, com certo esforço, ele levantou a tampa. E então, como palhaços saindo de um fusca, vieram tantos bichos de pelúcia que parecia que eu tinha tomado um ácido. Timothy puxou uma raposa vermelha de gravata-borboleta.

— Este é o Geoffrey — disse ele, sem qualquer emoção no rosto.

— Olá, Geoffrey — falei.

Ele puxou um elefante com óculos escuros de hastes grossas.

— Este é o Bartholomew.

— Ah, ok. Oi, Bartholomew.

Ele tirou lá de dentro um sapo com uma coroa na cabeça.

— Este é o Calvin — afirmou ele, apresentando-o para mim.

— Tem certeza de que o nome dele não é Sapinho? — perguntei.

— É Calvin — insistiu ele.

— Tá bem, caramba. E aí, Calvin?

Tinha um ursinho de vestido rosa.

— Esta é a Emily.

— Eles são de um programa de TV ou algo assim? — questionei, tentando desesperadamente entender o garoto.

— Não. São só meus.

— O que você faz com eles?

— Enfileiro.

— Só isso? Você enfileira os bichinhos?

— Depois eu escolho o melhor — explicou ele.

Quando eu tinha seis anos, usei o dinheiro que ganhei de aniversário para comprar uma caixa gigante cheia de bonequinhos para meninos num brechó. Barbies eram caras demais, então eu brincava com aqueles carinhas, com roupas camufladas e umas barbas interessantes. Eu os fazia de representantes das pessoas da minha cidade e passava por cenas imaginárias da vida que eu desejava ter. O boneco que era eu era do Fonz, do *Happy Days*, com mãos de plástico que faziam joinhas. E a minha mãe era um cara barbudo e musculoso de colete jeans e bermuda.

Uma vez, eu estava brincando no meu quarto e o boneco-mãe disse:

— Lil, o gato do prefeito sumiu.

E então, o meu boneco disse:

— Vamos, mãe, a Agência de Detetives Breaker está NO CASO!

E eu ouvi a verdadeira voz da minha mãe falar:

— O que você está fazendo?

Olhei para cima e a minha mãe estava no batente da porta, olhando para mim.

— O gato do prefeito sumiu? — falei, confusa.

— Esse aí é pra ser você? — perguntou ela, apontando para o Fonz. Fiz que sim.

— E esse sou eu? — indagou ela, apontando para o boneco do Big Josh. Fiz que sim de novo, mas agora me sentia como se talvez tivesse feito algo errado.

Minha mãe me olhou com uma expressão estranha, e agora, olhando em retrospecto, sinto que aquele foi o momento exato em que ela se deu conta de que eu não era ela, que eu era um mistério para ela e talvez sempre seria. Eu consegui ver um clarão em seus olhos. E ela disse, meio pasma:

— Meu Deus, Lil, o que tem na sua cabeça?

E depois saiu.

Eu me senti uma aberração, muito embora o que eu estivesse fazendo, brincando de faz de conta, fosse o que todas as crianças faziam. Mas minha mãe não sabia o que era faz de conta. Talvez ela pensasse que era algo idiota, um tipo de fraqueza. Daquele momento em diante, acho que eu meio que percebi que a minha imaginação, o que torna a vida tolerável, precisava ser mantida em segredo do resto do mundo. Mas se você deixa uma coisa escondida, toda trancafiada, é difícil conjurar essa coisa quando precisa dela.

Então, talvez eu entenda o Timothy um pouco. Ou talvez eu esteja com inveja dele.

— Posso brincar também? — perguntei a ele.

Ele fez que sim e exibiu mais doze bichinhos de pelúcia, alinhados no chão.

— Ok, então eu só escolho o melhor? — questionei.

— Tem que ser o melhor — respondeu ele.

Tinha um panda com uma guitarrinha costurada na pata.

— Eu acho que é este aqui.

Os olhos do Timothy meio que se iluminaram em reconhecimento, como se o fantasma do século XVII que morava dentro dele tivesse acordado de repente.

— Este é o Bruce — falou ele, e eu ri um pouco do nome, tão ridículo para um bicho de pelúcia.

— Ele é o melhor? — perguntei.

Ele olhou para os outros, levou algum tempo. Finalmente, ele disse:

— Hoje, o Bruce é o melhor.

Ele me entregou o panda, e eu o abracei. Tinha um cheiro muito bom, de limpeza.

Enquanto eu abraçava o Bruce, Timothy juntou os outros bichinhos e depois os guardou. Ele parecia satisfeito. Senti que tinha passado num teste. Timothy encostou na minha cabeça e eu resisti ao desejo de bater na mão dele.

— Você é boa — comentou ele, e sorriu um pouco. Bem naquela hora, Madison apareceu.

— Ah, vocês dois estão brincando? — indagou ela.

— Tipo isso — falei.

— Você escolheu o Bruce? — perguntou ela.

— Escolhi. Ele é o melhor — disse a ela.

— O melhor *hoje* — esclareceu Timothy.

— Papai chegou! — exclamou Madison de repente, e Timothy começou a vibrar de, o quê, felicidade? Animação? Medo?

— Papai! — gritou ele, agora sorrindo, e saiu tropeçando do quarto.

— Jasper chegou — disse Madison para mim.

— Puxa — falei —, tá bem.

Eu fui andando o mais próximo que pude da Madison sem que aquilo fosse uma corrida de três pernas, e encontramos Timothy sendo erguido no ar pelo senador Roberts. Havia uma felicidade genuína no rosto do homem, e aquilo me amoleceu por um instante, que era exatamente o que eu precisava para passar pelo momento.

— Papai chegou! — exclamou Timothy, e eu podia ver o orgulho se irradiando de seu corpinho minúsculo.

— Cheguei — confirmou Jasper, não sorrindo, mas também sem fazer cara feia.

O senador Roberts era alto o bastante para parecer importante. Seu cabelo era prateado, não grisalho, como se ele fosse o imperador de algum planeta gelado distante. E seus olhos eram tão azuis, lindos. Ele era um homem bonito. Estava usando um terno bege que lhe caía perfeitamente, uma gravata azul-clara com um prendedor de gravata de burrinho prateado, dos Democratas. Parecia que ele estava um pouco cansado, como se ser importante fosse uma tarefa hercúlea. Se algum aspecto da sua aparência estivesse fora de ordem mesmo que só um pouco, ele pareceria mau. Mas tinha a proporção perfeita. Eu não teria me casado com ele, mesmo com todo o dinheiro que tem, mas entendi por que Madison se casara.

— Querido — falou Madison, uma vez que Timothy tinha recebido o pai com toda a atenção —, esta é a Lillian.

Ele ficou segurando o Timothy no colo, que estava com o rosto escondido no peito de Jasper.

— Olá, Lillian — ele me cumprimentou.

— Senador Roberts — respondi.

— Ah, Jasper, por favor — retrucou ele, embora estivesse satisfeito com a formalidade.

— É um prazer conhecer você, Jasper — falei, então.

— Você é quase uma lenda nesta casa — contou ele, sua voz tão comedida, tão hipnótica, a quantidade certa de sotaque sulista. Não era o Frangolino, da turma do Pernalonga, e não era um âncora de Atlanta. Era lírico, e meloso, e completamente natural. Soava agradável.

— A Madison tem você em alta conta — continuou ele.

— Ah, ok — respondi, envergonhada. O que a Madison teria dito a ele? Será que ele sabia que eu tinha evitado que Madison fosse expulsa de um internato chique? Era melhor ou pior que ela tivesse contato?

— Estamos muito felizes de ter você aqui — declarou ele, sem piscar. Eu não sabia se aquilo era algo necessário para um político, se piscar era um sinal de fraqueza ou algo assim. Por causa disso, passei a piscar tanto que quase comecei a chorar.

— Estou feliz por estar aqui — falei por fim, como se eu estivesse em uma peça de teatro e finalmente tivesse me lembrado da minha fala.

— Jantar? — sugeriu Jasper depois, para ninguém em particular, como um feitiço. Eu sabia que, quando entrássemos na sala de jantar, haveria comida que não estava lá antes de ele dizer aquela palavra.

— Sim! — aceitou Madison. — Estão com fome?

— Eu estou — respondeu ele, ainda sem sorrir. Talvez estivesse pensando em seus filhos de fogo. Talvez estivesse pensando em mim, aquela mulher estranha ocupando espaço na casa dele. Ou, talvez, estivesse pensando nos passos necessários para se tornar presidente. A questão era: eu não sabia no que ele estava pensando, e aquilo me deixava nervosa.

— Está com fome, Lillian? — indagou Madison, e fiquei pensando no que aconteceria se eu dissesse que não. Às vezes eu só jantava à uma ou às duas da manhã. Eram seis da tarde. Se eu dissesse não, todos iriam para os seus quartos e esperariam até que eu estivesse pronta? Não valia a pena descobrir. Na verdade, eu estava com uma puta fome.

— Sim, estou com fome também — eu finalmente disse, e nós fomos até a sala de jantar. Fiquei maravilhada com a facilidade com que eu tinha sido absorvida pelo ritmo da vida daquela família. Eu não sentia que era natural, mas também não parecia que eu estivesse gastando toda a minha energia tentando fazer dar certo. Isso me fez pensar que a riqueza, como, é claro, eu já sabia sem ter experiência prévia, podia normalizar qualquer coisa.

Aquilo me trouxe à mente que as duas crianças que estavam vindo no horizonte como sóis gêmeos não mudariam nada naquele lugar, que elas seriam purificadas. Não pensei sobre isso naquele momento, mas mais tarde me lembrei de que essas crianças já haviam estado naquela mesma casa, já a tinham chamado de lar, mas tinham sido expulsas. Eu não sabia qual era a lição. Não refleti sobre aquilo.

Depois do jantar que Mary tinha preparado — massa cabelinho de anjo com azeite de oliva e frango no limão, um pão que se abria como um geodo, vinho gelado e um tipo de bolo esponjoso batizado com álcool —, todos nós fomos lá para fora, ainda tinha sol, um entardecer perfeito. Madison queria me mostrar uma coisa e nós caminhamos pelo gramado, que, juro por Deus, chiava sob nossos pés, até chegarmos em uma quadra de basquete; a superfície era um asfalto de ônix reluzente e as linhas estavam pintadas de branco brilhante. Madison ligou um interruptor, e as luzes ganharam vida e iluminaram a quadra.

— Meu Deus — falei, incapaz de conceber de verdade.

— Era uma quadra de tênis tediosa — explicou Madison —, mas aí eu mandei transformar nesta.

— É linda — concluí. Honestamente, era mais impressionante que a mansão.

— Basquete não é um passatempo muito refinado — comentou Madison, franzindo a testa. — Ninguém nunca quer jogar.

— Eu quero — falei. — Eu quero jogar.

Jasper, como se tudo aquilo tivesse sido orquestrado antecipadamente, pegou Timothy pela mão e o levou para uma arquibancada modesta. Madison foi até um baú à prova d'água e, dali, tirou uma bola que parecia nunca ter sido quicada. Ela passou para mim, eu peguei, depois fiz três dribles e mandei um arremesso preguiçoso que, graças a Deus, caiu bem dentro da cesta, com aquele som sensual que a rede faz quando se acerta bem direitinho. Se eu tivesse errado aquele arremesso, acho que teria chorado.

Madison pegou a bola antes que ela tocasse no chão e então se postou diante de um jogador de defesa imaginário, girou para a esquerda e executou um gancho clássico que caiu na cesta.

— Você joga muito? — perguntei. Se eu tivesse uma quadra daquelas ao meu dispor, dormiria em cima do aro.

— Não tanto quanto eu gostaria. Você sabe que é chato ficar só arremessando. Sinto falta de jogar com time.

— Você não pode simplesmente fazer seus funcionários jogarem? — perguntei. *Por que se precisava de um jardineiro,* fiquei pensando, *por que não contratar o time do Washington Generals para morar na edícula?*

— Eles não iam conseguir jogar comigo — respondeu. Ela não estava sendo arrogante. Provavelmente era verdade. A Iron Mountain tinha ganhado um campeonato estadual em seus anos de caloura e de sênior, e ela tinha entrado para o time estadual nas duas vezes. Ela jogava na Vanderbilt. Não era titular, mas eu sabia o quão bom alguém tinha que ser para ficar no banco de reservas em um time de liga.

E eu sabia que ela estava feliz de eu estar lá. Eu tinha ido para o estadual no meu último ano de escola, mas era porque a maioria do nosso time era tão ruim que eu tinha que fazer tudo sozinha, o que fez a minha pontuação ir lá para cima. Nós nem passamos para a fase regional. Nunca consegui decidir se fiquei feliz ou triste que a minha escola e a Iron Mountain estivessem em categorias diferentes e eu não ter tido a chance de ir para cima da Madison e ver o que ela faria para me impedir.

Mas não jogamos uma contra a outra naquela noite. Só arremessamos, hipnotizadas pelo som da bola batendo contra o asfalto. Senti meus músculos relaxarem e encontrei meu ritmo. Não errava uma. E Madison até foi para trás para arremessar cestas de três pontos uma atrás da outra. Quando eu era criança, ficava muito irritada por ser menina e não conseguir enterrar, mas aquilo era bem melhor. Você acha o seu lugar, se alinha e manda ver. O aro já estava amaciado, era um parque de diversões, e nós arremessamos por mais ou menos uns quarenta e cinco minutos. O sol já estava baixando e Timothy gritou quando os vaga-lumes começaram a piscar ao nosso redor. Fui até a cesta e acertei uma bandeja, e depois Madison guardou a bola. Timothy tinha as mãos erguidas à frente, tentando, desajeitado, pegar um vaga-lume, e então Jasper gentilmente pegou um no ar e o deixou descansar na palma da mão aberta. Todos nos reunimos ao redor dele e observamos enquanto o inseto parecia estar respirando, o brilho emanando de dentro dele uma, duas vezes, e então voou para longe.

— Hora do banho — avisou Madison finalmente, e eu pensei que ela tinha dito para mim, mas depois vi Timothy assentir e começar a andar de volta para a mansão. Madison pegou na mão dele, e depois Jasper encostou no meu cotovelo direito e eu congelei.

— Eu agradeço o que você está fazendo por nós — falou ele.

— Não é nada — respondi. Eu nem tinha ideia do que estava fazendo. Até saber o quão difícil seria, eu não queria a gratidão dele.

— Meus filhos... — ele começou, mas depois pareceu deixar o pensamento escapar. — Eu sempre tentei ser um homem bom — enfim continuou, encontrando uma nova forma de falar o que queria. — Mas nem sempre tenho sucesso nisso. Madison tem me ajudado a encontrar um jeito verdadeiro. Eu tenho muita sorte de tê-la.

— Ok — falei.

— Eu cometi muitos erros com os meus filhos, Roland e Bessie. Eu os deixei ficar longe de mim. Eu os perdi de vista. E isso é culpa minha. O que quer que tenha acontecido enquanto estiveram com a Jane é culpa minha. Mas eu espero que você entenda que estou tentando fazer a coisa certa.

Pareceu que cada uma das palavras havia doído um pouco nele, e eu não tinha certeza de como eu poderia deixar aquilo mais fácil. Na verdade, eu não queria que fosse fácil para ele.

— Eu sei que isso é pedir muito de você — Jasper seguiu. — Sei que você só está fazendo isso porque se importa com a

Madison, mas quero que saiba o quanto é importante para mim que você esteja aqui.

Entendi que ele não estava dando em cima de mim. Eu via que ele não estava interessado em mim romanticamente, e aquilo me acalmou.

— A Madison disse que um dia você pode ser presidente — comentei.

Jasper ficou com um olhar estranho, como se muitas vezes achasse Madison engraçada.

— Bem — disse ele —, é uma possibilidade, sim.

— Presidente Jasper Roberts — propus.

— Bom, não tão cedo. Há coisas mais importantes para se pensar no momento — concluiu ele.

Ele simplesmente começou a caminhar em direção à casa, e eu o deixei ir uns vinte metros na minha frente antes de segui-lo. Parecia que ele não tinha a menor ideia de como as coisas tinham acontecido do jeito que aconteceram na vida dele. Eu me sentia igual.

Três

ESTÁVAMOS SEGUINDO PELA AUTOESTRADA EM UMA VAN DE quinze passageiros com os últimos dois assentos removidos e um colchão de ar enfiado atrás. Para deixar mais convidativo, havia lençóis da Turma do Charlie Brown e dois cachorrinhos de pelúcia. No momento, éramos apenas Carl e eu, a dupla mais infeliz na história do mundo, a caminho de buscar as crianças, Roland e Bessie.

Não sei por quê, mas presumi que as crianças um dia apareceriam na propriedade, talvez enfiadas em caixotes de madeira gigantes, com pacotes de amendoim pressionados contra seus corpos frágeis. Pensei que ia pegá-los nos braços e colocá-los em nossa nova casa como bonecas em uma casa de brinquedo. Mas não, tivemos que fazer uma viagem de merda, seis horas ida e volta, e Carl fez parecer que teríamos que amarrá-los, arrancá-los gritando do espaço rastejante de algum prédio bombardeado, uma espécie de sequestro.

— Essas crianças não estão acostumadas a transições — afirmou ele. — Já estão lidando com a morte da mãe. Pelo que entendi de seus avós, eles têm estado... agitados.

— Bem, então, talvez a polícia devesse pegá-los — propus. Eu odiava o modo como sempre tentava escapar do trabalho árduo, mas, caramba, trabalho árduo era um saco. Estava dormindo em uma cama de plumas e bebendo chá de camomila. Não estava a fim de caçar crianças selvagens.

— Nada de polícia — disse ele. — Não é o que precisamos neste momento. Tudo isso precisa ser privado, um assunto pessoal. Não queremos serviço social nem hospitais, nem a polícia. Somos apenas você e eu. Não é uma tarefa tão difícil.

— O que a Madison diz? — perguntei a ele, esperando ganhar um indulto.

— Isso é o que você está sendo paga para fazer — respondeu ele, exasperado. — É você que tem que cuidar dessas crianças. Por isso você está vindo comigo buscá-las. Uma vez que estiverem aqui, você pode fazer o que quer que ache necessário para mantê-las seguras e felizes.

— O que eu deveria vestir? — questionei. Eu ainda estava de pijama, bebendo café e lendo o *The New York Times*, enquanto Mary fritava alguns ovos para mim. Já eram dez e meia da manhã. Fazia mais sentido ir cedo no dia seguinte.

— Roupas normais — respondeu Carl. Eu apreciava o fato de que ele não tentava mais esconder sua impaciência comigo. Isso significava que eu não precisava esconder a minha irritação com ele.

— Ok, ok. Relaxa — falei a ele. — Depois que eu comer meus ovos, saímos.

— Eu tenho barrinhas de cereais e uma térmica de café. Temos que ir. Eu já deixei você dormir até tarde — reclamou ele.

— Mary já está fazendo os ovos — expliquei. — Não quero desperdiçá-los.

Carl se sentou no banco ao meu lado e se inclinou para a frente, sussurrando:

— Acha que a Mary se importa se você não comer os ovos? Você acha que vai magoá-la?

— Você está perto demais — disse a ele, que de repente percebeu o quão ameaçador devia parecer para mim, que eu tê-lo irritado o levou a abusar de sua autoridade. Ele ficou todo duro e envergonhado, e recuou.

— Vou esperar na van — avisou ele. — Me encontre em dez minutos.

— Quer sincronizar nossos relógios? — perguntei, mas não acho que ele me ouviu, porque já estava no saguão. Eu me levantei e fui até o balcão da cozinha. Mary, sem dizer uma só palavra, colocou um prato de ovos fritos na minha frente, e eu os comi tão rapidamente que pareceu que nunca existiram. — Obrigada, Mary — agradeci, e ela assentiu.

— Boa viagem — desejou ela, e se permitiu uma leve musicalidade em sua voz normalmente monótona. Eu amava o jeito preciso dela de ser uma megera; eu queria estudá-la por um ano.

Agora estávamos quase na casa de férias onde a mãe e o pai de Jane mantinham as crianças fora de vista. Pelo que Carl me contou, a família Cunningham sempre fora uma força política no leste do Tennessee, mas não muito tempo depois que Jane se casou com Jasper, o pai dela, Richard Cunningham, foi envolvido em um complicado esquema de pirâmide e perdeu praticamente toda a fortuna da família em um litígio. Jasper o manteve fora da prisão, mas os Cunningham ficaram arruinados. Em suma, Richard vendia espirulina de porta em porta, um tipo de superalimento que parecia um esquema de pirâmide em si mesmo. Mas eles ainda tinham a casa de férias perto das Smoky Mountains, onde estavam cuidando das crianças. Carl mencionou que só o que eles faziam era ficar sentados enquanto as crianças ficavam na piscina por horas, ocasionalmente as chamando para entrar e comer nuggets de peixe. Imaginei que, pela discrição deles, Jasper estivesse pagando uma boa quantia. Uma indústria inteira tinha surgido ao redor dessas crianças.

Enquanto Carl tentava navegar pelas estradas vicinais não mapeadas, eu ficava cada vez mais ansiosa.

— Você era militar, Carl? — perguntei a ele.

Ele virou a cabeça, seus óculos de sol refletindo a minha imagem de volta para mim. Ele parou em uma interseção vazia de quatro estradas e esperou cinco segundos antes de seguir. Provavelmente ele tinha quarenta e tantos anos, era magro, mas não bonito, o nariz grande demais e o cabelo ficando ralo. Ele era baixo também, mas tinha uma intensidade que compensava, um modo de aceitar sua feiura que era tipo uma virtude.

— Não — disse ele finalmente —, não sou militar.

— Você era policial?

— Não — respondeu ele.

— Bem, o que você fazia antes de trabalhar para Jasper Roberts? — perguntei, não disposta a desistir até entender aquele homem um pouco melhor.

— Várias coisas — falou ele. — Eu trabalhei em um jornal como repórter júnior, depois vendi seguros e depois tirei uma licença para ser detetive particular. Eu era bom, discreto, e comecei a entrar nos círculos políticos. Fiz alguns trabalhos para o Jasper, investiguei a vida de alguém do interesse dele, e fiz um bom trabalho, acho. Ele me contratou para trabalhar pra ele em tempo integral.

— Você gosta de trabalhar pra ele? — perguntei.

— É melhor do que correr atrás de pais que não pagam pensão — afirmou ele. — Eu cresci em um lugar difícil. Às vezes, eu me sinto tão longe de lá que parece que eu devo ter feito alguma coisa certa.

— Eu cresci num lugar difícil também — contei, de repente sentindo carinho por Carl, chocada que ele realmente tivesse confiado em mim. Eu sabia que não éramos nada parecidos.

Ele era certinho demais, tinha muito medo de foder com tudo. Tenho certeza de que ele pensava que eu era um desastre prestes a acontecer, um problema com o qual ele teria que lidar o tempo todo. Mas, por um momento, eu pude vê-lo. Ele era bom de serviço, mesmo que aquele serviço provavelmente fosse um saco. Ele dava conta. A gente podia contar com ele.

— Ah, eu sei *tudo* sobre você — admitiu ele, e depois se transformou novamente em um engomadinho, com aquele jeito de tensionar o maxilar. Então tá, não seríamos melhores amigos mesmo. Tudo bem para mim.

— Onde é a porra dessa casa? — perguntou ele, olhando ao redor, e fez um balão rápido.

Finalmente estacionamos na frente de um chalé em formato de triângulo, com todos os tipos de janelas esquisitas, e a porta da frente estava bem escancarada.

— Ai, caramba — exclamou Carl, tirando os óculos de sol e beliscando o osso do nariz entre os olhos.

— Eu fico aqui na van? — perguntei, tipo *por favor, me deixa ficar na van*. Carl saiu, abriu a porta lateral e pegou um cooler que estava cheio do que pareciam ser caixinhas de suco e barras de chocolate Hershey's. Fiquei meio irritada por tudo o que eu tinha comido durante a viagem ter sido umas barrinhas de cereal farelentas e café fraco, quando havia esse esconderijo de açúcar.

— Esse suco está batizado com um sedativo — explicou ele.
— Vai ser mais fácil se pudermos fazê-los beber ao menos um desses no caminho pra casa.

— Vamos drogá-los? — questionei.

— Não começa, por favor — pediu Carl. — Vamos sedá-los. Levemente. Eles estão em um estado de fragilidade.

— Então por que Jasper não veio buscá-los? Quer dizer, ele é o pai deles. Isso os acalmaria.

— Eu não sei se acalmaria — admitiu Carl. — E o senador Roberts tem um trabalho em Washington agora. Esse é o nosso trabalho. Meu e seu.

— Bem, eu não quero drogá-los — falei. — Isso vai dar treta.

— Faça do seu jeito, então — ele cedeu. — Vamos lá.

Entramos no chalé, que estava escuro, sem uma única luz ligada, mas conseguimos ver alguma atividade no quintal. O sofá, uma abominação florida coberta de plástico, estava queimado do lado, o teto acima tinha fuligem. Carl abriu a porta de correr de vidro e viu o sr. Cunningham em uma sunga minúscula e chinelos, fazendo bife em uma churrasqueira de carvão velha e bamba. Sua mulher parecia morta dormindo em uma cadeira de jardim.

— Carl! — chamou o sr. Cunningham. Ele devia ter uns setenta anos, mas tinha o cabelo encaracolado e grisalho como se fosse uma peruca. Parecia que estava num processo de derretimento, sua pele queimada de sol e caindo por todos os lados, pendurada em dobras. Ele tinha uma covinha enorme no queixo.

— O que está fazendo aí, sr. Cunningham? — perguntou Carl, adotando um tom amigável.

— Curtindo a vida! — respondeu o sr. Cunningham. — Fazendo um bife.

— Parece bom! — afirmou Carl.

— Bem, um homem não pode viver só de espirulina, Carl — o sr. Cunningham continuou. — Bife é um superalimento, eu acho.

— As crianças estão na piscina? — indagou Carl.

— Estão lá desde de manhã — ele nos contou. — Eles gostam de água. Jane, você sabe, não sabia nadar. Mas ela se certificou de que as crianças soubessem. Esse é o tipo de mãe que ela era, dava aos filhos o que não teve.

— Ela era uma mulher fantástica — disse Carl.

— Se Jasper não tivesse fodido tudo... — Mas aí o sr. Cunningham simplesmente olhou para o seu bife, que estava chiando, pulando, só um único bife na grelha.

— Ele vai cuidar das crianças — assegurou Carl ao homem, mas o sr. Cunningham não estava ouvindo.

— Você tem um cheque pra mim? — perguntou o sr. Cunningham finalmente.

Carl entregou a ele um cheque e depois olhou para a sra. Cunningham.

— Ela gostaria de se despedir das crianças? — perguntou.

— Deixa ela dormir — respondeu o sr. Cunningham.

— As coisas deles estão arrumadas? — Carl quis saber.

— Era responsabilidade das crianças — explicou o Sr. Cunningham. — Eu acho que elas não fizeram nada. Não são muito sensatas.

Carl parecia enojado, mas simplesmente assentiu.

— Ok — disse ele para mim. — Eu vou arrumar as coisas deles. Você espera aqui com o sr. Cunningham e depois vamos pegar as crianças e ir para casa.

— Eu meio que quero ir vê-las — falei.

— Bem, só espera uns minutos como uma adulta e depois você pode ir conhecê-las — disse Carl, e saiu.

O sr. Cunningham nem me notou. Eu não sei quem ele pensou que eu era.

— O que a espirulina faz? — perguntei.

Ele não me olhou, mas respondeu.

— Tudo, querida.

Nós nos sentamos em silêncio por alguns minutos, a mulher dele roncando, e então eu disse:

— Só vou ali dar oi pras crianças.

Eu precisava de um tempo longe do Carl para que as crianças entendessem que eu não era uma policial, e então eu poderia conquistá-las com a minha própria esquisitice.

— Fique à vontade — disse ele.

Enquanto andava até a borda da piscina, eu me dei conta de que o barulho de água tinha parado. As crianças, seus rostos obscurecidos por óculos gigantes de mergulho, estavam na parte rasa, a água em volta delas. Parecia que estavam me encarando, mas, com os óculos de mergulho, era difícil dizer. Foi um pouco sinistro, de verdade. Eu estava trabalhando uma atitude meio Mary Poppins, e os óculos me tiravam a concentração.

— Ei, pessoal — falei, meio legalzona casual, o tom que se usa quando já conhece alguém, para que a pessoa fique curiosa. — Bessie e Roland, certo?

Em uma lentidão agonizante, os dois começaram a afundar na água. Eles não nadaram para longe, só se sentaram lá, segurando o fôlego, enquanto eu fiquei parada, mais alta do que eles, com os braços caídos ao lado do corpo. Eu não me sentia nem um pouco como a Mary Poppins, aquela vaca. Eu precisava de algum adereço, uma sombrinha mágica que tocasse música ou algo assim. Eu não fiquei contando, mas pareceu que tinham ficado lá embaixo por um minuto ou mais, antes de ambos voltarem a ficar em pé, como se achassem que eu iria embora.

— Bessie e Roland, certo? — repeti, como se talvez não tivessem me escutado.

— Quem é você? — perguntou Bessie.

— Vocês podem tirar os óculos? — pedi a eles. — Quero ver como vocês são.

— Nós somos feios — disse Bessie.

— Duvido — respondi, mas provavelmente era verdade.

— Nossos olhos ficam vermelhos com o cloro — completou Bessie. — O vovô só despeja uns produtos químicos. Ele nem mede nada.

— Vocês querem sair? — perguntei. Imaginei que tivesse mais alguns minutos antes de Carl voltar com as coisas deles e estragar tudo. Quando criança, eu tinha muita experiência em fazer gatos de rua confiarem em mim. Eu não fazia muita coisa com a confiança deles, só dava uns pedaços de comida e acariciava devagar; tudo se resumia a deixá-los virem até mim. Pensei que crianças não seriam muito diferentes de gatos.

— Não vamos sair desta piscina — afirmou Bessie. Ela usava uma camiseta preta e um calção de banho. O corte de cabelo dela era rigoroso, tipo corte cuia se você não tivesse uma cuia para deixar o corte uniforme. Ela estava queimada de sol, mas não a ponto de sentir dor. O irmão estava agachado atrás dela, se escondendo de mim. Eu imaginei que, se conseguisse trazer Bessie para o meu lado, Roland viria junto.

— Nós temos piscina lá em casa — disse a eles. — Maior que essa.

— Tem escorrega? — perguntou Bessie, de repente curiosa.

— Dois escorregas — menti.

— Vocês têm pés de pato? — ela quis saber, Roland cutucando-a.

— O vovô disse que nada de pés de pato.

— Eu compro pés de pato — falei.

— Você quer que a gente vá com você? — indagou Bessie.

— Sim. Venham conhecer nossa casa. É um lugar legal. Eu acho que vocês vão gostar. Eu gosto — falei. Agora eu estava ajoelhada na borda da piscina. Pus meus dedos dentro d'água e senti o quanto estava quentinha.

— Você vai cuidar da gente? — perguntou Bessie. A cada pergunta, ela se aproximava um pouco mais, deixando Roland para trás, sozinho.

— Se for tudo bem pra vocês — sugeri.

— Parece ok — concordou Bessie, tentando não soar tão animada. — Dois escorregas?

— Dois — confirmei, sorrindo. Bessie tirou os óculos e Roland fez o mesmo. Eles tinham olhos insanamente verdes, esmeraldas brilhantes; mesmo no sol, eu podia vê-los. Sem os óculos, pude entender suas caras. Fiquei um pouco surpresa com o quanto eram redondas. Eu esperava que crianças de fogo fossem finas e magricelas, o fogo tendo consumido todo o peso delas, mas aquelas crianças ainda tinham gordura de bebê. Pareciam crianças que não tinham sido cuidadas, um pouco desajeitadas e esquisitas. Mas ali vinha Bessie, bem na beira da piscina, andando até mim.

— Para onde você vai nos levar? — questionou ela.

— Para um lugar ótimo — respondi.

— Nosso pai vai estar lá? — ela continuou.

— Às vezes — admiti, pensando se aquela era a coisa errada a se dizer.

— Me ajuda a sair — pediu ela, esticando os braços como um bebê.

Quando eu me inclinei para a frente para alcançá-la, ela mudou levemente a postura. Eu observei todo o seu corpo ficar elétrico e selvagem, e ela agarrou meu braço direito pelo punho e enfiou toda a minha mão dentro da boca. Ela mordeu a minha mão tão forte que eu gritei com tanta força que o som sumiu, o tipo de dor que faz o tempo parar. Olhei para Bessie, minha mão ainda se retorcendo em sua boca, e parecia que ela estava sorrindo.

Eu caí na piscina, e Bessie segurou a minha cabeça debaixo da água, puxando meu cabelo, arranhando a minha cara como uma louca. Os gatos de rua da minha juventude não eram nada como essa criança selvagem e psicótica. Botei a cabeça para fora da água e ouvi Bessie gritar:

— Corre, Roland!

E vi o corpo dele saltando para fora da piscina como se tivesse sido lançado de um canhão.

Ele estava correndo para a cerca, mas eu já estava de volta embaixo d'água, as garras de Bessie cavando na pele do canto do meu olho direito, rasgando a minha bochecha. Tentei agarrá-la para conseguir alguma vantagem sobre seu corpo contorcido, escorregadio de semanas na piscina, mas ela me mordeu de novo, e eu senti como se seu dente tivesse rachado na minha junta. Voltei à superfície e pude ver o sangue girando na água, flutuando no cloro.

— Merda, Roland! Sai daqui — berrou ela, e eu ouvi Carl gritando.

— Que porra é essa?

Eu tinha engolido muita água, mas finalmente consegui pôr meus braços em torno da cintura de Bessie, as pernas dela chutando para a frente, enquanto eu a segurava por trás. Ela arranhava meus dedos entrelaçados, mas eu não ia soltar.

— Bessie, pelo amor de Deus, caralho. Eu vou ser sua melhor amiga — falei, e soou tão fraco e choramingento como se eu fosse uma porra de uma idiota. Eu me odiei.

E então, de repente, me dei conta do quanto Bessie estava quente, mesmo na água, o calor aumentando e avermelhando sua pele, deixando-a quase roxa. Tinha muito vapor saindo dela. Acho que entrei em pânico, e então a puxei para debaixo d'água. Contei até quinze, depois até trinta, senti o calor arrefecer da pele dela, esperando que não a tivesse matado. Eu a ergui, carregando-a pelas escadas. Ela ficou um pouco mole nos meus braços, tinha desistido.

— Cadê o Roland? — perguntou ela. — Ele fugiu?

Sentei nos degraus, ainda a segurando, e nós olhamos para Roland, que tinha tentado pular a cerca e ficado preso pelo calção de banho, com a bunda pálida à mostra, pendurado de cabeça para baixo, Carl resmungando "merda" enquanto tentava soltar o tecido da cerca.

— Não vou com vocês! — gritou Bessie, que encontrou alguma força escondida dentro de si, se soltou dos meus braços e começou a correr para a casa. Agarrei seu tornozelo e ela caiu, feio, ralando o joelho. A blusa dela começou a soltar fumaça, o tecido chamuscado na gola, mas estava encharcada e não podia pegar fogo de verdade. Percebi que havia ondas delicadas de chamas amarelas descendo pelos bracinhos da Bessie. E então, como um estrondo de um raio, ela entrou completamente em combustão, seu corpo era uma espécie de fogos de artifício, a chama branca, e azul, e vermelha, tudo de uma vez. Era bonito, sério, ver uma pessoa queimar.

Ouvi Carl gritar e me virei para ver Roland agora pegando fogo, embora não tanto quanto sua irmã. Carl simplesmente chutou-o para dentro da piscina, onde ele caiu como uma rocha, se extinguindo.

Vi o sr. Cunningham se protegendo com um garfo gigante. A sra. Cunningham ainda dormia.

— Você quer ficar aqui? — gritei de volta para Bessie. Minha mão doía tanto, o tipo de dor que eu nem queria olhar, porque sabia que me deixaria brava pra caralho, quantas vezes eu voltaria no tempo para pensar sobre todas as maneiras que eu poderia ter evitado que meus dedos tivessem sido mordidos por uma criança feroz. — Você quer ficar com essas pessoas velhas que são chatas e provavelmente nem sabem do que vocês gostam?

— Não — respondeu ela. Sua pele estava voltando ao tom normal, o fogo já diminuindo. Parecia que o corpo deles podia sustentar o fogo somente por um breve momento. A blusa dela estava um farrapo, quase em cinzas.

— Ou você quer ficar comigo, porque eu sou legal, e eu vou continuar sendo legal, e vocês vão gostar de passar tempo comigo? — eu simplesmente continuei, nem esperei pela resposta dela.

— Você quer ficar aqui com seus avós de bosta, e nunca comer direito, e ficar coçando picadas de insetos debaixo de lençóis que nunca foram lavados? Vocês querem isso?

— Não, eu não quero isso — falou Bessie, não chorando, mas chiando de raiva.

— Ou você quer vir comigo, e eu vou cuidar de vocês, e comprar roupas novas, e alimentar vocês com o que quiserem, e jogar jogos com vocês, e assistir a filmes com vocês, e nadar na piscina com vocês, e ninar vocês pra dormir, e dar beijo de boa-noite em vocês, e cantar canções de ninar, e depois acordar vocês, e deixar vocês assistirem a desenhos?

— Isso — respondeu ela, os dentes batendo. — Queremos isso.

— Ok, então — concluí. — Então vocês têm que confiar que eu vou cuidar de vocês. Vai ser estranho, tá? Vai deixar vocês com raiva às vezes. Mas eu vou cuidar de vocês. É o que eu vou fazer.

Naquele ponto, Carl já tinha pescado Roland da piscina e estava levando-o para perto de nós, o menino ouvindo com atenção.

— Você é nossa madrasta? — indagou Roland.

— Não, cacete, não, eu não sou a madrasta de vocês. Eu sou só...

— Ela é tipo uma babá que nunca vai embora — Carl se intrometeu de repente.

— Nunca? — Bessie e Roland falaram ao mesmo tempo, e percebi como isso podia dar errado muito rapidamente.

— Nunca — confirmei, sorrindo. Bessie ainda tinha um pequeno rastro do meu sangue escorrendo pelo queixo.

— Nós pegamos fogo — contou Bessie para mim.

— Eu sei — falei. — Tá tudo bem.

— Nós só temos que ir com vocês? — perguntou ela, e eu assenti, exausta.

Bessie olhou para Roland, que simplesmente fez que sim.

— Nós vamos — disseram os dois ao mesmo tempo.

— Eu arrumei as coisas de vocês — Carl contou a eles.

Roland deu de ombros.

— Não temos muita coisa para levar — o menino nos informou. Ele tinha listras raspadas nas laterais do cabelo e fiquei chocada ao perceber que o cabelo deles não estava chamuscado. Não sei por quê, com essas crianças demoníacas explodindo em chamas bem na minha frente, seus cortes de cabelo ruins permanecerem intactos foi a mágica que me surpreendeu completamente, mas é assim que funciona, eu acho. A coisa grande é tão ridícula que a gente absorve apenas os milagres menores.

Quatro

— TEM SUCO — ANUNCIOU CARL, TENTANDO SOAR ALEGRE.
As crianças sorriram, mas eu fiz que não.

— Nada de suco — disse a ele. Não queria essas crianças drogadas, não queria que as coisas começassem piores do que já tinham sido.

Bessie fez careta.

— Você disse que nos daria o que quiséssemos — afirmou ela. O rosto dela ficou um pouco vermelho, e achei que eu já estivesse lidando com algum trauma.

— Vamos comprar uns refrigerantes no posto de gasolina — falei, e Carl simplesmente fez que sim com a cabeça, talvez tão cansado quanto eu.

— Que bom — exclamou Roland. — Sun Drop, tá?

— Tá bom — respondi.

— Sua mão está bem machucada — comentou Roland.

Eu finalmente olhei para ela, tinha esquecido da dor. Era só uma sensação de torpor viajando pelo meu braço. Havia marcas de dentes por toda a minha mão, roxas e profundas, bolhas de sangue nas feridas. As piores eram no indicador e no dedo do meio. Eu mal conseguia dobrá-los.

— Eu arranhei a sua cara um pouco também — confessou Bessie, envergonhada.

— Desculpa pelo seu joelho — disse a ela, que só fez um gesto de deixa pra lá com a mão.

— Eu tenho um kit de primeiros socorros na van — sugeriu Carl. — Você veste os dois e eu já volto com ele.

Conduzi as crianças, passando pelos avós. O bife do sr. Cunningham estava agora queimando, torrado na grelha. As crianças agiam como se os avós nem estivessem lá.

No banheiro, sequei os dois com toalhas já úmidas. Eu não tinha muita experiência com crianças, sempre as havia evitado no passado. Bessie e Roland arrancaram os farrapos de roupas queimadas e ficaram pelados tão rápido que mal tive tempo de achar estranho. Eu fiquei tipo: *são crianças peladas*, e tentei ser madura quanto a isso. No fim, eles vestiram suas roupas: camisetas baratas de suvenir das Smoky Mountains, bermudas largas, chinelos escorregadios nos pés.

Olhei meu rosto no espelho. O pior era ao redor do meu olho direito, que estava inchado e tinha arranhões salientes correndo em diagonal pelo lado do meu rosto, a camada superficial da pele arrancada. Eu parecia um gladiador em um filme velho e ruim. Encontrei uma bisnaga quase vazia de Neosporin no armário dos remédios e esfreguei por toda a cara como se fosse um tratamento de beleza.

— Você não tem nenhuma outra roupa? — perguntou Bessie para mim, e eu lembrei que estava ensopada, meus sapatos encharcados de água da piscina.

— Não tenho — expliquei a eles, e bem naquele momento Carl apareceu com o kit de primeiros socorros. Ele também estava segurando um vestido largo de velha, com verdes e amarelos rodados e talvez um pouco de roxo também.

— O que é isso? — perguntei a ele.

— Peguei do armário da sra. Cunningham — respondeu ele. — Achei que você talvez precisasse se trocar.

— Eu vou com as minhas roupas molhadas mesmo — falei.

— Não seja burra, tá? — disse ele. — Vista isso.

— É um vestido de velha — comentei.

— A vovó chama de vestidos para o chá — explicou Bessie. Gostei dela naquela hora, mesmo que ela tivesse tentado arrancar meus dedos fora.

Eles saíram do banheiro e eu coloquei o vestido, que era confortável e não tão bufante como eu esperava, não que importasse parecer bonita quando a minha cara estava estraçalhada e minha mão, destruída. Recolhi minhas roupas molhadas e as enrolei em uma toalha. Depois, destranquei a porta e Carl entrou com o kit de primeiros socorros.

— Fiz um curativo no joelho da menina. Agora, só pra você saber, esse é um kit bem rudimentar — avisou ele, antes de pegar peróxido de hidrogênio do armário de remédios e usar as bolas de algodão do kit para limpar as feridas, que doíam como o inferno, ficando espumosas e rosadas. Uma vez que ele teve certeza de que estavam limpas o bastante, pegou uma gaze e deu batidinhas gentis na minha pele.

— Você deveria ter me esperado — lamentou ele, e eu fiquei muito puta porque era difícil discutir, considerando o quanto eu tinha fodido com tudo.

— Eu queria que eles gostassem de mim — expliquei. — Queria ficar sozinha com eles.

— Vai levar um tempo — falou ele. — Se é que vai dar certo. Eles já passaram por coisas muito ruins. São mercadorias danificadas.

— Meu Deus, fala baixo, Carl — falei. — Eles estão bem ali fora.

— Bem, só estou dizendo. Toma cuidado com eles. Nosso objetivo é manter os dois fora de perigo pelos próximos meses, para evitar qualquer desastre. É só gerenciamento de crise, Lillian, certo?

— Vou ter cuidado — respondi. Carl enrolou esparadrapo em torno da gaze, e minha mão ficou parecendo uma nadadeira.

— É o melhor que posso fazer agora. Temos que nos certificar de que não infeccione, mas você não precisa de pontos nem nada. Não tem nada quebrado.

— Raiva? — perguntei, como se fosse uma questão idiota, esperando que ele achasse que era uma piada.

— Não — respondeu ele. Depois, pensou por um segundo e olhou em direção à porta onde as crianças estavam esperando. — Acho que não.

Quando abrimos a porta, as crianças estavam lá paradas como zumbis. Elas tinham dez anos de idade, mas pareciam mais jovens, atordoadas de um jeito significativo. Eu não tinha pensado muito sobre como ia cuidar delas. Originalmente, tinha achado que só ficaria com elas durante o verão e gentilmente as levaria a tomar boas decisões. Achava que só ficaria sentada num pufe com os dois lendo revistas perto de mim.

Agora estava claro quanto trabalho aquilo daria. Eu teria que moldar muito bem aquelas crianças e transformá-las em algo que pudesse viver naquela casa podre de rica em Franklin. Seria como ensinar um guaxinim selvagem a usar terno e tocar piano. Eu sangraria e ficaria com hematomas todos os dias, e isso ainda seria melhor do que pegar fogo, com as minhas obturações derretendo enquanto eu me agarrava a esses dois pequenos.

E, enquanto eles me encaravam, eu sabia o quanto de mim colocaria injustamente neles. Eles eram como eu, sem amor e fodidos, e eu me certificaria de que tivessem tudo o que precisassem. Eles me arranhariam e me chutariam, e eu arranharia e chutaria qualquer um que tentasse tocá-los. Eu não os amava, eu era uma pessoa egoísta e não entendia tão bem assim de gente, não o bastante para sentir de verdade uma emoção tão complicada quanto o amor. Mas sentia carinho por eles, o que parecia, para o meu pequeno coração, um tipo de progresso.

— Estão prontos? — perguntei às crianças, que fizeram que sim.

— Dois escorregadores? — confirmou Bessie, e levei um segundo para me lembrar do que ela estava falando.

— Eu menti sobre os escorregadores — admiti, e ela fez que sim com a cabeça, como se já esperasse mentiras. Eles olharam um para o outro por um segundo, então, Bessie deu de ombros, e eles foram andando um pouco à frente de mim e do Carl para a van que os levaria para casa.

QUANDO VIRAMOS NA LONGA ENTRADA QUE LEVAVA ATÉ A propriedade, pulei para a parte de trás da van, onde Roland e Bessie dormiam no colchão de ar, seus corpos vibrando naquela linha tênue entre os sonhos e a vida real. Fiquei pensando que diabos deviam estar sonhando, que tipo de bagunça havia dentro da cabeça deles. Eu tinha receio de ser mordida de novo, ou de que ateassem fogo em mim, ou até mesmo só de que me olhassem e fizessem cara feia, putos porque eu não era a mãe deles. Por isso, eu meio que fiz um chiado suave, como se estivesse tentando ajudar alguém que não conseguisse fazer xixi. Não funcionou, então cutuquei de leve Roland, que parecia um pouco menos propenso à violência, e ele se virou. E, no minuto em que a temperatura do seu corpo mudou, mesmo que em um grau, sua postura levemente alterada, Bessie acordou assustada, e os dois levaram alguns segundos para entender onde estavam e o que era a vida deles agora. E, depois, olharam para mim. Não sorriram, mas pareciam ok comigo ali, os olhando de cima.

— Estamos em casa — falei, e esperei que soasse crível, convidativo.

— Que casa? — perguntou Bessie.

— Sua casa — respondi.

— O que é esse lugar? — Bessie quis saber quando as duas crianças olharam pela janela para a propriedade.

— Vocês não lembram? Essa é a casa de vocês. — Olhei para Carl para confirmar. — Eles não moraram aqui? — perguntei. Carl encontrou meu olhar no espelho retrovisor e simplesmente assentiu.

— Eu nunca vi esse lugar antes em toda a minha vida — garantiu Bessie, como um robô.

Eles tinham quatro ou cinco anos, eu acho, na época em que foram embora daqui com a mãe. Quando as memórias das crianças começam? Tentei me lembrar da minha própria vida. Eu conseguia me lembrar de coisas de quando eu tinha dois anos. Não coisas boas, mas eu me lembrava delas. Pensei que a Bessie estivesse brincando comigo.

— Vocês moraram aqui — continuei —, nesta...

— Ei, Lillian — disse Carl —, talvez seja melhor deixar isso pra lá.

— Vocês não lembram? — perguntei às crianças.

Bessie e Roland sacudiram a cabeça.

— É enorme — disse Roland finalmente. — É onde vamos morar?

— Bom — falei —, mais ou menos. Atrás daquela casa fica a nossa casa.

— Provavelmente é uma porcaria — concluiu Bessie.

— Não, é superbonitinha — falei, com sinceridade.

— Chegamos — anunciou Carl, com o motor em ponto morto, como se, caso as crianças fizessem qualquer movimento errado, ele fosse engatar a primeira e acelerar até o hospital ou base militar mais próximos.

Só Madison estava na varanda. Ela tinha dois ursinhos de pelúcia, mas os segurava como armas. Não era justo. Ela os segurava como escudos, como se eles a protegessem temporariamente do perigo.

— Quem é aquela? — indagou Bessie, claramente interessada, hipnotizada pela beleza de Madison.

— Aquela é a Madison — respondi.

A pronúncia do nome dela fez com que os dois endurecessem, seus corpos crepitando. Eles conheciam aquele nome. Sem dúvidas, tinham ouvido a mãe deles falar, ou gritar, ou resmungar aquele nome.

Carl saiu da van e veio por trás, abrindo as portas, deixando a luz entrar. As crianças pareciam desconfiadas, começaram a se afastar de Carl e depois ficaram ao meu lado. Eu não as toquei, só mostrei que estava com elas, que ficaria com elas. Bessie olhou para mim, sabendo que não tinha escolha. Ela pegou a mao do Roland e eles meio que escalaram para fora da van. Fiquei sentada lá por um segundo, um pouco receosa. Carl já estava andando até a varanda, seus dedos se mexendo como se ele estivesse prestes a laçar um bezerro. Então, pulei para fora, meu vestido largo subiu, e lá estava Madison, andando na direção das crianças.

— Olá, Bessie — Madison começou. — Olá, Roland. — As crianças só ficaram olhando para ela, mas isso não desencorajou Madison. — Pra vocês. — Ela entregou um ursinho para cada um, e os dois, meio atordoados, os pegaram. Eles tinham ganhado bichinhos de pelúcia na van, então, parecia meio que um ritual estranho esse desfile infinito de pelúcia. Observei Roland esfregar a cara contra o pelo macio, enquanto Bessie agarrava o braço do urso como uma mãe agarraria o braço de uma criancinha na multidão em um shopping.

— Você é a nossa mãe? — perguntou Bessie.

Madison olhou para mim, suas sobrancelhas se ergueram. *Qual era o problema dela?*, pensei. Ela não era a mãe deles agora? Tipo, legalmente? E, por um segundo, fiquei tipo: *será que eu adotei essas crianças? Será que* eu *sou a mãe delas?*

— Eu nunca poderia tomar o lugar da mãe de vocês — falou Madison, enfim. — Eu sou a madrasta de vocês.

— Eu já li histórias de madrastas — disse Bessie. — Contos de fada.

— Mas isso aqui é a vida real — Madison continuou, ainda sorrindo. E eu pensei: era *a vida real? O que é a vida real para essas crianças?*

— Cadê nosso pai? — perguntou Roland, ainda esfregando a cara contra o maldito ursinho, já estava com o nariz vermelho.

— Ele está vindo — respondeu Madison, e eu vi seu rosto escurecer por meio segundo, nada que as crianças notassem. — Ele está tão emocionado por finalmente poder ver vocês de novo que precisa de alguns segundos para se aprumar.

Fiquei pensando se tudo aquilo tinha sido orquestrado por Madison, passo a passo, um jeito de lentamente trazer as crianças para essa nova vida. Ou, me perguntei, será que Jasper Roberts era só um bundão se escondendo no salão de jogos, morrendo de medo dessas coisas que ele mesmo tinha feito e achava ter descartado?

Madison, por fim, pareceu registrar que eu estava lá, e a minha presença pareceu a confundir. Ela me olhou atentamente e depois disse, como se não conseguisse se segurar:

— O que é isso que você está usando?

Eu olhei para o vestido largo da sra. Cunningham. Era muito confortável. Vesti-lo parecia uma rajada de vento na primavera, o movimento justo para detonar cada bolinha de dente-de-leão no meu caminho.

— É tipo um vestido — comecei a dizer.

Mas Carl se meteu:

— Tivemos um pequeno contratempo na casa dos Cunningham — confessou ele, e vi o quanto doía para ele admitir o menor dos erros.

— E o que aconteceu com a sua mão? — indagou ela. — Meu Deus, seu rosto!

Não tive forças para explicar. Só deixei o Carl falar.

— Isso foi parte do contratempo também.

— Entendo — concluiu Madison. Depois sorriu. — Bem, o vestido na verdade fica bem em você — completou ela, mas eu já sabia.

— Ela é a nossa babá — explicou Roland.

— Ou governanta — sugeriu Madison, meio que o corrigindo. Ou talvez me corrigindo.

— O que vamos fazer aqui? — questionou Bessie enfim, como se estivesse pensando naquilo o tempo todo.

— O que vocês quiserem — respondeu Madison. — Descansar, relaxar, se acomodar. Aqui é a sua casa agora. Queremos que vocês sejam felizes.

— Felizes? — repetiu Bessie, como se não tivesse ouvido bem a palavra, não soubesse o que ela significava ou só tivesse lido em um livro e nunca ouvido em voz alta.

— É claro, meu bem — confirmou Madison, mas, antes que ela pudesse dizer qualquer outra coisa, lá estava Jasper Roberts, com um terno de linho, parecendo um pregador prestes a falar a Palavra do Senhor antes de começar a corrida de Daytona 500.

— Crianças — chamou ele, mas sua voz falhou um pouco.
— Senti saudade.

— Papai? — questionou Roland, mas Bessie agarrou a mão dele para que ele não se mexesse, não dissesse mais nada. Talvez eles estivessem fingindo na van. Ou talvez esse único momento da aparição do pai deles tenha trazido tudo de volta, mas eu via que eles sabiam agora. Eles conheciam o lugar, sabiam da vida deles antes da vida deles.

— Meus queridos filhos — exclamou Jasper. Ele estava chorando um pouco, e eu não conseguia entender muito bem por quê, o que aquilo significava.

— Senhor — chamou Carl, e Bessie e Roland começaram a pegar fogo. Eu consegui sentir uma pequena ferroada no ar e guardei na memória. E, então, a pele deles ficou irritada e cor de morango. E, depois, aqueles brotos de labaredas começaram a aparecer nos braços, nas mãos. Não era a explosão de uma estrela, como nos Cunningham, mas eles estavam mesmo pegando fogo.

— Para trás! — advertiu Carl, saltando entre as crianças e Jasper e Madison. Fumaça começou a sair deles, de suas roupas baratas, agora chamuscadas.

— Ohhhh! — exclamou Madison, e todos ficaram lá parados sem fazer nada enquanto aquelas crianças aumentavam a intensidade do fogo dentro delas. Era isso que parecia, que o fogo estava dentro delas, crianças feitas de fogo. E eu sabia que ia piorar se algo não acontecesse para dar fim àquilo. Madison e Jasper pareciam atordoados, e a única preocupação de Carl era evitar que Jasper se queimasse.

Eu tirei meu vestido largo, que era bem fácil de tirar, a propósito, e o usei para cobrir minhas mãos e gentilmente colocar as crianças de cócoras no chão.

— Ei, Bessie. Bessie? Pode se acalmar agora, tá bem?

Ela estava rígida e Roland também, mas o fogo ficava rolando dentro deles, amarelo e vermelho, como aqueles que se desenha quando não se tem uma quantidade de giz de cores diferentes.

— Vocês conseguem desligar? — perguntei, quase sussurrando, mas eles não estavam ouvindo. Então, comecei a acalmar as chamas com o vestido, o que o fez queimar e crepitar. Dei tapinhas nos braços das crianças, em suas costas, em cima da cabeça delas. Fiquei tipo tap-tap-tap-tap e continuei sussurrando.

— Tá tudo bem, tá tudo bem, tá tudo bem.

Eu podia sentir o calor, mas apenas continuei dando tapinhas leves neles e o fogo pareceu finalmente diminuir. Como se eles estivessem segurando a respiração o tempo todo, Bessie e Roland tomaram um grande fôlego e, depois, suspiraram, de repente sonolentos. Eu me debrucei sobre eles, que meio que se jogaram sobre mim. E Carl enfim correu para pegar um em cada braço e colocou-os de volta na van, fechando a porta devagar.

Fiquei lá parada, confusa. Dei-me conta de que estava só de sutiã e calcinha, mas ou as pessoas estavam só sendo educadas ou aquilo não importava, porque tínhamos acabado de ver a porra das crianças de fogo pegando fogo. Carl e eu já tínhamos visto, sabíamos que era real, então nós dois saímos daquele transe mais rápido do que os Roberts.

— Meu Deus — exclamou Madison finalmente. Ela abraçou Jasper, como se só agora acreditasse nele e sentisse muito por duvidar dele. Olhei para baixo e percebi que os ursinhos estavam no chão, queimados, com o pelo preto.

— Senhor — falou Carl —, o senhor tentou, e eu o respeito por isso, mas está na hora de pensar em soluções reais para esta situação. Eu tenho algumas opções.

— Como assim? — falei. — Foi um acidente. Eles não sabem o que está acontecendo. Olha o tamanho dessa casa. Madison? Concorda? Vocês não ficariam assustados?

— Eles pegaram fogo — afirmou Madison.

— Sinto muito — lamentou Jasper. — Eu não sei o que pensei que ia acontecer.

— Senhor? — chamou Carl, esperando pela ordem. Ele estava balançando as chaves da van.

Eu me sentia a única pessoa em sã consciência e estava só de calcinha e sutiã, segurando um vestido queimado que havia roubado de uma velha que estava dormindo.

— Não é justo com eles — continuei. — Vocês têm que dar uma chance para eles. Eu posso ajudar, tá bem? Posso dar um jeito. Não é tão difícil, honestamente, tipo, eu já consigo ver como lidar.

— Lillian, por favor — pediu Carl.

— Ela tem razão, na verdade — concluiu Madison. — Jasper, ela tem razão. Nós temos que dar a eles tempo para se aclimatarem a isso, para se acostumarem com a gente.

— Eu não quero que nada de mal aconteça com você nem com o Timothy — disse ele, e depois, como se lembrasse dos filhos na van: — Nem com essas crianças.

— Vocês estão com a casa pronta pra eles, certo, a senzala — *ai, merda* —, desculpa, a edícula. Certo? Vocês arrumaram um lugar no lar de vocês pra eles. Eu posso ajudar.

— Senhor, ela não tem treinamento...

— RCP, Carl, ok? RCP... e outras coisas — falei.

— Vamos deixá-los ficar — anunciou Jasper. — Eles ficam. São meus filhos. Meu filho e minha filha.

— É o certo a fazer — sussurrou Madison, esfregando as costas dele. Jasper estava suando, o linho não adiantava nada. —

Valores familiares, certo? Responsabilidade pessoal? Um futuro melhor para nossos filhos? — ela dizia aquelas coisas como se as estivesse lendo em placas na estrada. Ou como se estivesse inventando slogans de campanha.

— Eles ficam, Carl — disse Jasper com um tom final. Ele se tornou senatorial por um momento, com o corpo bem ereto. Não exatamente presidencial, mas talvez vice-presidencial.

— Sim, senhor — respondeu Carl, muito formal, voltando à van e abrindo as portas. Corri na frente dele, meio que o empurrando para o lado. E as crianças estavam lá sentadas, com os olhos semicerrados, como se estivessem bêbadas.

— A gente não para de estragar suas roupas — comentou Roland. Ele estava olhando muito para o meu corpo, mas as coisas estavam estranhas demais para que me preocupasse com aquilo naquela hora.

— Não me importo. Eu não me importo mesmo — garanti a eles.

— Nós te ouvimos — falou Bessie. — Nós ouvimos... tudo.

— Ah — falei, não lembrando muito o que tinha sido dito.

— Vamos ficar? — Bessie quis saber, e parecia que ela realmente queria que a resposta fosse sim.

— Sim — respondi.

— E você vai ficar com a gente, certo? — confirmou ela.

— Eu vou. Vou, sim — falei.

— Então... estamos em casa? — indagou Roland, confuso pra caralho. Ambas as crianças me olharam, os olhos enormes delas presos em mim.

— Estamos em casa — repeti. Eu sabia que não era a minha casa. E que não era a casa deles. Mas nós a roubaríamos. Tínhamos um verão inteiro para tomar aquela casa e fazê-la nossa. E quem poderia nos impedir? Caramba, nós tínhamos fogo.

Cinco

QUANDO EU ESTAVA LEVANDO AS CRIANÇAS PARA A EDÍCULA, Roland disse:

— É como na TV.

E eu perguntei:

— Quer dizer que parece um programa de TV? Tipo um programa para crianças?

— A gente não tem TV — explicou Bessie. — A mamãe não deixa a gente ver TV.

— Mas agora a gente pode? — perguntou Roland, como se tivesse se dado conta.

— Ah, sim — respondi. Imaginei que assistiríamos a muita TV, ou tinha imaginado, antes de conhecer as crianças de verdade. Agora, eu pensava que, se o Pernalonga acertasse o Patolino com um martelo, Bessie e Roland explodiriam em chamas. — Bem, com algumas regras — continuei. — Só um pouco por dia.

As crianças ainda não queriam entrar. A porta estava aberta, mas era como se fossem vampiros e tivessem que ser convidados. Ou talvez a casa fosse tão imaculada, tão colorida, que eles estivessem com medo de destruí-la imediatamente com o que havia dentro deles.

— Vocês estão preocupados com algo? — perguntei.

— Não — respondeu Bessie, irritada. — Só estamos pensando.

— No quê? — questionei. Na mãe, imaginei. No pai, talvez.

— Não é da sua conta — respondeu ela. Na mãe, concluí. Eu queria saber mais sobre ela por quem tinha realmente sido criado por ela, em vez de pelos comentários vagos da Madison. Mas eu também não queria saber nada sobre ela, porque isso me faria compará-la comigo mesma toda vez que as crianças pusessem fogo nos lençóis.

Por fim, Bessie e Roland entraram na casa.

— Ah, uau — exclamou Roland, testando a textura esponjosa do chão. — Isso é legal.

— Não é? — falei, deixando meus pés afundarem no material macio.

— E olha pra todo esse cereal, Bessie — disse Roland, apontando para a pirâmide de caixinhas de porção individual de cereais açucarados, e eu entendia a animação dele, pois tinha vivido uma infância na qual o cereal era sem marca e vinha em sacos plásticos gigantes que eram vinte por cento milho ou trigo pulverizado. Mas Bessie estava indo até uma estante alta, recheada com todos os livros de Nancy Drew e Hardy Boys que já existiram, um monte de Judy Blume, Mark Twain e todos os tipos de contos de fada.

— Isso tudo é pra nós? — perguntou ela.

— Sim — confirmei. — Eu posso ler pra vocês o livro que quiserem.

— A gente sabe ler — retrucou Bessie, o rosto ficando vermelho com a ideia de que eu pudesse ter imaginado que ela não sabia. — A gente lê o tempo todo.

— Ler é só o que a gente faz — completou Roland. — Mas o vovô e a vovó não tinham sequer um livro de criança. Era muito chato.

— O que eles tinham? — perguntei.

— Livros sobre a Segunda Guerra Mundial — respondeu Bessie. — Dois livros diferentes sobre Hitler. Não, quatro livros sobre Hitler. E outro sobre os nazistas. E livros sobre Stalin. Patton. Gente assim.

— Parece horrível — disse a ela.

— Era um saco — concordou Bessie.

— Bem, você pode ler todos esses livros agora — falei.

— Eu li muitos desses já — acrescentou Bessie, inspecionando as lombadas —, mas alguns parecem bem bons.

— Que ótimo. E podemos comprar mais. Podemos ir à biblioteca e pegar o que vocês quiserem.

— Tá bom — disse ela, balançando a cabeça em aprovação. Ela olhou para mim. — E você pode ler um livro pra gente à noite. Se você quiser, nós deixamos você ler antes de irmos pra cama.

— Que ótimo — falei, e pude sentir nossas vidas se normalizando, um tipo de rotina se formando.

— Você quer botar uma roupa? — perguntou para mim, e eu me dei conta de que ainda estava de calcinha e sutiã.

— Merda, quer dizer, droga, sim, eu quero pôr uma roupa — respondi, mas estava com medo de deixá-los sozinhos.

E, como se ela tivesse lido minha mente, Bessie disse:

— Pode ir se vestir. Estamos bem. Estamos bem de verdade agora.

Eu fiz que sim com a cabeça, e subi correndo para o segundo andar, contando os segundos, com medo de que se eu ficasse longe por mais do que alguns minutos, voltaria e os encontraria cavando um túnel para a liberdade. Puxei uma calça jeans, enfiei uma camiseta e depois desci voando em menos de quarenta e cinco segundos, e eles ainda estavam lá, Bessie fazendo uma pilha de livros que queria ler e Roland sentado no balcão com a mão toda dentro de uma caixa de cereal Apple Jacks. Bessie abriu um dos livros novos e cheirou as páginas. Roland sorriu para mim, e a boca dele era indescritível, com todos aqueles pedacinhos de cereal brilhando nos dentes.

Era assim que se fazia, assim que se criava crianças. Você constrói uma casa à prova de perigo para elas e depois dá tudo o que sempre quiseram, não importa o quão impossível seja. Você lê para elas à noite. Por que as pessoas não conseguiam fazer isso?

E, então, eu me dei conta de que eles ainda estavam vestindo as roupas chamuscadas do fogo na entrada e me senti uma porcalhona idiota, e não fazia a menor ideia de como eu os manteria vivos. Essa é a onda dos cuidados infantis, supus, cheia de altos e baixos. Minha mãe uma vez tinha me dito que ser mãe era feito de "se arrepender e esquecer os arrependimentos às vezes". Mas eu não seria a minha mãe. Quantas vezes eu tinha me dito aquilo, e o quão desnecessário sempre tinha sido? Não havia arrependimento para mim e para essas crianças de fogo. Ainda não.

Assobiei para chamar atenção, e os dois lentamente se viraram na minha direção.

— Vamos pôr uma roupa também? — sugeri. — E depois precisamos conversar umas coisas.

— Coisas tristes? — Roland quis saber. Eles tinham a mesma idade, mas Roland parecia mais novo, tinha o benefício de crescer com uma irmã que mordia forte pra caralho a mão de pessoas para protegê-lo.

— Não — respondi, meio confusa. — Não são coisas tristes. Só coisas normais do dia a dia.

— Tá bom — aceitou Roland. Percebi que a caixa que ele usava como luva não era mais de Apple Jacks, mas de Cocoa Krispies.

— Vai com calma no cereal, tá bem, Roland? — eu meio que pedi, meio que mandei. Eu precisaria melhorar naquilo, ficar mais segura de mim.

Roland enfiou o último punhado de cereal na boca e os pedaços se espalharam pelo balcão e pelo chão. Aí ele parou, mastigou o que tinha na boca, pulou do balcão e correu para mim. Bessie se levantou e nós todos fomos até o quarto deles, que tinha, eu acho, tema de balões. Havia quadros com pôsteres de balões enormes com cores loucas, como bandeiras de países que existiam em mundos inventados. As pontas das cabeceiras das camas eram projetadas para parecer balões.

— É muita cor — afirmou Bessie. — É meio que demais.

— É um pouco demais, mesmo — concordei. — Mas vocês se acostumam. Bessie olhou para mim tipo *dã*. Eles eram crianças que pegavam fogo. A mãe deles tinha morrido. Eles sabiam como se ajustar a coisas estranhas.

Havia muita escolha de roupas, e eles dois pegaram umas camisetas pretas e douradas da Vanderbilt e bermudas pretas de algodão. Quantas roupas essas crianças teriam que ter? Será que era melhor simplesmente deixá-los correr pelados pela casa?

— Bom, então, vamos conversar — falei, e as crianças se sentaram em suas camas. Eu me sentei no chão e puxei os joelhos até o queixo, incerta de como proceder. Eu tinha tido muito tempo para me preparar para isso, mas ficara jogando basquete e comendo sanduíches de bacon na cama. Havia uma pasta de um médico particular que tinha examinado as crianças, mas era chato demais e nada estava resolvido de verdade, então, eu só meio que dei uma olhada. Queria que Carl estivesse aqui, porque ele sempre tinha um plano, e então eu me odiei por isso.

— Então, a coisa do fogo — comecei, e ambos ficaram com aquele olhar de *essa merda de novo, sei*. — Vocês pegam fogo —

continuei. — E daí que, vocês sabem, aquilo é um problema. Eu sei que não é culpa de vocês, mas é algo com que vamos precisar lidar. Então, talvez possamos tentar entender um pouco.

— Não tem cura — afirmou Bessie.

E eu perguntei:

— Quem falou isso pra vocês?

— A gente sabe — respondeu Roland. — Nossa mãe falou que nós sempre vamos ser assim.

— Bem, ok — segui, um pouco incomodada com a mãe morta por ser tão negativa sobre o assunto —, mas o que vocês sabem sobre isso? Como funciona?

— Simplesmente acontece às vezes — explicou Bessie. — É tipo espirrar. Sabe? É só uma coceirinha que vem e vai.

— Mas é quando vocês ficam irritados? Ou já aconteceu quando vocês estavam entediados? — Eu queria ter um caderno, um jaleco, alguma coisa para deixar aquilo mais oficial. Como se eu estivesse coletando dados ou fazendo algum projeto escolar.

— Se ficamos irritados ou se nos assustamos, ou se alguma coisa ruim acontece — disse Roland —, aí a gente pega fogo.

— Ou se temos pesadelos — completou Bessie. — Tipo, um pesadelo horrível.

— Espera, acontece até quando vocês estão dormindo? — perguntei, e senti o chão sob mim ceder um pouco, a compreensão de que aquilo poderia ser pior. Ambas as crianças fizeram que sim.

— Mas só, tipo, se forem sonhos horríveis — acrescentou Roland, como se aquilo fosse me confortar.

— Mas é mais quando vocês ficam irritados? — questionei, e eles fizeram que sim. Eu não sabia se aquilo era progresso, mas eles estavam me ouvindo. Não estavam pegando fogo. Estávamos juntos, naquela casa, e todos fora da casa estavam esperando que a gente se resolvesse.

— Então, é só ficarmos calmos — disse a eles. — Vamos ler livros e nadar na piscina e fazer passeios e ficar calmos.

— Vamos pegar fogo mesmo assim — garantiu Bessie, e ela parecia bem triste.

— Mas não tanto, certo? Não como hoje? Vocês não estão sempre pegando fogo, não é? — perguntei.

— Não, não muito. Não tanto assim. Um pouco mais desde que nossa mãe morreu — esclareceu Bessie.

— O que a mãe de vocês fazia para evitar que vocês pegassem fogo? — perguntei.

— Enfiava a gente debaixo do chuveiro — contou Bessie, parecendo achar aquilo uma injustiça, sapatos rangendo e roupas de baixo ensopadas.

— Ela fazia a gente se levantar bem cedo, todas as manhãs, independente de qualquer coisa — lembrou Roland. — Ela falava que era melhor quando estávamos um pouco cansados. E ela obrigava a gente a fazer um montão de tarefas. E dever de casa. Uns deveres com lápis e papel. E ela enchia a banheira com cubos de gelo e água fria e a gente tinha que entrar.

— Ela deixava a casa bem fria — completou Bessie —, mesmo no inverno. Mas...

Ela olhou para longe, envergonhada.

— Mas o quê? — perguntei.

— Mas eu acho que não ajudava muito — disse ela finalmente, o tempo todo olhando para Roland como se guardassem um segredo. — Não importa se estamos com calor ou com frio quando está tudo bem. Não importa se estamos perto do fogo, tipo do fogão, mas a mamãe achava que isso faria a gente pensar em fogo e aí ia acontecer. Mas não é assim, na verdade. Isso não importa, só quando começamos a pegar fogo.

— E vocês conseguem impedir que isso aconteça? — perguntei.

— Às vezes — admitiu Bessie. — Se a mamãe estivesse por perto, ela via acontecer e ficava muito apavorada e tentava nos fazer parar, mas aquilo só piorava. Mas se o Roland e eu estamos sozinhos e sentimos que está acontecendo, às vezes a gente faz nossa mente ficar vazia, e para. Às vezes.

— Ok — concluí, como se tivesse descoberto algum código de espionagem e fosse ganhar um milhão de dólares. — Então, vamos observar e tentar ajudar vocês a se acalmar.

— O que é tudo aquilo? — indagou Roland, apontando para o sistema de incêndio, que me trouxe de volta para a realidade.

— Aquilo é para o caso de incêndio — expliquei. — Para emergências.

— Mamãe se livrou dos detectores de fumaça — afirmou Roland. — Eles disparavam demais.

— Bem — falei, pensando —, os *sprinklers* estão aí para nos proteger.

— O fogo não machuca a gente — explicou Bessie.

Bem, eu me dei conta, era para me proteger. Era para proteger a casa. Era para proteger a casa onde Madison e Jasper e Timothy viviam. Pensei que, com qualquer fumacinha, os *sprinklers* dispariam, encharcando tudo, todos os eletrônicos e livros arruinados. Pensei naquilo acontecendo uma ou duas vezes ao dia.

— Talvez eu possa pedir para o Carl desligá-los — sugeri, e as crianças pareceram felizes com essa possibilidade.

E então, como se num passe de mágica ou talvez na possibilidade de uma constante e invasiva vigilância, a voz de Carl ecoou na casa.

— Olá — chamou ele. Estava no andar de baixo, e eu o imaginei segurando um extintor de incêndio como o herói de um filme ruim.

— É o Carl — falei, e as crianças fizeram que sim.

— Ele é bem careta — falou Bessie, e eu quis abraçá-la apertado.

— Quem é ele? — perguntou Roland. — É seu namorado?

— Meu Deus, não — respondi, quase rindo. — Ele é tipo o meu gerente. Ou não, talvez sejamos colegas de trabalho com responsabilidades diferentes. Ou...

— Lillian? — Carl agora gritava. Eu tinha meio que esquecido que ele estava lá.

— Diga! — gritei de volta.

— Tudo bem? — perguntou ele.

— Tudo ótimo — respondi.

— Poderia descer aqui?

— Nós também? — Roland gritou.

— Não! — berrou Carl, mas depois se corrigiu. — Vocês dois podem ficar aí um pouco enquanto eu converso com a Lillian.

— Quer que a gente vá com você? — indagou Bessie. Eu tinha dificuldade de olhar para ela e não ver ondas de labaredas irrompendo de sua pele. Simplesmente sacudi a cabeça.

— Estou bem — falei. Enquanto eu saía do quarto, voltei com a cabeça para dentro, espiei e disse: — Se vocês sentirem a coisa vindo, corram para o chuveiro e liguem, tá?

As crianças assentiram, e eu senti que aquilo era um tipo de teste, deixá-los fora de vista, senti-los acima de mim, ouvi-los respirando.

No andar de baixo, Carl estava de joelhos, juntando migalhas de cereal com uma vassourinha e uma pá. Ele ergueu os olhos para mim.

— Parece que eles estão se acomodando — afirmou ele, e eu me senti um pouco julgada.

— Eles não pegaram mais fogo — contei a ele, um pouco orgulhosa de mim mesma.

— Vamos ver o quanto dura — respondeu ele.

— Você ouviu o Jasper, certo? — perguntei a ele. — Isso vai acontecer. Você não vai se livrar deles.

— E daí?

— E daí, me ajuda, tá?

— Eu vou te ajudar, Lillian — garantiu ele. — Eu vou te ajudar a tomar as decisões corretas.

— Por exemplo — falei, ignorando o jeitinho como ele me provocava —, nós temos que desligar o sistema de incêndio.

— Custou dois mil dólares para instalar o sistema — retrucou Carl, como se a porra do dinheiro fosse dele, como se o orçamento dos bichinhos de pelúcia do Timothy não fosse quatro vezes maior.

— Quanto todos esses eletrônicos custaram? — perguntei. — E os livros, as roupas, os lençóis? Aquelas crianças pegaram fogo duas vezes em um único dia, certo? Essa casa vai ser uma tempestade constante se você deixar o sistema ligado.

— Então se eu desligar o sistema — questionou ele —, o que acontece quando eles pegarem fogo de novo?

— Carl, por favor. Carl? Por favor. *Eu* vou apagar o fogo das crianças.

— Vinte e quatro horas por dia? E quando você estiver dormindo?

— Vinte e quatro horas por dia, sete dias por semana. Eu tenho sono leve. Tenho um plano, tá bem?

— Tá bem — concordou Carl. Acho que agora ele fazia uma ideia de quanto poder eu tinha. — Tudo bem, eu vou desligar. Mas é nosso segredo. O senador Roberts precisa pensar que há medidas de segurança reais aqui.

— Eu não vou contar ao Jasper. Caralho, você acha que eu contaria ao Jasper?

Carl olhou para mim com sinceridade em alguma medida. Sua postura mudou, ele ficou levemente mais solto.

— Lillian, honestamente? Eu não sei o que você vai ou não fazer. Mas a minha subsistência está agora conectada à sua. Então vamos trabalhar juntos. Concorda?

— Isso é ótimo, Carl — falei, meio que sério, meio que tirando sarro dele —, eu gostaria disso.

— Agora, a razão pela qual eu vim aqui era para dizer que a sra. Roberts acha que talvez fazer um jantar de família seja muito extenuante para as crianças, não só para Roland e Bessie, mas também para o Timothy.

— Ok — falei. Então era assim que ia funcionar, uma linha separando nós e eles. Fiquei pensando se Madison e eu ainda passaríamos tempo juntas e imaginei que sim, mas de jeitos diferentes.

— Você consegue se virar fazendo o jantar aqui para eles? — perguntou Carl.

— Claro. Sem problemas. — Mas eu não tinha muita certeza da mecânica daquilo. Estava acostumada a pôr algo no micro-ondas e já comer em cima da lata de lixo. E, nas últimas semanas, tinha me acostumado com Mary fazendo as comidas mais incríveis, que eu não conseguia parar de comer. Sentiria muita falta da Mary, agora que eu estava completamente banida, ali naquela edícula. Eu queria que as crianças a conhecessem.

— Tudo bem, então — concluiu ele. Carl se virou, mas de repente voltou. — Está vendo aquele telefone? — indagou ele, apontando para o telefone de parede ao lado da geladeira. Fiz que sim com a cabeça.

— Se você precisar de mim em qualquer momento, não importa a hora ou o que seja, é só pegar o telefone e apertar um-um-um-um. Tá?

— Um-um-um-um — repeti. — E você vem até mim?

— Sim — confirmou ele. Aquilo parecia doer para ele admitir.

— Boa noite, Carl — falei.

— Boa noite, Lillian — respondeu ele, e então se transformou em uma sombra e se foi.

Quando fui até as escadas, vi Bessie e Roland sentados no último degrau, nem um pouco envergonhados de estar ali espionando, o que eu amei.

— Como eu me saí? — perguntei.

— Você conseguiu que ele desligasse os *sprinklers* — afirmou Roland. — Isso é demais!

— Eu consegui. Eu disse pra vocês que conseguiria, e consegui.

— Ok — falou Bessie, como se tivesse tomado uma decisão que estava considerando desde o primeiro momento em que me viu.

— Vocês querem uma pizza? — perguntei, e os dois assentiram com entusiasmo, então descemos até a cozinha, eu liguei o forno e coloquei uma pizza congelada lá dentro. Cortei umas maçãs, com cascas vermelhas e brilhosas como nos contos de fada, e as crianças destroçaram as fatias, então cortei mais duas. Comi uma banana. Olhei de novo na geladeira e percebi que não tinha cerveja, e quase peguei o telefone para discar um-um-um-um, mas decidi ser responsável. Eu roubaria algumas da mansão no dia seguinte ou talvez um pouco do bourbon chique do Jasper, que eu acreditava merecer pelo meu trabalho do dia. Minha mão estava meio que latejando, o que fez com que eu me sentisse um pouco menos orgulhosa de mim, então, tomei uma aspirina e a pizza ficou pronta.

Antes de deixá-los comer, eu disse:

— Estou feliz por estar com vocês.

Eles apenas me olharam, atônitos.

— Podemos comer? — perguntou Bessie.

— Eu disse — repeti — que estou feliz por estar com vocês.

— Que legal — exclamou Roland, que pegou uma fatia de pizza e comeu em três mordidas, mesmo que ainda estivesse quente pra caralho.

Depois do jantar, lavei os pratos enquanto as crianças escolhiam um livro para eu ler para elas.

— Podemos pular o banho? — pediu Roland.

— E precisamos escovar os dentes? — perguntou Bessie.

— Vocês ficaram naquela água com cloro a tarde toda — disse a eles. — E, sabem, pegaram fogo, então, provavelmente é bom pra vocês tomarem um banho. E vocês têm que escovar os dentes.

— Ah, cara — resmungou Roland, mas fiquei firme, e as crianças pareceram me respeitar por isso, ou talvez estivessem ganhando tempo antes de me atacar.

Fiquei do lado de fora do banheiro enquanto eles se revezavam pulando no chuveiro. Eles tinham dez anos. Eu não sabia quais eram os limites para crianças de dez anos, mas eles pareciam velhos demais para eu lidar com seus corpos nus, a menos que, é claro, houvesse fogo envolvido. Aquele era o meu plano, deixá-los no controle de si mesmos. Era assim que eu gostaria de ser tratada se fosse uma criança demoníaca.

Eu me sentei no chão entre as camas das crianças, Bessie e Roland bem fresquinhos de pijamas, seus cabelos, um show de horror, molhados, escorridos e domados.

Bessie me entregou o livro, *Penny Nichols e o diabinho preto.*

— O que é isso? — perguntei. A capa era vermelha e desbotada, só um livro de capa dura com a silhueta de uma garota. Olhei para o título novamente. Que merda era um diabinho preto? Conferi o copyright, que era dos anos 1930. Será que era um livro racista?

— Talvez um livro diferente, gente? Tem tipo um milhão lá embaixo. Talvez, tipo, *Superfudge* ou algo assim?

— Esse é tipo Nancy Drew, mas mais estranho — Bessie me informou.

— Você já leu esse? — perguntei.

Bessie fez que sim, mas Roland disse:

— Eu não li.

— O que é o diabinho preto? — perguntei.

— É parte do mistério — ela me contou.

Eu dei uma lida na primeira página, e a primeira linha tinha um carro meio decrépito chegando numa casa. Uma das personagens usava a palavra "deveras".

— É só uma estátua — disse ela finalmente, vendo minha hesitação. — É uma estátua de barro. Não tem nada a ver com Satanás nem nada assim.

— Está bem — falei. — Se é o que vocês querem. — Então, li para eles sobre uma garota detetive chamada Penelope Nichols, esquisita o suficiente para ser interessante. Era divertido. Eu gostava de ler em voz alta, percebi. Até inventei vozes, mesmo que as crianças não fizessem qualquer sinal de apreciação. Eu li e li, e a minha voz ficou macia, e as crianças ficaram sonolentas e, depois de um tempo, era hora de dormir.

— Boa noite, crianças — falei como a Penny Nichols.

— Aonde você vai? — perguntou Roland.

— Para o meu quarto — respondi, confusa —, meu próprio quarto. Para ter privacidade.

— Pode dormir com a gente hoje? — pediu Roland.

— Não — respondi —, não posso fazer isso.

— Por que não? — questionou Bessie, de repente interessada.

— Não tem espaço — expliquei.

— Podemos juntar as camas — sugeriu Bessie, mas eu disse a ela que as camas não funcionavam daquele jeito. Pensei em dormir no vão entre as camas, afundando, e aquilo me assustou, honestamente.

— Nós todos podemos dormir no seu quarto — propôs Bessie. — Nós espiamos lá. É uma cama enorme.

— Não — respondi.

— Só essa noite? — pediu Roland.

Pensei neles sendo enfiados naquela casa bizarra comigo, meio que a babá deles, a mãe morta, o pai naquele terno de linho, Madison parecendo a bruxa boa de todos os contos de fada. Pensei neles pegando fogo naquele quarto, sozinhos.

— Está bem — concordei. — Até a gente se acostumar. Venham.

As crianças gritaram e depois correram para o meu quarto, onde mergulharam nas cobertas. Eu liguei o ventilador. Eram nove horas da noite. Eu geralmente ficava acordada até depois da meia-noite, lendo revistas e comendo o que Mary tinha deixado na geladeira. Mas era para isso aqui, acho, que Madison me pagava.

— Vamos lá — falei, como Moisés abrindo o mar —, cheguem para lá pra eu poder entrar aí. — Eles abriram espaço e eu subi na cama. Eles não me abraçaram, mas meio que se aninharam de modo que quase me tocavam. — Boa noite — falei, pensando talvez que pudesse escorregar para fora da cama depois que eles caíssem no sono e aí fazer o que quisesse no andar de baixo.

E então pensei no dia inteiro, Bessie mordendo a minha mão, eu caindo na piscina, assisti-los pegar fogo, pegar fogo de novo, esperar que pegassem fogo de novo. Eu estava cansada, percebi. Toquei os lugares do meu rosto que Bessie tinha arranhado. Senti que não conseguia respirar; as crianças estavam muito perto, queimando todo o oxigênio disponível. Eu meio que arfei um pouco, e Bessie perguntou:

— Você está bem?

E eu respondi:

— Dorme.

E depois só fechei os olhos e tentei imaginar um mundo em que tudo dava certo.

E então estava dormindo mesmo, um sono pesado, talvez por dez minutos, e ouvi os dois conversando.

— Ela está dormindo? — perguntou Roland.

— Acho que sim — respondeu Bessie.

Eu mantive minha respiração regular, meus olhos fechados.

— O que você acha? — Roland quis saber.

— Ela é ok — falou Bessie —, eu acho.

— E o papai? — questionou Roland.

— Um babaca — admitiu Bessie —, bem como a mamãe falou.

— Eu até que gosto daqui — comentou Roland.

Houve um momento de silêncio, e então Bessie respondeu:

— Pode ser ok. Por um tempinho.

— Ela é legal — afirmou Roland.

— Talvez — falou Bessie. — Ela é esquisita.

— Então o que fazemos? — indagou ele.

— Só esperamos para ver — respondeu Bessie.

— E se for ruim? — questionou Roland. — Tipo com a vovó e o vovô?

— A gente queima tudinho — sugeriu Bessie. — Tudo. Todos. Botamos fogo.

— Ok — aceitou Roland.

— Boa noite, Roland — disse Bessie.

— Boa noite, Bessie — respondeu Roland.

Eles se acomodaram na posição de dormir, seus corpos relaxando.

Era um quarto bem escuro. Eu conseguia ouvi-los respirar. E então, talvez um minuto mais tarde, Bessie disse:

— Boa noite, Lillian.

Fiquei lá deitada no escuro, as crianças ao meu lado.

— Boa noite, Bessie — respondi por fim.

E depois nós todos dormimos, dentro daquela casa, a nossa nova casa.

Seis

PASSAMOS OS TRÊS DIAS SEGUINTES NA PISCINA, ENQUANTO eu pensava no que fazer com as crianças. Não é exagero. Assim que eles acordavam, seus corpos agradavelmente quentes, ainda grudados em mim na cama, eu os pegava, os cobria de protetor solar, uma quantidade chocante e ridícula, embora eu não pudesse imaginar que o sol os machucasse, corríamos para a piscina e dávamos uma bomba dentro dela. Jogávamos Marco Polo por horas, as pontas dos nossos dedos ficavam tão enrugadas que parecia que havíamos sofrido danos permanentes. Eu fazia um intervalo lá pela hora do almoço e preparava sanduíches de mortadela, que as crianças comiam na beira da piscina, o pão molhado, as mãos cheias de mostarda, até os dois simplesmente as mergulharem na água. Quando eles se cansavam de nadar, deitávamos debaixo de guarda-sóis e tirávamos um cochilo. Nossos olhos queimavam do cloro, mas o que mais podíamos fazer?

E todos nos deixavam em paz. Nada de Madison. Nada de Jasper. Nem sequer Carl pairando nas bordas. Não vi qualquer jardineiro nem arrumadeiras na nossa área. Nós éramos um mundo à parte, mesmo que eu soubesse que era temporário. Em algum momento, teríamos que dar um jeito, achar uma forma de integrar as crianças ao mundo real. Imaginei um dia em que eles estariam sentados a uma grande mesa de jantar na mansão, comendo ovos beneditinos ou a porra que fosse, enquanto o pai lia o jornal e dizia a eles o resultado do jogo dos Braves do dia anterior. Eu os imaginei andando pelos corredores da biblioteca na cidade e pegando livros para ler, livros que poderíamos retirar com confiança sem nos preocupar se pegariam fogo, meu Deus, a anulação do nosso cartão da biblioteca. Eu os imaginei dentro da mansão, depois saindo para a escola, depois voltando para casa. Eu os imaginei dormindo em uma cama que não era a minha. Onde eu estava durante tudo isso? Longe, certo? Tipo, se um dia eu deixasse as crianças nesse nível de normalidade, elas não precisariam mais de mim. E eu não tinha certeza se ficava feliz ou triste com isso. Depois, me senti estúpida por estar preocupada com o meu possível sucesso como babá, porque eu estava lidando com crianças que entravam em combustão, então provavelmente isso nunca ia acontecer. Eu já estava sonhando com um mundo onde eu não tinha fodido tudo, onde eu salvava o dia. Como eu ia chegar naquele mundo?

Enquanto as crianças nadavam, fiz uma pausa, sentei-me à mesa com um caderninho e anotei as possibilidades. Minha lista parecia com algo assim:

Amianto?
Roupas de corrida de carro?
Toalhas ensopadas?
Meditação zen?
Borrifadores/mangueiras de jardim?
Morar na piscina (construir um teto sobre ela?)?
Medicação (comprimidos para dormir? remédio para ansiedade?)?
Terapia (discreta)?
Nada de comida apimentada?

Combustão espontânea humana — pesquisar (*Mistérios do desconhecido*, do Time-Life)?

E POR AÍ VAI. SE ALGUÉM ENCONTRASSE ESSE CADERNO, PREsumiria que eu era louca, que estava planejando botar fogo em alguém e logo depois apagar. Mas parecia científico o modo como eu procedia. Eu tinha as crianças comigo. Elas pegavam fogo. Eu precisava evitar que pegassem fogo. E além do mais, pessoas não pegavam fogo sem motivo. Ou, ao menos, não pegavam fogo sem morrer ou ter queimaduras horríveis. Então, eu estava pensando em uma solução para um problema que, tecnicamente, não existia. Eu só conseguia pensar em dar a eles mais sanduíches de mortadela molengas e continuar fazendo aquilo até eles completarem dezoito anos, até todos nós minguarmos e desaparecermos.

— Olha — chamou Bessie, e eu olhei para ela e a vi apontando para a mansão. Eu me virei. — Lá em cima.

De uma das janelas do segundo andar, Timothy nos observava. Ele estava, pelo amor de Deus, olhando para nós através do seu próprio óculos de ópera, como se estivesse em um grande teatro de Londres. Estava imóvel, observando as crianças, e me irritou a tal ponto que acabei olhando para o outro lado e vi Bessie mostrando o dedo do meio para Timothy, com o rosto contorcido de maldade.

— Ei, não se agitem! — gritei e então, imediatamente, me senti uma chata, como se minha ansiedade fosse acabar com eles. Eu tinha que ficar tranquila. Eu era legal, ou ao menos havia prometido a eles que seria.

Quando olhei de volta, Timothy tinha desaparecido da janela.

— Que tal não mostrar o dedo para ele, hein? — falei à Bessie. — Ele é seu irmão.

— Meio-irmão, né — retrucou Bessie, como se fosse a mesma coisa que um tio-tatatatataravô.

— Você tem que ser legal com ele — falei.

— Ele nem sabe o que o dedo do meio significa — replicou ela.

E Roland completou:

— Significa *vai se foder.*

— Não — corrigiu Bessie, incomodada —, significa *no seu cu.*

— Epa, pessoal — eu os repreendi. — Querem um suquinho?

— Estamos entediados — falou Roland.

— Como que vocês conseguem ficar entediados nessa piscina gigante? — perguntei. — É tipo três vezes maior do que a piscina dos avós de vocês.

— Queremos fazer algo divertido — confessou Bessie.

— Tipo o quê? — eu quis saber.

— Esconde-esconde? — sugeriu Roland.

— Não sei se é uma ideia tão bacana — falei, pensando nas crianças se enfiando nas partes mais inflamáveis da casa, bem juntinhas, esperando e esperando e esperando algo acontecer.

— Podemos ir tomar sorvete? — pediu Bessie.

— Temos sorvete no freezer — disse a ela.

— Não, eu quero sorvete numa sorveteria. Quero ver a moça fazendo uma bolinha e servindo pra mim.

— Nós ainda estamos nos ajeitando — lembrei. — É melhor ficarmos na propriedade.

— Podemos entrar na mansão? — indagou Roland.

— Ainda não — respondi.

— Que droga — reclamou Bessie. — É uma droga.

Ela tinha razão. Era uma droga mesmo. Uma porra de uma droga. Eu queria pegá-los nos meus braços e dizer: "Crianças, essa merda é uma droga. Eu odeio isso. Acho que é melhor eu voltar para casa. Boa sorte". Me imaginei roubando o Miata do

Carl e pegando a estrada. Pensei em Madison tentando criar essas crianças e curti a leve ferroada que senti com seu desconforto. Se alguém mais tentasse machucar Madison, eu mataria essa pessoa, mas eu sentia que tinha conquistado o direito de imaginar pequenas agressões contra ela.

Eu não conseguia evitar sentir que estava decepcionando a todos. Mas aí, outras vezes, eu pensava que talvez fosse aquilo mesmo que todos quisessem de mim, simplesmente manter as crianças ocupadas até que alguma outra coisa pudesse ser arquitetada. Mas isso seria um fracasso para mim e para as crianças. Eu precisava encontrar um jeito de integrá-las àquela vida nova, de torná-las um pouquinho menos ferozes, conseguir que elas andassem em um shopping lotado e provassem roupas sem pôr fogo em tudo. E talvez, de um jeito egoísta, eu pensasse que, se conseguisse fazer aquelas coisas, eu me tornaria uma especialista. Se alguma família rica na Argentina descobrisse que tinha filhos de fogo, eu subiria num avião e iria até lá resolver para eles. Eu daria palestras. Talvez escrevesse um livro sobre a experiência toda. E céus, naquele momento, o livro que escreveria era chato pra caralho. *Era uma vez... Um dia, eu trabalhei de babá de crianças de fogo e as fiz ficarem na piscina por três meses. Fim.* Eu tinha que escrever uma história melhor para eles, para mim e para todos.

— O que você está escrevendo? — perguntou Carl atrás de mim, e eu dei um pulo.

— Puta merda! — falei, e as crianças riram alto, mesmo odiando o Carl. Como ele tinha aparecido sem que eu percebesse? Senti que talvez o Carl fosse o tipo de cara que faz muito esforço para ser invisível até o momento certo. Eu aposto que ele treinava caminhar sem fazer barulho.

— O que é isso? — questionou ele, gesticulando para o caderno. Ele olhou para uma das anotações, espremendo os olhos como se não pudesse acreditar que eu tinha gastado tempo para anotar aquilo. — Meditação zen? Jura?

— Isso é particular — falei, fechando o caderno antes que ele pudesse ler mais alguma coisa, embora ele provavelmente tivesse lido tudo.

— Se é sobre aquelas crianças, é da minha conta — afirmou ele e, quando viu que eu não gostava de gente me dizendo o que fazer e como me comportar, ele amoleceu e falou: — Na verdade, eu também fiz a minha própria lista.

— Aposto que são coisas tipo "mandar as crianças para um internato", "mandar as crianças para o colégio militar", "mandar as crianças para um sanatório na Suíça", "congelar as crianças em criogenia" — respondi.

— Definitivamente estão na lista — concordou ele. — Mas vamos conversar.

— A gente está ouvindo vocês — gritou Bessie.

— Não é segredo — retrucou ele, a voz subindo um pouco de tom.

— Então deixa eu sentar aí com vocês — pediu ela.

— Não — respondeu Carl, sem esforço.

Era fácil para ele fazer aquilo, negar toda e qualquer coisinha que uma pessoa quisesse. Eu costumava ser boa naquilo. Costumava recusar coisas para pessoas mesmo quando não me beneficiava, quando era algo ativamente inconveniente para mim. Eu não sabia se isso era um progresso ou não.

— Temos que bolar um plano — disse a ele.

— Concordo. Algo que vai ajudar as crianças e dar ao senador Roberts e à sra. Roberts um pouco de segurança.

— Bem, primeiro, o que acha de terapia? Feita discretamente, é claro, porque eu sei o quanto vocês querem manter isso tudo como um grande segredo.

— Isso não vai acontecer — replicou ele de cara.

— Discreta? Você me ouviu dizer *discreta*? Carl, a mãe deles morreu. Eles ficaram morando com pessoas loucas por dois meses. Precisam conversar com alguém.

— Eles podem conversar com você — sugeriu ele.

— Eu não sou qualificada — retruquei.

— Bem, é bom ouvir você admitir isso.

Eu só olhei para ele, irritada.

— O senador Roberts não acredita em terapia — ele continuou — e não vai permitir que os filhos vejam um psiquiatra. Ele fica desconfortável com todo o conceito de psicanálise.

— Por que será, fico pensando, né, Carl?

— Não vai rolar. Então, segue.

— Então, tá — comecei tudo de novo. O tom da minha voz não era natural para mim, como se eu estivesse tentando conseguir um empréstimo bancário. — Pelo que eu entendo, a coisa é gerada dentro deles, certo? O fogo? Eles entram em combustão quando ficam agitados.

— Parece ser o caso — concordou ele, me ouvindo, prestando atenção.

— Então, temos que encontrar meios de atuar no problema por dentro e por fora... esse é o jeito certo de dizer? Dentro do corpo deles e fora do corpo deles.

— Diga logo o que você quer dizer, Lillian — pediu ele, respirando fundo.

— Então, a coisa fora é só, tipo, apagar quando eles pegam fogo.

— Extintores de incêndio — propôs Carl, assentindo com a cabeça.

— Você já usou um extintor de incêndio? Faz uma puta bagunça. Não deve ser seguro respirar os produtos químicos. Acho que se conseguirmos ficar ligados em como eles se comportam, como o corpo deles funciona, não precisaremos de extintores de incêndio. Só precisaremos, tipo, de toalhas ensopadas.

— Lillian, meu Deus, é nisso que você ficou trabalhando por três dias? Toalhas ensopadas?

— Tá bom, quando você diz desse jeito, parece uma merda e algo idiota. Mas, sim, temos toalhas molhadas e panos. A gente mantém tudo frio. Podemos carregar por aí em um pequeno cooler ou algo assim.

— Meu Deus — exclamou Carl.

— E quando as crianças começarem a ficar esquisitas, a pegar fogo, a gente dá uns tapinhas nos focos de incêndio, mantém os dois frios. Isso evita que o fogo venha à tona.

— Você tem alguma outra ideia? Por favor, diga que tem outras ideias.

— Bem, senhor Ph.D. em Gestão do Fogo, sim, eu tenho outras ideias. Então, tipo, quando pilotos de automobilismo estão dentro de seus carros, sabe, durante as corridas, eles usam umas roupas que os protegem de pegar fogo, certo? Mesmo que seja por alguns segundos ou um minuto. É útil até conseguirem ajuda.

— Nomex — explicou Carl, todo sabichão. — Bombeiros também usam.

— Ok, então, a gente consegue essa coisa. E obriga as crianças a usar meias e camisetas e roupas de baixo feitas disso.

— Mas essas fibras são para evitar que o fogo pegue nas pessoas — falou Carl. — As crianças são o fogo. Nós queremos evitar que as outras pessoas peguem fogo. Que outras coisas peguem fogo.

— Não funcionaria do mesmo jeito? Se resiste... como é mesmo?

— Resistente a chamas — completou Carl.

— Certo, se é resistente a chamas, então, faz o mesmo trabalho. As crianças pegam fogo e o material contém o fogo.

— Acho que faz sentido, sim — concordou Carl, como se eu tivesse resolvido um problema de matemática muito simples, mas ainda assim impressionante.

— Isso nos dá tempo. Protege a gente. Protege a casa. Certo?

— Acho que sim — afirmou ele. E então, como se tivesse acabado de lhe ocorrer, continuou: — Eu tenho um camarada. Ele é dublê em Hollywood. Eles têm um tipo de gel, à base d'água, que usam para cenas com fogo. Você passa na pele e o fogo não machuca. Seria a mesma coisa. As crianças pegam fogo e o gel conteria até a gente apagar.

— Ok, beleza. Compra, tipo, cem galões do gel. Compra a roupa de bombeiro. Mas isso é só metade do problema.

— O que mais? — perguntou ele.

— Temos que evitar que eles peguem fogo, pra começar. Temos que fazer de um jeito que, quando eles se encontrarem em situações nas quais geralmente pegam fogo, isso não aconteça.

— Meditação zen — concluiu ele, chegando a estalar os dedos, como se tudo fizesse sentido agora, como se talvez eu não fosse tão louca quanto ele pensava.

— Algo assim — confirmei. — Um dos namorados da minha mãe fazia ioga e, meu senhor, parecia tão idiota e irritante, porque tínhamos que ficar quietas enquanto ele fazia, mas ele era o filho da puta mais calmo que eu já conheci na minha vida. Nada que minha mãe fazia o inquietava nem por um segundo. Ela acabou largando o cara porque ele era calmo demais. Ela dizia…

— Já deu, Lillian — Carl me cortou.

— De todo modo, fazemos ioga todas as manhãs. Podemos ensinar a eles, sei lá, tipo um mantra ou algo assim, para eles poderem se acalmar.

— Por que a gente só não dá uma tonelada de medicamentos, lítio ou algo assim? Para mantê-los num nível estável?

— Você acha que o Jasper quer que a gente drogue os filhos dele?

— Eu não acho que temos que contar ao Jasper que vamos drogar os filhos dele — respondeu Carl.

— Não vamos drogá-los, tá? Vamos fazer exercícios de respiração. Ficar calmos.

— Terapia comportamental cognitiva — disse ele.

— Bem, me consiga uns livros sobre isso — pedi a ele. — Traga aquele gel esquisito pra fogo, de Hollywood, e traga livros sobre terapia comportamental cognitiva. Fitas de ioga.

— Ok — respondeu ele e soou meio que satisfeito, de verdade. — Ok, é isso que vamos fazer.

— O que é? — questionou Bessie. Ela e Roland estavam parados bem do nosso lado. Até o Carl deu um pulo quando a ouviu.

— Era pra vocês estarem na piscina — disse a eles.

— Conta pra gente sobre o gel do dublê — Roland pediu a Carl.

— Nada de comprimidos — afirmou Bessie. — Nada de comprimidos. Se vocês tentarem nos fazer tomar algo, vou ficar muito irritada. Eu faria o sofá pegar fogo.

— Nada de comprimidos — garanti, fazendo que sim com a cabeça.

— Ok — falou Bessie, com o olhar muito distante, como se olhasse dentro de uma caverna, como se ainda não tivesse certeza se poderia confiar em mim, o que meio que me magoou. Então, eu me dei conta de que o meu caderno de *brainstorming* tinha comprimidos como uma das opções.

— Mas o motivo real pelo qual vim vê-la — Carl continuou — é que a sra. Roberts quer fazer um jantar de família. O senador Roberts vai estar em casa no fim de semana. Ela quer que as crianças venham até a mansão. Ela quer tentar fazer dar certo.

— Podemos comer pizza? — perguntou Roland. — Ou nuggets de frango?

— Isso não é comigo, Roland — falou Carl.

— Então a gente vai lá? — perguntei, sem acreditar muito.

— Em quatro dias — confirmou ele. — Desde que não haja incidentes até lá.

— Não é culpa nossa, tá? — Bessie se intrometeu, indignada.

— A gente nasceu assim! — gritou Roland.

— É melhor eu ir — anunciou Carl, levantando. — Boa sorte, Lillian.

— Tchau, Carl — falei, e então, de canto de olho, vi Roland fazendo xixi diretamente na piscina.

— Roland! — gritei.

— Tem os produtos — retrucou ele, perturbado. — A piscina fica limpa.

— Olha pra aquele idiota — disse Bessie, e achei que ela estivesse falando do irmão, mas aí vi que ela estava olhando para a casa, e lá estava Timothy de novo, segurando um bichinho de pelúcia, olhando a gente com aqueles óculos de ópera. E atrás dele estava Madison, linda mesmo à distância. Eu acenei, e Madison acenou de volta. Fiz joinha para ela. Eu queria contar a ela sobre o Nomex, sobre a ioga, mas ela estava tão longe, lá longe naquela mansão gigante. Eu sentia saudade.

— Ok, crianças — disse a eles. — De volta para a piscina. — Eles resmungaram, mas depois pularam na água, que respingou nas minhas pernas.

— Entra com a gente — pediu Bessie, mas eu sacudi a cabeça.

Eu me levantei, andei até uma espreguiçadeira e a reclinei. De óculos escuros, eu me sentia uma estrela de cinema. Eu não podia me ver, o que ajudava na fantasia.

— Eu vou me esticar um pouco — falei.

— Ah — reclamou Roland. — Não tem graça.

— Fica olhando a gente — sugeriu Bessie, batendo com a mão na superfície da água, como se estivesse punindo um bebê idiota.

— Eu estou olhando — menti. Com meus óculos de sol, eles não iam saber de verdade se eu estava olhando. Eu só precisava de um segundo, um espacinho durante o qual eles não fossem meu mundo inteiro. Precisava de uma pausinha. Quem me negaria isso? Quer dizer, fora aquelas duas crianças. Olhei para as nuvens. Elas pareciam coisas, mas eu estava cansada demais para nomeá-las.

Fiquei pensando no que Madison estava fazendo. Era difícil não achar que ela tinha me enganado. Eu mal a tinha visto. Lembrei-me daqueles primeiros dias, antes das crianças, quando éramos só nós duas. Ela tinha me comprado um guarda-roupa novo. Nós jogamos basquete. Achei que estaríamos juntas. Quer dizer, eu sabia que estaria aqui, com as crianças, mas, na minha cabeça, Madison estava sentada ao meu lado, rindo. Eu achei que íamos comer aqueles sanduíches delicados e nojentos, enquanto as crianças pulavam amarelinha ou faziam qualquer merda.

— Fica olhando a gente — pediu Bessie de novo, mais alto.

— Eu estou olhando vocês — falei. — Vocês estão lindos.

— Ah — resmungou Roland, sabendo que eu estava mentindo.

Senti o sol no meu rosto, ouvi o som das crianças na piscina. Era uma paz. Era chato pra cacete, mas era uma paz. Fechei meus olhos por um segundo. O verão parecia se esticar por quilômetros, para sempre.

Quando acordei, meu corpo inteiro alarmado com a consciência, olhei para a piscina e as crianças não estavam lá. Por quanto tempo eu tinha dormido? Um minuto? Oito anos? Qualquer coisa entre esses dois períodos de tempo parecia possível. Meu pescoço estava me matando.

— Bessie? — chamei baixinho, para que ninguém me ouvisse. Ia contra o propósito, mas eu estava tentando ficar tranquila, bem tranquila. — Roland? — falei. Nada. A piscina estava calma, vazia. Eu olhei ao redor. As crianças tinham sumido. Instintivamente olhei na direção da janela da mansão. Não havia sinal do Timothy, nenhuma testemunha da minha irresponsabilidade. E então, eu pensei: *e se as crianças estiverem na mansão? E se elas tiverem entrado escondidas? E se elas pegaram o Timothy numa chave de pescoço?* Fiquei enjoada.

Levantei e comecei a andar em torno da piscina, conferindo atrás das espreguiçadeiras, me certificando de que não estavam se escondendo de mim para me dar uma lição. Olhei dentro da piscina, até o fundo, mas estava vazia. Corri de volta para a edícula, abri a porta e gritei por eles, mas não houve resposta. Conferi cada cômodo: nenhum sinal dos dois. Olhei para o telefone, pensei por meio segundo em ligar para Carl, mas eu não conseguia nem imaginar o tamanho do julgamento naquela interação. Eu nunca superaria. Seria anotado nos registros permanentes que Carl mantinha sobre mim em seu cérebro.

Entrei na mansão sem ser detectada e fui até a cozinha, onde Mary estava fazendo macarrão, dobrando a massa numas bolsinhas complicadas.

— Mary, você viu as crianças? — perguntei a ela, bem casual, como se já soubesse a resposta e estivesse apenas testando-a.

— Aqui não — respondeu Mary, sem nem olhar para mim.

— Você as perdeu?

— Talvez — confessei, incapaz de mentir para Mary. Ela sorriu um pouco, suas mãos se movendo sem esforço.

— Melhor encontrá-las — completou ela.

— Acho que sim — falei. — Não conta pra Madison sobre isso, tá?

— Não — respondeu Mary, a palavra tão certa, tão forte que eu quis beijá-la. Eu sabia que não estávamos naquilo juntas. Mas me deixou feliz ser protegida por ela, mesmo que por alguns segundos.

E agora o mundo parecia se tornar grande e esmagador. Eu tinha passado tanto tempo dentro dessa propriedade que, sim, era imensa pra caralho, mas me parecia viável, segura. Olhei ao redor, não estou brincando, para ver se as crianças tinham deixado migalhas de pão para fazer uma trilha visível para mim. Elas não tinham. Inferno, essas crianças. Nenhum farelo de pão. E agora alguma bruxa as tinha comido. Ou elas estavam queimando a casa da bruxa. O que quer que estivessem fazendo, eu sabia quem seria culpada.

Continuei andando, não chamando por eles, tentando localizá-los por meio de alguma percepção extrassensorial, como se eu pudesse encontrá-los apenas prendendo-os na minha mente até eles simplesmente aparecerem na minha frente, definitivamente sem fogo. Continuei olhando na direção do horizonte, procurando alguma fumaça.

E, agora que eu era um grupo de buscas de uma mulher só, finalmente me ocorreu que eu era responsável por aquelas crianças, eu e eu sozinha. Aquilo era uma responsabilidade grande pra caralho. Por que Madison e Jasper me confiaram tal trabalho? A magnitude da vida de duas crianças, puta merda. Era estranho isso não ter me batido quando as crianças estavam pegando fogo de verdade. O fogo parecia manejável. Desaparecer sem deixar rastros, aquilo era mais problemático, mais sério. Ou, ao menos, eu sabia qual situação resultaria em arcar com a culpa mais do que a outra. Uma era genética. A outra era negligência. Eu não estava preparada para aquilo. Se alguém roubasse um pacote de bifes do Save-A-Lot, quem se importava? Eu não. Eu com certeza não. Isso era diferente. Como tinha levado tanto tempo para que eu percebesse?

E então, como no clarão de um segundo, me veio a certeza mortal do que aconteceria se as crianças tivessem desaparecido, se elas morressem, se elas simplesmente incomodassem qualquer pessoa ao redor. Eu seria culpada. E seria mandada de volta para casa. E como naqueles muitos anos atrás, quando eu tinha sido expulsa da Iron Mountain, todo mundo só ia ficar sentado e me culpar, se perguntando por que eu achava que era outra coisa que não o que eu era mesmo. Madison? Seria o fim da nossa relação. Ela tinha me pedido para fazer aquilo por ela... bem, uma segunda coisa por ela. Se eu não conseguisse fazer, se eu fracassasse, por que ela precisaria de mim? Eu a perderia de novo. Eu nunca a tinha decepcionado antes. Senti meu coração acelerar dentro do peito. Eu não podia deixar isso acontecer.

— Crianças! — eu gritava agora. — Bessie? Roland? — Caminhei até o bosque na beira da propriedade. — Bessie! Roland! Voltem aqui. Voltem aqui agora mesmo! — gritei. Eu não me importava com quem ouvisse. Talvez um daqueles jardineiros viesse correndo me ajudar a procurar por eles. Mas não, era só eu. E sempre seria só eu, andando pelo bosque escuro, procurando as crianças.

Continuei seguindo o rastro que alguém tinha aberto pela floresta, embora estivesse levemente crescido e os espinhos ficassem grudando no meu maiô. Desejei estar usando algo diferente de chinelos.

— Bessie! Eu não estou brincando. Bessie? Volta — chamei, mas não houve resposta. Eu poderia estar indo na direção errada, mas o que mais poderia fazer? Apenas continuei andando, de vez em quando falando o nome deles para que soubessem que eu os estava procurando. O que eu faria com eles quando os encontrasse tentei não demonstrar na voz.

Depois de cerca de vinte minutos, finalmente vi uma clareira no bosque e lá estavam as crianças, bem de onde a luz vinha. Estavam lá em seus trajes de banho, e parecia que eles estavam tentando e tentando de novo o mesmo passo hesitante. Eles estavam muito perto de fugir. Um pouco além da floresta havia uma estrada. Mas ficaram paralisados bem no momento em que tinham que decidir. E eu os alcancei. Estava bem em cima deles. Minhas mãos neles, tocando seus corpinhos esquisitos.

— Vocês me fizeram cagar de medo! — disse a eles, e percebi que eu não tinha respirado, que estava segurando o ar nos pulmões até conseguir agarrá-los.

— Desculpa — falou Bessie, sem me olhar.

— Que porra vocês estão fazendo? — perguntei. — Por que me abandonaram?

— Você não estava olhando a gente — respondeu Bessie, muito petulante, bem como uma criança. — Aí a gente saiu. E depois continuou andando.

— Tentamos fazer um carro parar pra gente — contou Roland —, mas só teve tipo, dois carros, e eles nem diminuíram.

— Por que estão fugindo? — perguntei a eles.

— Seria mais fácil, né? — respondeu Bessie. — Se a gente simplesmente desaparecesse todo mundo ficaria feliz.

— Eu não ficaria feliz — falei com sinceridade. — Eu ficaria muito triste.

— De verdade? — indagou Roland, surpreso.

— Sim, caramba, sim, eu ficaria triste.

— Tá bom — aceitou Roland, satisfeito.

— E vocês ficariam felizes? — questionei.

— Não — respondeu Bessie. — Não de verdade. Eu só estava aqui parada e não conseguia me mexer, porque não sei aonde poderia ir. Não de volta pra mamãe. De jeito nenhum que íamos voltar para a casa da vovó e do vovô. Onde mais? Não temos ninguém, Lillian. Nós não temos ninguém.

— Vocês têm a mim, tá? — falei, e acho que falei sério. Apesar de tudo, era um fato. Eles tinham a mim. Eles tinham a mim.

E todo esse tempo eu havia me preocupado com o que aconteceria comigo se eu estragasse tudo. Eu perderia aquela vida. Perderia Madison. Mas eu não tinha pensado nas crianças. Se eu falhasse com elas, para onde elas iriam? Para algum lugar ruim, isso é certo. Algum lugar pior do que aquela vida. Carl estava pronto para mandá-los para lá. Até onde eu sabia, Jasper e Madison estariam prontos para mandá-los para lá, se eu desse uma escorregadinha. Eu me lembrei daquele sentimento, voltando para o vale, não sendo mais bem-vinda na Iron Mountain. Senti que a minha vida tinha acabado. E meio que foi isso. Eu não deixaria aquilo acontecer com essas crianças. Elas eram selvagens como eu. Elas mereciam mais, como eu. Eu não ia estragar tudo. De jeito nenhum.

E foi aí que um carro diminuiu a velocidade, parou e baixou os vidros. Um cara de camisa havaiana olhou para nós.

— Precisam de carona? — perguntou ele.

— Não — respondeu Bessie de repente, com o rosto vermelho.

— Certeza? — questionou ele. Eu já tinha sacado. Ele não era uma ameaça. Era um imbecil. Ainda assim, não era para sermos vistos. Não estávamos ali para consumo público.

— Estávamos fazendo uma trilha — falei.

— De roupas de banho? — indagou ele, curioso.

— Se manda — mandei, soando grossa. Foi bom.

— Bom... tchau — disse ele, arrancando com o carro. Ficamos olhando o carro descer a estrada e desaparecer.

— Podemos voltar para casa? — pediu Bessie finalmente.

— Ok — falei. — Vamos. — Os dois me deram as mãos, e nós voltamos para a casa que era nossa, mas não era bem nossa.

— Vocês já ouviram falar de ioga? — perguntei, e os dois resmungaram, porque nada que tivesse o nome de ioga podia ser muito divertido.

— Só lê pra gente? — pediu Bessie. Eles tinham dez anos, mas às vezes pareciam ser tão mais novos, desnutridos, selvagens.

— Tá bom — concordei. — Vamos só ler. Eu vou ler uma história pra vocês.

Ouvimos os sons do bosque e notamos como, uma vez que voltamos para casa, aqueles sons tinham mudado, ficado mais tranquilos. Ou talvez tenham entrado na gente. O que quer que fosse, tínhamos voltado. E não partiríamos mais.

NA MANHÃ SEGUINTE, ACORDEI COM OS DEDOS DO ROLAND na minha boca e os pés da Bessie pressionando forte meu estômago. O aspecto possivelmente inapropriado da situação, de dormir com essas duas crianças, me fez questionar por um momento, mas aí pensei, porra, ninguém mais iria abraçá-los. A vida deles, até então, não poderia ter sido mais estranha do que dormir com uma mulher adulta que era quase uma desconhecida para eles. Cuspi fora os dedos do Roland, que se retraiu um pouco. Empurrei minha barriga para fora, e Bessie sentiu a resistência e se virou.

— Acordem, crianças — falei, esticando meus braços por cima da cabeça.

— Temos que ir nadar de novo? — perguntou Bessie, e parecia chocada por ter ficado entediada com a piscina, com água brilhante de cloro.

— Não. Temos uma nova rotina — falei, tentando pensar na rotina. — Vamos fazer uns exercícios.

— Agora? — Roland choramingou.

— Sim, agorinha — disse a ele.

— Não podemos tomar café da manhã antes? — indagou Bessie.

— Eu acho, hmmm, eu acho que primeiro os exercícios. Vocês não vão querer se exercitar de estômago cheio. Faz mal, acho. — Eu estava inventando aquela merda toda no caminho. Eu não tinha as fitas de ioga do Carl ainda, então tentei me lembrar do namorado da minha mãe. Não conseguia me recordar das posições, embora lembrasse que a bunda dele estava sempre para o ar de maneiras que me davam vergonha alheia. Ele usava um rabinho de cavalo, o que distraía.

— Que tipo de exercícios? — questionou Bessie.

— Exercícios de respiração — expliquei.

— Isso não parece muito com exercício — admitiu Roland.

E eu mandei:

— Sentem aí no chão.

Eles se sentaram no chão, as pernas dobradas debaixo do corpo.

— Sentem de pernas cruzadas, ok? — pedi, demonstrando. Eu não era flexível, tendo vivido uma vida que me exigia ficar tensa a todo o tempo no caso de alguém tentar me foder, e descobri que o simples ato de deixar a espinha ereta e a pélvis e as coxas fazendo coisas normais era um pouco mais difícil do que eu esperava. Eu não queria que as crianças notassem, mas elas dobravam facilmente seus corpos como pretzels, como se eu pudesse torcê-las em qualquer formato e elas o manteriam.

— E agora? — Bessie quis saber.

— Fechem os olhos — falei.

— Sem chance — retrucou Bessie, e de novo senti carinho por ela, porque eu também entendia o quanto meu pedido era ridículo. Quando eu tinha dez anos, não teria fechado os olhos nem por todo o dinheiro do mundo.

— Todos nós vamos fechar nossos olhos — eu avisei.

— Então você vai fechar os olhos também? — confirmou Bessie, como se não esperasse aquilo.

— Sim — falei, tentando manter a calma, não ficar irritada.

— Então você não vai saber se meus olhos estão fechados ou não?

— É, acho que não. Vou ter que confiar em você.

— Você pode confiar em mim — garantiu Bessie, e eu sabia que aquilo era um teste. Então fechei meus olhos.

— Agora — comecei, sentindo seu corpinho quente, seu hálito azedo, os tremores passando por eles inteiros —, respirem fundo.

Roland chupou o ar como se estivesse tentando beber o maior milk-shake do mundo. Ele tossiu um pouco.

— Apenas uma respiração leve e lenta, e depois segurem — falei. Tentei eu mesma. O ar entrou em mim, mais do que se pensa, e eu segurei. Eu fiquei lá sentada, misturada com o que quer que estivesse no meu corpo que fazia de mim o que eu era. E não sei se as crianças estavam fazendo certo ou não, mas eu não ia abrir meus olhos. Eu segurei e parecia que o mundo estava girando só um pouco menos rápido do que girava antes.

— Agora expirem — falei, e eu pude ouvir o alívio em seus pulmões enquanto sopravam o ar para fora de seus corpos em uma longa e áspera expiração.

— Acabou? — indagou Bessie. Eu abri os olhos e vi que os dois estavam de olhos fechados.

— Não. Vamos fazer de novo.

— Quantas vezes? — Roland quis saber.

Eu não tinha a menor ideia.

— Cinquenta vezes? — sugeri.

E Bessie protestou imediatamente:

— Sem chance. Sem chance que vamos fazer isso cinquenta vezes, fala sério, Lillian.

— Ok, ok — concordei. — Vinte vezes.

— Está bem — aceitou Bessie.

E foi isso que fizemos. Respiramos. Seguramos o ar. Respiramos de novo. E eu nunca tinha pensado nisso desse jeito, tinha sempre presumido que o que quer que estivesse dentro de mim que me fazia tóxica não poderia ser diluído, mas cada respiração me deixava um pouco mais calma. E perdi a noção do tempo. Eu não tinha ideia de quantas respirações tínhamos feito. Mas não me importei. Só continuei respirando e a temperatura do cômodo se manteve igual. E finalmente, quando parecia o bastante, eu disse:

— Então, está bom.

— É isso? — questionou Roland. — Acabamos? Podemos tomar café da manhã?

— Como foi pra vocês? — perguntei.

— Bobo — respondeu Bessie. — No começo. Mas é ok. Não foi tão ruim.

— Então vamos fazer todos os dias — anunciei.

— Todos os dias? — os dois choramingaram.

— Sim — falei. — E se vocês se sentirem exaltados, respirem assim. Tá?

— Eu acho que isso não vai funcionar — admitiu Bessie.

— Veremos — falei, e nós descemos para comer Pop-Tarts e beber copões de leite.

Depois do café da manhã, tirei uns caderninhos de exercícios dos armários, tudo enrolado em plástico, de alguma empresa educacional para esquisitões que acreditavam que o fim do mundo estava chegando e não deixavam seus filhos irem para uma escola normal. Ou talvez aquilo fosse injusto da minha parte. De repente os livros eram para pais que não podiam deixar seus filhos saírem de casa porque eles podiam pegar fogo. Ou, talvez, apenas para pais que pensavam que podiam dar aos seus filhos algo de bom e verdadeiro. Quem sabe? Os cadernos de exercício eram de alta qualidade, no entanto, ao menos.

Encontrei um livro de matemática do quarto ano. Em que ano estavam crianças de dez anos? Eu não tinha a menor ideia. Tentei pensar em como foi comigo. Era o terceiro ano? O quinto? Eu realmente não tinha ideia. O do quarto ano estava bom, decidi. Eu rasguei algumas páginas, multiplicação básica, e as coloquei sobre o balcão. As crianças olharam para elas como se estivessem escritas em chinês.

— Escola? — resmungou Roland. — Ah, não.

— Eu só quero ver o que vocês sabem — expliquei. — Vocês vão para a escola em setembro.

— A mamãe nunca nos obrigou a ir para a escola — falou Bessie. — Ela falava que escola é pra gado. Ela falava que é pra pessoas sem criatividade.

— Bem, na real, isso é meio que verdade, mas crianças criativas como vocês e eu encontram jeitos de fazer dar certo.

— Por que você não pode dar aula pra gente? — sugeriu Roland. — Ou a Madison?

— Não temos treinamento apropriado — falei. — Olha, ainda falta um bom tempo. Agora, só vamos praticar. Vamos aprender e nos divertir.

— Eu odeio isso — confessou Bessie.

— São coisas bem básicas. Tipo, olha, quanto é quatro vezes três?

— Sete? — Roland chutou.

— Não — respondi, e depois, rapidamente acrescentei: — Quase isso.

— Eu odeio isso aí — repetiu Bessie.

— Vamos lá, Bessie. Quatro vezes três?

— Eu não tenho a menor ideia — respondeu ela, com o rosto vermelho de vergonha.

— Ok, são só quatro três vezes. Então, quanto é quatro mais quatro mais quatro?

— Eu não sei — afirmou ela.

— É doze — expliquei. — Quatro mais quatro mais quatro é doze. Quatro vezes três é doze.

— Eu sei disso — retrucou Bessie, a voz mais alta —, eu sei adição. Eu sei.

Eu a via ficando irritada agora, não apenas envergonhada. Via o corpo dela ficando vermelho. Ela pegou o lápis e começou a riscar um doze gigante na página, mas a ponta do lápis quebrou antes de ela conseguir completar o primeiro número.

— Respira — falei devagar, calmamente. — Ok, Bessie? Respira fundo.

— Nós nunca estudamos matemática — admitiu ela. — Não estudamos matemática, então não sabemos matemática.

— Não fala — disse. — Só respira.

Olhei para Roland, que estava com a boca bem aberta. Ele tinha desenhado uma carinha triste na folha de exercícios. Mas ele não estava vermelho. Não estava irritado.

— Roland — chamei, bem baixinho, bem calma, como se estivesse fazendo eutanásia em um gato. — Vai pegar uma toalha pra mim, pode ser? Do banheiro. Roland?

Roland ficou parado, congelado de medo.

— Uma toalha? Uma toalha? Roland? No banheiro? Uma toalha? Roland? Pode pegar pra mim? No banheiro? Uma toalha?

— Tá — respondeu Roland finalmente e saiu correndo.

O rosto de Bessie estava todo enrugado.

— Eu sabia que a mamãe não estava nos ensinando o suficiente — afirmou ela. — Ela falava que matemática não importava. Mas eu sabia que isso ia acontecer. Eu sabia que isso ia acontecer e todo mundo ia achar que eu sou burra. A gente tentou entender sozinho, mas não fazia sentido. Eu tentei, tá?

— Eu posso te ensinar, Bessie — expliquei, mas ela estava bem vermelha agora. Eu a peguei no colo, senti o quanto estava quente e a sentei no chão. — Não fala, só respira. Consegue respirar?

Bessie começou a fazer respirações fundas.

— Não está funcionando! — gritou ela.

Roland voltou com uma toalha, e eu corri para a pia e a ensopei, depois torci o quanto pude. Quando me virei, havia pequenas chamas começando a se formar nos braços e tornozelos de Bessie. Peguei a toalha e esfreguei nos braços e nas pernas dela, e, a cada vez que eu fazia isso, saía um vapor dela.

— Bessie, por favor. Só respira, tá? Olha, a toalha está ajudando.

— Só me joga no chuveiro — pediu Bessie.

— Não — falei —, a gente consegue.

Esfreguei a toalha nela toda e depois enrolei-a no corpo dela como um casulo. Roland saiu correndo, mas eu estava focada demais em Bessie para fazer qualquer coisa.

— Estou bem aqui, viu? — sussurrei no ouvido dela. O corpo dela estava quente pra caralho, como a pior febre do mundo. A toalha estava soltando fumaça. — Respira. E aí isso vai passar. E depois não vamos mais estudar matemática. Vamos tomar sorvete. E, em alguns dias, vamos estar na mansão para o nosso jantar de família e vamos comer o que quisermos. E logo logo vamos para a cidade. E vamos comprar brinquedos. E livros novos. E vamos comprar roupas que você gosta também. E vamos tomar um sundae em uma sorveteria de verdade.

— Com granulado e uma cereja. E cobertura quente — sugeriu ela. A toalha estava pegando fogo, queimando. Eu tirei-a de Bessie e a joguei no chão, onde ficou soltando fumaça. Pisoteei até que o fogo se apagasse, o que não durou muito. E depois, como mágica, Bessie não estava mais pegando fogo, como se tivesse se transferido dela para a toalha.

— Tá bom — aceitou ela, olhando para mim —, então tá bom.

Ela se sentou no chão, exausta. Eu a abracei.

— Cadê o Roland? — perguntou ela.

— Roland? — gritei.

Uns segundos depois, Roland, completamente vestido e absolutamente ensopado, entrou na sala, fazendo poças ao seu redor.

— Eu entrei no chuveiro — anunciou ele.

— Tudo bem.

— Ela não está pegando fogo — falou Roland, apontando para Bessie.

— Agora não — respondi.

Roland veio e se sentou perto da gente.

— Eu vou cuidar de vocês, pessoal — afirmei.

— Você é uma pessoa boa? — indagou Bessie, o que era uma pergunta estranha, do tipo que uma criança faz porque não viveu o bastante para saber como é fácil respondê-la.

Fiz uma pausa, fazendo de conta que estava pensando.

— Não muito — respondi. — Eu não sou uma pessoa má, mas poderia ser bem melhor. Desculpa. Mas aqui estou. E vocês também estão aqui.

— Mas você vai embora — disse Bessie.

— Um dia — falei —, quando vocês não precisarem mais de mim.

— Eu sabia — reclamou Bessie.

— Mas vai demorar muito. — Três meses era muito tempo para uma criança? Era muito tempo para mim.

Bessie e Roland se olharam. Estavam fazendo aquela coisa que gêmeos fazem de conversar sem falar.

— Eu vou ficar o quanto vocês me quiserem, tá? — falei finalmente. — Eu vou ficar.

Eles não pareceram me ouvir. Apenas ficamos lá sentados e eu rezei para o Carl não vir até a casa naquele momento. Como eu explicaria? Eu teria que nocauteá-lo com um abajur, arrastá-lo até o carro dele e fazê-lo pensar que tinha sonhado a coisa toda.

— Nossa mãe — Bessie começou.

— Eu sei — concordei. — Eu sei que não sou a mãe de vocês. Ninguém vai ser tão boa quanto a mãe de vocês era...

— Ela se matou — confessou Bessie. — Por nossa causa.

Tentei lembrar se Madison alguma vez tinha me dito que a mãe deles havia se matado. Por que ela não tinha me contado? Será que ela sabia? Era um segredo? Se eu algum dia visse Madison de novo, perguntaria a ela.

— Não foi por causa de vocês, gente — afirmei —, vamos lá, Bessie.

— Ela disse que era difícil demais. Disse que as coisas iam mudar, que nós teríamos que começar a ir para uma escola regular, que ela não podia mais dar aula pra gente. Ela disse que o nosso pai queria que a gente fosse normal. Ela disse que isso nunca ia acontecer.

— Sinto muito, Bessie — falei. Roland se encolheu, e coloquei meu braço em torno dele.

— Ela tomou aqueles comprimidos — continuou —, a gente ficou olhando ela tomar aqueles comprimidos. E depois ela morreu.

— Meu Deus — exclamei —, eu sinto muito.

Bessie parecia estar completamente vazia de emoções, como se não houvesse nada dentro dela. Ela olhou para Roland, que assentia.

— Ela nos mandou tomar os comprimidos também — contou ela, por fim.

— O quê? — perguntei, embora tivesse entendido perfeitamente bem. O que mais se podia fazer a não ser fingir que não se entendia que aquilo era possível neste mundo?

— Ela tinha dois pratinhos com comprimidos para mim e para o Roland. E ela falou pra gente tomar. E ela tinha dois copos enormes de suco de laranja. Ela estava chorando e falou que aquilo ia fazer todo mundo se sentir melhor.

— Mas nós não tomamos — admitiu Roland, com a voz rouca.

— Eu falei pro Roland não tomar. A gente só colocou no bolso e fingiu, e a mamãe nem notou. Bebemos todo o suco e era tanto que precisamos fazer xixi. Mas aí a mamãe mandou a gente ir pro quarto e todos nós fomos pra cama. E ela falou que a gente precisava dormir, mesmo que fosse dia. O Roland estava de um lado e eu do outro. Eu não conseguia enxergar ele. A mamãe estava no meio de nós. Coloquei a mão no peito da mamãe e senti o coração dela, e estava bem.

— Sinto muito, Bessie — falei, porque queria ter só um pouquinho de tempo, um momento antes de ouvir o resto, porque eu não estava pronta.

— E demorou muito, mas aí a mamãe caiu no sono. E eu continuei com a mão no peito dela. E demorou muito. Muito tempo. E eu estava com muita vontade de fazer xixi, então fiz ali mesmo na cama.

— E eu também fiz xixi na cama — comentou Roland.

— E depois ela dormiu mesmo. E eu disse pro Roland que nós precisávamos nos levantar. Então nós nos levantamos e a mamãe ainda estava dormindo. E eu sabia que ela estava morta, porque chequei os batimentos. E depois nós trocamos de roupa porque estávamos molhados. Eu preparei bolachas com manteiga de amendoim e a gente comeu. Tiramos todos os comprimidos dos nossos bolsos, jogamos no vaso e demos descarga. E depois fomos lá para fora. Fomos no pátio da frente. E nós dois pegamos fogo. Foi um fogo bem grande. Foi mais fogo do que nunca, em todo nosso corpo. E a grama ao nosso redor pegou fogo. E depois uma árvore pegou fogo perto da gente. E alguém que morava, tipo, a mais de um quilômetro de distância viu a fumaça e ligou pro 911. E foi assim que encontraram a gente. E foi assim que encontraram a mamãe.

E então ela ficou quieta. E Roland ficou quieto. Nós todos estávamos respirando, ar para dentro e para fora, respirações profundas. O coração regular e forte. Se houvesse um botão que acabasse com o mundo, e esse botão estivesse na minha frente, eu teria sentado a mão nele naquele momento. Com frequência eu pensava em um botão como aquele, e quando pensava, sempre sabia que apertaria.

— Isso é horrível — admiti. — E não foi culpa de vocês. A mãe de vocês estava sofrendo e ela não quis machucar vocês. Ela só não conseguiu pensar direito.

— Às vezes eu acho que a gente devia ter tomado os comprimidos — confessou Bessie, e eu estava prestes a chorar, mas essas crianças, que tinham sido tão fodidas pela vida, não estavam chorando, e pareceu uma coisa muito fracote a se fazer, sendo que elas estavam se segurando.

— Aí eu não teria conhecido vocês — completei. — Seria uma droga pra mim. Eu ficaria muito brava.

— Você teria ficado puta — sugeriu Roland.

— Muito puta — concordei. — Vocês são muito legais e eu estaria sentada em casa, sozinha, sem amigos e nunca saberia que vocês existem.

— Você estaria puta pra caralho — acrescentou Bessie, e parecia soar exatamente certo para ela.

— Muito puta pra caralho — repeti.

— Eu quero aprender matemática — falou Bessie, e eu quase ri porque, meu Deus, de que porra ela estava falando agora?

Meus músculos estavam tão rígidos que eu pensei que estava morrendo, mas respondi:

— Eu vou ensinar matemática pra vocês. Vamos devagar.

— Mas hoje não — pediu ela.

— Hoje não — concordei. E depois de alguns minutos, eu peguei a toalha e joguei no lixo.

NAQUELA NOITE, ENQUANTO AS CRIANÇAS TOMAVAM BANHO, o telefone tocou. Eu me apressei para atender, sedenta por alguma notícia do mundo externo, imaginando se alguma coisa horrível tinha acontecido. Mas era só o Carl.

— Ah — falei. — É você.

— Estou ligando da parte da sra. Roberts — informou ele.

— Por que ela não me ligou? — perguntei. — Ou veio aqui?

— Posso passar o recado? — indagou ele. — Ou você vai continuar fazendo perguntas?

— O que ela quer? — respondi por fim.

— Ela gostaria de ver você hoje à noite, às onze da noite — disse ele, e eu conseguia ouvir na voz dele o quanto ele achava aquilo triste.

— Ah — falei —, eu não posso deixar as crianças sozinhas, né? — perguntei.

— Eu vou vigiar as crianças enquanto você se encontra com a sra. Roberts — explicou ele.

— Você? — questionei, quase rindo. — Se eles acordarem e encontrarem você na casa e não eu, eles vão tocar fogo em tudo.

— Eles acordam à noite? — perguntou ele.

— Bem, não — respondi, talvez me dando conta disso pela primeira vez. — Eles não acordam. Eles dormem feito pedra.

— Ok, então — confirmou ele.

— Não vai fuxicar as minhas coisas — pedi a ele, que não respondeu. — Pra onde eu vou? — perguntei.

— Ela vai encontrar você na porta da frente da mansão — avisou ele.

— O que que eu visto? — perguntei. — Vamos fazer alguma coisa? — Eu estava começando a me sentir um pouco tonta, sem certeza do que fazer. Não tinha certeza se eu poderia voltar naquela casa sem desmaiar.

Carl respirou fundo, normalizando a respiração. Estava tentando não gritar comigo.

— Roupas normais — respondeu ele, e depois desligou o telefone.

Eu não conseguia me livrar daquele sentimento de que precisava contar às crianças o que ia fazer. Senti que se eles saíssem enquanto eu dormia, e Carl estivesse no sofá no andar de baixo, eu ia querer saber. Mas eu precisava fazer algo por mim, depois de tantas horas com as crianças agarradas em mim, numa pressão constante. Madison era um segredo e eu ia esconder isso deles.

E não era difícil me desvencilhar deles quando estivessem dormindo. Eu estava mantendo horários de criança desde que eles haviam chegado, e encontrei certa dificuldade para sair da cama. Uma vez, na verdade, acho que dormi antes deles.

Vesti uma calça jeans bacana, camiseta e tênis. Eu tinha que parecer bem o suficiente para que, se Madison quisesse ir ver uma banda alternativa em Nashville, eu não teria que voltar e me trocar e contar ao Carl o que iríamos fazer.

Às 22h55, Carl estava na porta, segurando uma revista *Sports Illustrated* e uma revistinha de palavras cruzadas.

— Divirta-se — disse ele, passando por mim. Fiquei pensando se ele tinha ciúmes, se o senador Roberts alguma vez tinha jogado pôquer com ele, deixado ele beber um uísque caro.

Caminhei sob as estrelas, passeando pelo gramado bem-cuidado, e fiz a volta na varanda da entrada, onde Madison estava sentada em uma cadeira de balanço, me esperando. Ela usava uma camiseta enorme que passava do joelho, meia-calça e estava sem sapatos. Tinha um baldinho de cervejas geladas, umas batatinhas e molho.

— Oi — disse ela, assim que eu parei ao seu lado.

— Oi — respondi.

— Desculpa pelo sigilo.

— Tudo bem — falei, e depois tentei pensar em qual era o segredo. O senador não sabia que ela estava se encontrando comigo? O que estava acontecendo exatamente? — Quer dizer, foram dias meio esquisitos.

— Superesquisitos — concordou ela, assentindo. — Mas... você está bem?

Eu fiz que sim.

— Estou bem — respondi, eu gostava que me perguntassem. Ninguém tinha me perguntado ainda, e percebi o quanto eu precisava daquilo.

— Obrigada, Lillian — agradeceu ela, enfim.

— De nada — respondi, e então me sentei na cadeira de balanço ao lado da dela. Ela me deu uma cerveja e eu bebi em poucos goles, nem tentei me controlar. Eu não sabia quanto tempo tínhamos antes de eu ter que voltar para as crianças. Eu ia tomar o quanto desse.

Madison pegou uma cerveja e bebeu devagar, olhando para dentro da escuridão.

— Eles pegaram fogo — afirmou ela.

— Pois é — respondi.

— Foi algo digno de se ver — admitiu ela. — Foi... bom, foi bem assustador.

— Eles não se machucam — expliquei, mas logo me dei conta de que Madison não estava preocupada com as crianças.

— Quer dizer, eu sabia que eles faziam isso, é claro — ela continuou. Eu percebi que era para isso que ela precisava de mim. Alguém para lhe contar se o que ela vira era real. — Mas eu não estava preparada para o quão... luminoso, acho? O quão luminoso foi.

— É intenso — admiti.

— E eles pegaram fogo de novo desde então? — perguntou ela.

— Não — menti. Nem hesitei. — Nada de fogo. Nem uma faísca.

— Bem... isso é bom — respondeu ela. — É o que esperávamos. Eu sabia que você conseguiria.

— Como você sabia? — perguntei.

— Eu simplesmente sabia — afirmou ela. — Eu sabia que, se alguém podia fazer algo, esse alguém era você.

Nos anos desde o colégio, às vezes Madison me convidava para ir visitá-la, para um reencontro, mas na minha carta seguinte, eu falava sobre tudo, exceto o convite, esperando que ela simplesmente desistisse. E sempre acontecia. Madison nunca tentou muito.

E eu sempre quis dizer sim, mas não conseguia me forçar a ir até ela. Porque eu me preocupava que, se eu fosse, apenas uma vez, e não desse certo, se ela percebesse que eu não era quem ela pensava que eu era, nunca mais teria notícias dela. Se eu ficasse onde eu estava e ela ficasse onde ela estava, nós ainda teríamos o ano na Iron Mountain, quando as coisas foram perfeitas por um tempo. E agora aqui estava eu, sentada perto dela, o mundo tão silencioso que era como se ninguém mais existisse.

— Você falou para eles sobre mim? — indagou ela finalmente, com a voz macia.

— Pras crianças? — questionei, e pude sentir a decepção no meu estômago, ao lembrar a realidade da situação. — Se eu falei de você pra elas?

— Isso, tipo, me promoveu? Disse pra eles que eu sou boa? Que eu sou legal? Que eu sou gentil? Que eles podem confiar em mim?

Eu ainda estava tentando fazer as crianças acreditarem naquelas coisas quanto a mim. Não tinha tido tempo para trazer outra pessoa para a discussão. Mas Madison parecia tão esperançosa, e era estranho vê-la daquele jeito, preocupada com o que outra pessoa pensava dela.

— É claro — respondi. — Eu contei a eles que você é uma ótima pessoa e que vai ser uma ótima madrasta pra eles.

— E eles acreditaram?

— Eu acho que sim. — Eu sentia que aquilo não tinha sido satisfatório para Madison, então completei: — Até o final do verão, eu prometo que eles vão amar você.

— Ok — respondeu ela por fim. — Descubra do que eles gostam e eu vou comprar um monte e dar pra eles.

— Suborno? — sugeri, sorrindo.

— Qual é a vantagem de se ter dinheiro se não se pode usá-lo para fazer as pessoas gostarem de você? — admitiu ela. Ela colocou a mão no balde, pegou outra cerveja, abriu e me entregou.

— Quanto tempo nós temos? — perguntei a ela.

— Quanto tempo? — repetiu ela, confusa.

— Até eu precisar voltar pras crianças.

Ela pensou sobre aquilo me olhando.

— De quanto tempo você precisa? — ela quis saber, mas eu nem respondi. Nada que eu dissesse seria suficiente.

Sete

— QUEREMOS ARREMESSAR — FALOU ROLAND, MAS EU NÃO deixei. Ainda não. Estávamos construindo algo e tínhamos que começar com as coisas mais básicas. Eu estava aprendendo com essas crianças que era preciso construir um tipo de base ou a vida poderia pregar uma peça rapidinho.

— Ok, vamos driblar — disse a eles, segurando a minha bola de basquete. Eu não sei por que não tinha pensado naquilo antes. Era a coisa que eu mais amava no mundo. Talvez criar filhos fosse só dar a eles as coisas que você mais amava no mundo e esperar que eles as amassem também.

E, ok, eu entendia que o que quer que eu fizesse seria uma idiotice. As crianças tinham confessado para mim havia dois dias que a mãe deles tinha tentado matá-los. É claro, sim, meu Deus, eles precisavam de terapia. Mas ficou óbvio para mim que terapia não era uma opção. O que mais eu poderia fazer? Eu precisava acreditar que aquelas crianças, que não podiam se queimar, que eram imunes ao fogo do inferno, pelo amor de Deus, eram simplesmente mais duronas que a maioria das pessoas. Se seus corpos eram invulneráveis ao fogo, o que havia dentro deles? Talvez eles conseguissem se manter vivos. Talvez eu pudesse mantê-los felizes. E a única coisa que eu tinha, naquele momento, era o basquete.

— Queremos arremessar! — pediu Roland de novo, olhando para a cesta, mas eu pus a mão na bola que estava com ele, e ele tinha um formato esquisito de asa quebrada, e empurrei gentilmente de volta para ele. Minha mão ainda doía por causa dos malditos dentes da Bessie, mas eu conseguia dobrar os dedos sem muita dor, e o inchaço tinha passado.

— Vocês sabem o que é um drible? — perguntei. Eles olharam um para o outro. Não gostavam de perguntas, eu sabia, mas como eu ia obter informações?

— É assim? — Bessie mostrou, por fim, batendo na bola para fazê-la quicar no chão e voltar para ela. A menina a pegou desajeitada, com as duas mãos, como se um peixe tivesse pulado da água para os braços dela.

— É assim — confirmei. — É só isso. Você quica a bola e ela volta pra você.

— E isso é divertido? — questionou Bessie. — Driblar é divertido?

— É a coisa mais divertida — falei. — Você tem a bola, certo? É sua bola. E você quica e ela não está mais na sua mão. Mas antes mesmo de se preocupar, se você faz certo, ela quica de volta pra você. E você quica de novo. E ela volta na hora. E você faz isso várias e várias vezes, por horas todos os dias e, depois de um tempo, você nem se preocupa mais. Você sabe que é sua bola e que você nunca vai perdê-la. Você sabe que ela vai voltar, que você sempre pode tocá-la.

— Parece legal, mesmo — afirmou Bessie.

Eu me senti uma treinadora em um filme de inspiração, tipo como se a música fosse bem comovente e a gente visse as expressões dos jogadores enquanto eles começavam a entender, e não demoraria muito antes que eles me erguessem em seus ombros, confete pra caralho chovendo na gente.

E daí o Roland quicou a bola bem na porra do dedão dele, e ela rolou para o outro lado da quadra.

— Boa tentativa — falei.

— Eu não quero ir pegar — disse ele, mas eu respondi:

— Você tem que ir pegar.

Ele caminhou que nem o Charlie Brown, com a cabeça baixa, como se uma nuvem o estivesse seguindo, até que pegou a bola e a trouxe de volta.

— Então vamos driblar — sugeri, e fiquei olhando os dois parados lá, o corpo robótico e rígido enquanto quicavam a bola. Bessie pareceu entender de verdade. Ela já tinha feito dez, depois quinze quiques antes de perder o ritmo e ter que alcançar a bola para que ela não fosse para longe.

— Você é boa — disse para Bessie, que sorriu.

— E eu? — perguntou Roland, correndo atrás da bola que ele tinha quicado no dedo de novo.

— Você é muito bom também — falei.

— Eu sabia que era — admitiu Roland.

Fizemos uma pausa para um Gatorade, porque coordenação de olhos e mãos era complicada para crianças; é muito fácil cansar e só ficar errando sem parar. Comemos bananas com pasta de amendoim e nos revezamos para lamber a faca.

— Então você é boa nisso? — perguntou Bessie.

— Eu era. Era espetacular — falei. Às vezes, o basquete era a única coisa sobre a qual eu era honesta ou sentia que era meio natural.

— Mas você é baixa — comentou ela. — Os jogadores de basquete não são todos muito altos?

— Alguns são — falei. — Eles conseguem fácil. Mas eu sou boa mesmo sendo baixa.

— Você sabe, hum... enterrar? — indagou Roland.

Essas crianças pareciam alienígenas, como se tivessem recebido um livro bem incompleto sobre humanos e estivessem tentando lembrar dos detalhes.

— Não — confessei. — Mas eu não tenho que conseguir enterrar pra ser boa.

Eu não disse a eles que eu provavelmente pagaria um milhão de dólares só para enterrar uma bola em um jogo de verdade. Eu nunca admitiria isso para ninguém, mas era verdade.

— E você acha que isso vai fazer a gente não pegar fogo? — questionou Bessie.

— Espero que sim — respondi. — Isso sempre me deixou feliz, evitou que eu quisesse matar pessoas.

— Você quer matar pessoas? — perguntou Roland, confuso, e eu lembrei que estava conversando com crianças. Eu já tinha presumido que éramos melhores amigos ou algo louco.

— Às vezes — admiti, sem jeito de voltar atrás.

— Nós também — contou Bessie. E eu sabia quem ela queria dizer. Eu sabia que ela estava falando do Jasper.

Tentamos driblar enquanto caminhávamos pela quadra, o que era mais difícil do que parecia. Fazer duas coisas ao mesmo tempo pela primeira vez, não importa o quão simples pareça, requer um ajuste do corpo para encontrar o ritmo instintivo que faça dar certo. E as crianças, caramba, não eram boas naquilo.

Então demos uma pausa e pulamos na piscina. Comemos sanduíches de mortadela, com um monte de mostarda, e comemos chips de cheddar e *sour cream* que faziam nossos dedos ficarem laranja. Eu me dei conta de que logo precisaria parar de alimentar aquelas crianças com porcarias e teríamos que começar a comer queijo cottage e figos e, sei lá, biscoitos light. Espera, pessoas saudáveis gostam de gordura ou odeiam gordura? Eu sempre só comi porcaria. E é por isso que acho que meu corpo sempre foi um pouco mole demais. Eu não era superpesada, porque minha raiva queimava calorias como uma doida, ou assim eu imaginava, mas eu era flácida, minha pele sempre cedia um pouco. Pensei no corpo da Madison e imaginei como seria tê-lo, se ele exigia mais esforço do que eu imaginava. Mas se eu soubesse que um corpo como o da Madison era possível para mim, acho que valeria a pena o trabalho para mantê-lo.

Depois do almoço, voltamos e driblamos para cima e para baixo na quadra. E Bessie, honestamente, era boa naquilo ou estava conseguindo entender rápido. Roland ia bem, bem o bastante para alguém de dez anos que nunca tinha tocado nunca bola de basquete na vida, mas Bessie começou a se mexer como se a bola estivesse presa a um fio, encontrando o ritmo. Em determinado momento, ela começou a correr, deixando Roland para trás, o que o fez gritar para ela ir mais devagar e esperar por ele, mas ela já estava longe. E ela foi um pouco para a frente demais, e a bola ficou para trás por um segundo. E então eu a observei estender a mão para trás, sacudir o pulso com o menor movimento e mandar a bola quicando na direção da outra mão, ainda se movendo, e ela simplesmente continuou. Eu gritei em aprovação.

— Você foi pelas costas — disse a ela, que pareceu bem orgulhosa.

— É divertido — concordou ela.

— Minhas mãos doem — Roland choramingou ao nos alcançar, mas Bessie só ficou lá parada, batendo a bola contra a quadra de novo e de novo e de novo.

— Olha isso — falei, e peguei a bola e girei no dedo como uma integrante da Globetrotter.

— Uau — exclamou Roland, impressionado, e eu me senti boba, mas não o bastante para parar de me exibir. Tentei me lembrar da última vez que eu tinha feito algo e recebido um uau de outro ser humano. Provavelmente fazia anos. Talvez mais. Eu não ganhava um uau nem quando cedia e fazia coisas estranhas na cama para caras dos quais eu nem sequer gostava.

— Ei — chamou Bessie, seu rosto ficando obscuro. — Alguém está vindo.

Imaginei que fosse o jardineiro ou, na pior das hipóteses, Carl, mas aí me dei conta de que era Madison. Ela estava segurando uma bandeja com um jarro. Timothy estava atrás dela, agarrando uma marmota de pelúcia com um chapéu de caçador.

— Olá — cumprimentou Madison. — Vimos vocês jogando e pensamos em vir visitar.

Fiquei pensando em por que ela tinha decidido vir ver as crianças. Eu me perguntei por que, se o jantar de família naquele fim de semana era tão importante, ela tinha solapado tudo vindo agora. Talvez fosse o jeito que ela operava, sempre uma representante para testar as coisas antes de Jasper ter que lidar com elas. Talvez sua vida inteira fosse saltar à frente de qualquer um porque ela sabia que era imortal, que nada a machucaria. E eu soube, mesmo ali, que aquilo era cruel, que Madison obviamente tinha suas próprias fragilidades. Seu pai era um cuzão, eu sabia disso. Seus irmãos nunca a respeitaram. Ela não tinha se tornado presidente dos Estados Unidos da América. Tentei sentir carinho por ela, e veio bem fácil.

— Timothy — Madison chamou o filho —, esses são o seu irmão, Roland, e a sua irmã, Bessie.

— Meia-irmã — acrescentou Bessie.

— É verdade — concordou Madison —, mas acho mais fácil para o Timothy pensar em vocês como irmão e irmã.

— Ok — aceitou Bessie, dando de ombros, embora eu pudesse perceber que ela queria que essa distinção ficasse clara.

— Oi — disse Roland a Timothy, que se escondeu atrás da mãe.

No fim, no entanto, ele respondeu:

— Olá.

E as coisas pareciam ok.

Ela nos ofereceu limonada, cada um de nós pegou um copo, e estava bem geladinha e doce. As crianças engoliram como se estivessem morrendo de sede, a limonada escorrendo pelas camisetas.

— Você está ensinando os dois a jogar basquete? — perguntou Madison para mim, e eu não consegui saber se ela achava que aquilo era uma ideia boa ou ruim.

— Tentando — respondi. — Eles estão entendendo.

— E as coisas estão... bem hoje? — perguntou ela e, é claro, eu sabia o que ela queria dizer. Ela quis dizer: *essas crianças, que são agora meus tutelados, pegaram fogo e queimaram algo que não tem mais conserto? Eles são demônios? Vão me machucar? Vão impedir o Jasper de ser secretário de Estado?*

Eu não sabia exatamente como responder tudo aquilo. Havia tanto para dar conta. Eu só assenti.

— As coisas vão bem — confirmei, embora não ajudasse.

— Ótimo — concluiu Madison e, como se tivesse rasgado o pacote de um presente, ela sorriu e seguiu para a próxima coisa. Ela estava usando uma coisa de Lycra, como algo que uma patinadora de velocidade no gelo usaria, meio ousado, eu diria, ou talvez somente eu pensasse aquilo.

— Você estava fazendo exercício? — perguntei a ela.

— Estava fazendo aeróbico na academia — respondeu ela —, e aí o Timothy me contou que vocês estavam aqui, então pensei em vir dar oi.

— A Lillian joga muito bem basquete — comentou Roland.

— Ela joga, mesmo — Madison reconheceu, e me deu uma emoçãozinha ouvir aquilo.

— Você joga bem basquete? — perguntou Bessie a ela.

— Jogo — respondeu ela, sem a menor hesitação.

— Melhor que a Lillian? — questionou Roland.

— Habilidades diferentes — respondeu ela e, até para mim, uma adulta, não foi uma resposta satisfatória.

— Vocês deviam jogar uma contra a outra — sugeriu Bessie, e eu sacudi a cabeça.

— A Madison tem coisas pra fazer — falei às crianças.

— Não — retrucou ela —, não me importo.

— Bem, nós temos aula, certo? — perguntei às crianças. Eu não sei por que eu não queria jogar contra ela. Bem, merda, não, eu sabia por quê. Eu não queria perder na frente das crianças. Não queria que elas a amassem mais do que a mim.

— Nada de aulas — os gêmeos choramingaram.

Madison pegou a bola das minhas mãos e começou a driblar.

— Vai ser divertido — comentou ela. — Vamos lá.

Tentei pensar em um tempo em que eu não tinha feito o que Madison me pedia para fazer. Esse tempo não existia.

— Ok — concordei. — Um joguinho rápido, eu acho.

— Timothy — falou Madison —, senta lá na arquibancada com o Roland e a Bessie.

Parecia que alguém tinha pedido para o Timothy sentar num formigueiro, mas ele fez o que ela mandou. Bessie e Roland se sentaram bem juntinhos na ponta da arquibancada, fascinados de ver aquele esporte, aquele jogo de basquete, que acontecia bem na frente deles, como se tivesse sido inventado há quinze minutos.

— Quer aquecer? — perguntei a ela, e ela sacudiu a cabeça.

— Estou bem — respondeu ela —, vamos até dez.

— Ela passou a bola para mim e se preparou para o que se seguiria. Ela estava me dando espaço o bastante para arremessar, quase me desafiando a tentar um arremesso, só para ter uma noção do meu alcance. Ou talvez, eu pensava enquanto começava a driblar, ela quisesse me motivar para me impedir por cima, tomando conta da parte interna da quadra. Fingi uma investida, mas Madison nem se preocupou, simplesmente ficou ereta outra vez e esperou. Eu arremessei, perfeito do momento em que saiu da minha mão até cair bem direitinho na cesta.

— Isso aí, caramba! — gritou Roland.

— Olha o palavreado perto do Timothy — falei, e Madison assentiu em aprovação, pela reprimenda e pelo arremesso.

Ela foi pegar a bola e passou de volta para mim. Um a zero. Dessa vez, ela chegou mais perto, aqueles braços compridos, as mãos bem perto do meu rosto, os dedos quase serpenteando. Dei um passo para trás, uma passada e arremessei na cesta de novo, direto na rede.

— Eba — Roland comemorou.

— Belo arremesso — falou Madison, e eu não respondi. Meu coração estava acelerado. Eu amava jogar. Mesmo no YMCA, quando eu jogava contra garotas bem mais novas que eu e nem perto de serem tão boas, quando eu jogava com homens que me deixavam entrar no jogo, sem se preocupar com a pontuação, eu sentia meu coração martelando no peito. Como se eu não pudesse acreditar que estivesse fazendo aquilo, como se fosse a última vez. E eu amava que fosse assim.

Dessa vez, Madison estava em cima de mim e eu driblei para passar por ela, mas ela se moveu pela lateral com facilidade, grudada em mim. Fingi uma investida, posicionei um arremesso e Madison nem pulou, conseguiu tocar a bola com a ponta dos dedos e desviá-la de seu curso. Acertou o lado do aro e quicou para longe. Em dois passos, Madison pegou e recomeçou. Eu me abaixei, dobrando os joelhos, e fiquei de braços abertos. Ela passou por mim, batendo no meu ombro forte o bastante para que eu girasse um pouco e correu para arremessar no ar, e a bola quicou no aro antes de entrar.

— Eba — Timothy torceu, meio gemendo, e Roland e Bessie se viraram e fizeram cara feia para ele.

— Boa! — exclamei.

— Sorte — admitiu ela. — Você é que é boa.

— Você também é — respondi.

— A gente ainda é boa — afirmou ela.

— Nós somos — concordei.

E então ela passou por mim, como uma porra de uma gazela, e subiu tão alto que por um segundo pensei que ela fosse enterrar. Ela acertou uma bandeja e, dessa vez, todas as três crianças no banco fizeram UUUUHHHH, e eu fiquei vermelha e um pouco irritada. E agora, naquele momento singular quando peguei a bola para Madison e ela me encarou, eu soube que estávamos jogando de verdade. Que aquilo era um jogo. E que uma de nós ia perder e a outra, ganhar. E eu queria ganhar. Eu realmente queria ganhar.

E continuamos assim, trocando cestas, eu acertando meus pulos pelo lado de fora, mas não conseguindo fazer muito por dentro, enquanto Madison usava seu tamanho para me forçar a ficar ereta e continuava se inclinando naqueles arremessos de rebote. Ninguém nunca liderou por mais de dois pontos. As crianças estavam muito interessadas. Timothy chegou mais perto dos irmãos, agora seguro de que não iriam comê-lo ou, Deus me livre, esfregar barro em suas calças.

Estávamos empatadas em nove a nove, e eu tinha acabado de pegar um rebote depois de a bandeja da Madison acertar o aro.

— Puta merda — resmungou ela, soltando ar.

Estávamos suando muito agora, Madison porque tinha acabado de se matar fazendo aeróbico e eu porque não tinha me exercitado desde que me mudara para aquela casa. Meus braços pareciam de borracha, mas fiquei passando a bola por baixo das pernas, procurando algo. Madison estava bem ali, esperando por mim.

— Vamos lá, Lillian — gritou Bessie, e havia muito mais intensidade na voz dela do que eu gostaria. Olhei para as crianças.

— Respira — falei, com medo de que elas fossem explodir em chamas, e, só por eu dizer aquilo, Madison pareceu preocupada por um segundo, olhando para Timothy. E se eu tivesse investido para a cesta bem naquela hora, teria acertado fácil, indo por baixo, mas deixei que ela se recuperasse. Eu fui e dei o meu passinho para trás, e, no momento em que armei o arremesso, soube que iria para fora, então comecei a correr em direção à cesta. E quando Madison sentiu aquela pressão minha, aquele movimento, ela se virou e correu para a cesta também. E, como se eu soubesse, a bola bateu no aro e quase quicou para dentro antes de derrapar para fora. Eu estava prestes a alcançá-la quando senti algo muito forte bater na minha cara e um monte de estrelinhas apareceram na minha cabeça, com uma dor aguda.

— Porra! — xinguei, segurando o meu olho esquerdo, e eu ouvi Madison dizer:

— Puta merda, desculpa!

Fiquei lá parada, apertando a mão forte contra o olho, como se eu pudesse empurrar a dor de volta para dentro de mim, mas não estava adiantando. Quando a dor finalmente virou uma coisa latejante e suportável, olhei para Madison, que estava segurando a bola.

— O que houve? — perguntei.

— Ela acertou a sua cara — falou Bessie —, com o cotovelo.

— Foi um acidente, é claro — garantiu Madison. — Merda, me desculpa, Lillian.

— Está ruim? — perguntei, e Madison imediatamente fez que sim com a cabeça.

— Parece bem ruim, sim — respondeu ela.

— Não é justo — comentou Roland, mas eu acenei para ele desconsiderar.

— Foi um acidente — expliquei, assentindo para Madison. Mas eu me lembrei de como ela jogava na escola, como as coisas pareciam acontecer sem esforço até que a pressão começava. Aí, ela fazia coisas esquisitas com os cotovelos e era capaz de jogar sujo se aquilo a ajudasse a ganhar.

— É a coisa da altura — contestou ela, agora quicando a bola —, você veio direto para o meu cotovelo.

— Tudo bem — falei, tocando as beiradas do olho, recuando. Eu não queria matar Madison, não de verdade, mas queria dar uma boa surra nela.

— Pode pegar a bola de volta — sugeriu ela —, se quiser marcar uma falta.

Ahh, talvez eu quisesse matá-la, sim, mas o que eu ia fazer? As crianças estavam olhando. Aquilo era um jogo.

— Não, você pegou o rebote. Tudo bem.

Arrastei meu tênis de cano alto pela quadra, entrando no jogo, sabendo que ela estaria me seguindo até o aro, me desgastando, vendo o que poderia fazer comigo. Ela estava na linha de três pontos, meio que sacudiu os ombros e começou a driblar. E então, como um tiro de espingarda, ela disparou num salto perfeito, muito fora de seu alcance normal, e entrou direto. E foi assim. Madison tinha ganhado. Eu tinha perdido. Eu era boa, mas ela era melhor.

— Viva a mamãe — exclamou Timothy e, dessa vez, Bessie e Roland não pareciam irritados. Eles pareciam tristes. Derrotados. Como se esperassem algo diferente e agora se sentissem envergonhados de ter pensado que aconteceria. Eu conhecia aquele olhar. Conhecia aquele sentimento. E me doeu saber que eu tinha feito com que os dois se sentissem daquele jeito.

— Devíamos colocar um gelo aí — sugeriu Madison para mim.

— Temos gelo em casa — falei. — Vou pegar.

— Ainda está bem feio — comentou ela. — De novo, me desculpa.

— Não tem problema. É basquete. Bom arremesso, aliás.

— Eu não consigo acreditar que acertei.

— Eu consigo — falei. Virei-me para Bessie e Roland. — Ok, crianças. Vamos lanchar.

— Seu olho está bem machucado — afirmou Roland.

— Vai ficar tudo bem — disse a ele.

— Timothy — chamou Madison —, dê tchau pra Bessie e pro Roland.

— Tchau — ele se despediu, e os gêmeos grunhiram e acenaram.

— Vejo vocês em alguns dias para o jantar — lembrou Madison. — E depois talvez numa noite a gente possa fazer algo só nós duas. Tomar um drinque na varanda.

— Seria legal — respondi, rangendo os dentes, minha cabeça ainda zonza.

Ficamos olhando os dois se afastarem, nos deixando para trás, e depois Bessie foi até a bola e começou a driblar.

Ela olhou para mim.

— Como você fez aquilo de passar a bola pelo meio das pernas?

— Prática — expliquei. — É só meio que usar as duas mãos para pôr a bola no lugar certo, dobrando os joelhos.

— Eu posso fazer? — ela quis saber. — Pode me ensinar?

— Claro — respondi.

Ela olhou para o aro como se fosse uma montanha, como se o ar fosse mais fino lá em cima. Pesou a bola, trocando as mãos, e depois deu um arremesso feio. Foram três movimentos distintos, mas fiquei surpresa ao ver que ela conseguiu acertar o aro, bem na parte da frente. A bola quicou para cima, no ar, e depois quicou e quicou e quicou, e eu fiquei só rezando, *por favor por favor por favor por favor*, e aí a bola caiu para dentro, o arremesso mais sortudo que eu tinha visto em muito tempo. Foi verdadeira felicidade o que eu senti, o que senti por Bessie, porque eu sabia como era dar aquele arremesso, conseguir o que você pediu, e como isso era raro na vida.

— Meu Deus, Bessie! — gritou Roland. — Foi incrível!

— Foi bom, Lillian? — ela me perguntou.

— Foi incrível — confirmei.

— Eu acho que gosto de basquete — concluiu ela, sem sorrir, meio irritada, como se estivesse aceitando um tipo de maldição antiga.

— Eu não gosto muito — admitiu Roland —, mas é legal.

— Vamos voltar pra casa — falei. — Nós temos aula.

As crianças grunhiram, mas pude perceber que elas não estavam tão chateadas, que me deixariam tomar conta delas, que eu as faria fazer coisas que odiavam, mas que fariam. Afinal, quem mais eles tinham além de mim?

Oito

NO DIA SEGUINTE, AINDA SEM FOGO, RESPIRAÇÕES PROFUN-
das, um pouco de ioga de uma fita que o Carl tinha deixado na nossa porta, nós nos sentamos na sala para uma aula. Eles estavam com os cadernos abertos, lápis a postos, e eu me senti como um pequeno animal pronto para ser atropelado por um trator ou como se um meteoro estivesse prestes a acertar a Terra e eu fosse a única pessoa que sabia e estivesse tentando ser bem legal para que ninguém entrasse em pânico. Presumi que, como eu tinha sido boa aluna, não seria tão difícil ser boa professora. Mas lecionar exigia preparação. Era preciso aprender primeiro e depois ensinar. Eu não tinha esse tipo de tempo. À noite, as crianças dormiam em meus ombros, me golpeando com suas pernas e braços, enquanto sonhavam com terrores controláveis. Quando eu ia estudar? Eles estavam sempre comigo. Então, eu estava improvisando.

Na noite anterior, meu olho tinha inchado completamente até fechar, por causa do cotovelo errante da Madison, a pele irritada e roxa. E lamentei o fato de que o outro lado do meu rosto, onde a Bessie tinha me unhado na piscina, ainda estava começando a se curar e cicatrizar. As crianças não paravam de perguntar se podiam tocar o novo machucado e se eu queria pôr mais gelo nele, como se eu não tivesse passado as últimas horas segurando uma bolsa de gelo na cara. Elas pareciam intrigadas com a minha dor, o jeito que eu aparentava suportá-la sem reclamar. Acho que eles gostavam daquilo em mim, de eu não chorar. Eu tinha cicatrizes de guerra, e a pele deles não podia ser marcada, nem pelo fogo.

Naquela manhã, quando me olhei no espelho, estava medonho, irradiando quase até onde começava o cabelo. Durante nossos exercícios de respiração, eu ocasionalmente dava uma espiada nas crianças, que estavam abertamente encarando o machucado, o tempo todo fazendo respirações purificantes de ar para dentro dos pulmões.

Estávamos falando da história do Tennessee, já que eu queria que o aprendizado deles se conectasse com suas vidas, sentir que não estávamos rigidamente aderindo a qualquer coisa que "o homem" dizia que precisávamos aprender. Mas, agora, eu meio que sentia falta "do homem". Ele era sempre tão confiante, mesmo quando — especialmente quando — estava fodendo com absolutamente tudo.

— Então — falei, batendo no quadrinho de giz bacana, como se fosse uma escola particular no campo —, vamos pensar em pessoas famosas do Tennessee e depois podemos ir até a biblioteca e descobrir mais sobre elas.

Preciso dizer que, sim, a internet existia. Madison tinha internet na mansão. Mas eu não sabia nada sobre isso. A única vez que eu usara a internet, na casa de um cara que às vezes me convidava para ir lá fumar maconha, eu tinha esperado, tipo, trinta minutos para imprimir letras de músicas do Wu-Tang Clan. Eu honestamente não tinha a menor ideia de para que mais a internet poderia ser utilizada.

Então, o que tínhamos era a biblioteca, e eu usei aquilo, uma viagem em público, como uma maneira de fazê-los se concentrar.

— Quem são os famosos do Tennessee? — perguntei. Eles só sacudiram os ombros.

— Vocês não conhecem ninguém famoso que nasceu no Tennessee? — perguntei novamente, depois tentei pensar se *eu* conhecia alguém famoso do Tennessee. Eu sabia que o lutador profissional Jimmy Valiant era de uma cidade perto da minha, porque o cara do Save-A-Lot falava disso o tempo todo. Mas ele não parecia famoso o suficiente.

— Nosso pai, eu acho — sugeriu Roland.

Empalideci, visivelmente.

— Outra pessoa — falei.

— Não sabemos — respondeu Bessie, de novo, frustrada de ter que admitir que não sabia. Eu a observei parar e fazer respirações profundas. Fiquei orgulhosa dela. Ela deu uma olhada em seu caderno, pensando.

— Ah — exclamou de repente —, eu sei!

— Quem? — indagou Roland, genuinamente curioso.

— Dolly Parton! — disse ela.

— Puta merda! — falei. — Opa, ok, desculpa, mas, sim, perfeito. Dolly Parton é perfeita.

— A mamãe botava uns discos dela pra nós — contou Roland. — "Jolene."

— "Nine to Five" — Bessie continuou.

Pensei um pouco. Dollywood. "Islands in the Stream." Aquele corpo. Ela era a melhor coisa que tinha surgido no Tennessee. Cacete, ninguém chegava nem perto. Bessie acertara de primeira.

— Ela é a melhor — confirmei. — Então vamos anotar. Vamos ver se conseguimos encontrar uma biografia dela na biblioteca.

— Quem mais? — Roland quis saber, agora animado, como se fosse um jogo.

— Bem — falei —, Daniel Boone, talvez? Não, espera, Davy Crockett.

— Com o chapéu de guaxinim? — questionou Bessie. — Nossa mãe tinha discos dele também.

— Ele mesmo. Acho que ele é do Tennessee. Vamos conferir. — Havia uma fileira de enciclopédias, então, peguei o terceiro volume (*Ceara* até *Deluc*) e olhei. — Ok, sim, ele nasceu em Greene County, Tennessee — informei a eles. — Ponham na lista.

— Quem mais? — perguntou Roland, um buraco negro, querendo tudo. Mas eu estava confiante agora. Eu estava no fluxo.

— Ah, eu acho que, hmm, Alvin York? — sugeri. Eu sabia que tinha um hospital ou algo assim com o nome dele perto de Nashville. Havia um filme que um dos namorados da minha mãe nos fez assistir estrelando Jimmy Stewart ou Gary Cooper, alguém bonito, como um pai deveria ser. — Ele esteve em uma das guerras, talvez a Segunda Guerra Mundial. Ele matou, tipo, muitos alemães. Acho que é isso. Ele matou uma quantidade ridícula de alemães sozinho.

— Ah, eu faço um trabalho sobre ele — afirmou Roland.

— Ok, perfeito — falei. — Bessie, você vai escrever sobre a Dolly Parton, eu vou fazer uma pesquisa sobre Davy Crockett e, Roland, você faz sobre o sargento York. Tudo bem?

— Superbem — exclamou Bessie. Era estranho perceber que, apesar de terem sido tão negligenciados, ainda assim eram inteligentes, muito rápidos para entender as coisas. Só era preciso dizer a eles uma vez, e eles já sabiam o que fazer.

— Então podemos ir à biblioteca? — questionou Roland.

— E tomar sorvete? — pediu Bessie.

— Bem, temos que ver com o Carl — respondi, e os dois grunhiram e caíram dramaticamente no sofá.

Fui até o telefone e disquei o número dele. Ele atendeu antes que o primeiro toque terminasse.

— Sim?
— É a Lillian — falei.
— Sim, eu sei. O que aconteceu?
— Nada de mais. Só queria ouvir o som da sua voz — falei, só para zoar ele.
— Lillian, do que você precisa?
— Você está ocupado? — perguntei.
— Obviamente isso não é uma emergência, então eu vou deslig...
— Temos que ir até a cidade — finalmente contei a ele. — À biblioteca.
— Não acho que seja uma ótima ideia — respondeu ele.
— Então nunca vamos sair da propriedade? — perguntei. — Não podemos viver assim, tá?
— Meu Deus — exclamou ele, a voz subindo e depois, com um autocontrole insano, baixando, ele terminou a frase: — Não faz nem uma semana que eles estão aqui. Você age como se isso aqui fosse a crise dos reféns iranianos ou algo do tipo.
— Bem, pra eles, é — repliquei, mantendo a voz baixa para que as crianças não ouvissem. — Quanto mais os mantivermos confinados aqui, mais eles vão se sentir como aberrações, como se estivéssemos escondendo os dois.
— Não acho que seja uma boa ideia — afirmou ele.
— Eu vou ficar com eles o tempo todo — garanti a ele.
— Se eles forem — supôs ele —, *se* eles forem, nós dois vamos ficar com eles.
— Tudo bem.
— Deixe-me conversar com o senador Roberts — disse ele, enfim.
— Ele não está ocupado? — perguntei.
— Está — respondeu ele. — Está incrivelmente ocupado e não vai ficar feliz em ser incomodado.

— Então pergunta pra Madison — sugeri, e ele fez uma pausa por um bom tempo. — Você sabe que eu estou certa — continuei. — Você sabe disso, Carl.

— Está bem — aceitou ele. — Eu ligo de volta.

Virei-me para as crianças.

— Talvez — anunciei, mas de um jeito realmente hiperpositivo, como se o poder da minha felicidade pudesse fazer aquilo acontecer.

— Eba! — eles gritaram. — Vamos à biblioteca!

— Talvez — repeti, desta vez mostrando demais os dentes, como se eu estivesse na mira de uma arma, mas sem poder contar a ninguém.

Dez minutos depois, enquanto as crianças estavam meio que se remexendo pela sala, tipo talvez fazendo um *moonwalk* meio ruim, o telefone tocou de novo e era Carl.

— Ok — confirmou ele. — Podemos ir. Estou indo aí. Tem algo que quero testar.

— Vem logo — pedi, muito animada. Com as chances de sair um pouco dali, eu finalmente percebi quanto tempo tinha estado na propriedade, o quanto tinha me tornado irrequieta. Eu ainda teria as crianças comigo, e elas ainda poderiam pegar fogo, mas, se pegassem, haveria muito espaço para eu fugir e me esconder das consequências.

— Vamos à biblioteca! — eu falei, e eles fizeram sua dancinha estranha de se remexer. Fiquei pensando se era aquilo que tinham aprendido como dança.

Quando Carl apareceu, estávamos vestidos e prontos, o cabelo péssimo das crianças escorrido e arrumado como se eles estivessem numa capa do Duran Duran. Tentei pôr um pouco de maquiagem no meu roxo, mas, de algum modo, só piorou, quase como se eu estivesse fingindo um machucado, então, tirei esfregando, o que doeu pra caramba.

— Meu Senhor! — exclamou Carl quando olhou para mim. — O que aconteceu com você? — Ele imediatamente olhou para as crianças. — O que aconteceu com ela? — Ele suspeitou totalmente deles.

— A Madison bateu nela! — respondeu Roland.

— Foi no basquete — expliquei —, está tudo bem.

— A sra. Roberts joga pra ganhar — admitiu Carl, como se meu rosto estar amassado assim fizesse sentido para ele agora.

— Você pôs gelo nisso? — perguntou ele, e eu só fiz uma cara.

Carl estava segurando um balde preto gigante.

— O que é isso? — perguntei, mudando de assunto.

E Bessie gritou:

— É sorvete!

— Não — falou Carl, com uma expressão de dor, como se essas crianças ferozes tivessem ativamente causado um trauma real e duradouro nele. — Não é sorvete. Por que você achou que isso era sorvete?

— Está num balde grande — explicou Roland.

— Eu meio que prometi a eles que a gente ia tomar sorvete — contei.

— Bem, não é sorvete. Sinto muito.

— O que é, então? — perguntei.

— É o gel de dublê — respondeu ele. — Lembra? O que conversamos?

— Ah — falei, lembrando. — É um balde bem grande.

— Eu tive que comprar no atacado — disse ele. — Tenho mais seis baldes, vinte litros cada, na garagem. Então, acho bom funcionar.

Ele abriu o balde e nós olhamos dentro como se pudesse conter a alma de um antigo rei. Mas não era nada emocionante. Era só um baldão de gel. Parecia, honestamente, sêmen. Parecia um baldão de, não sei bem, baba. O importante: era nojento. E a gente supostamente devia besuntar as crianças nele.

Carl esfregou um pouco daquilo no dedo indicador e depois acendeu um isqueiro, a chama de quase cinco centímetros de altura. Ele segurou o dedo bem em cima da chama, depois diretamente na chama, por cerca de três segundos.

— Nada — confirmou ele. — É bom.

— Tem um cheiro estranho — comentou Bessie, segurando o nariz. Na verdade, tinha um cheiro de eucalipto, mas era forte a ponto de não parecer seguro.

— Ok — Carl continuou. — Então, eu falei com o meu amigo e ele disse pra aplicarmos diretamente na pele deles e, sim, ele disse que é seguro e que deve resolver. E reaplicamos ao longo do dia, eu acho.

— Você acha? — indaguei. — Você não sabe?

— Bem — explicou ele —, eu não podia contar a ele o real motivo de estarmos comprando, podia? E dublês não ficam andando por aí com isso o dia todo. Eles colocam para uma cena específica, uma tomada só. Mas, sim, é basicamente água e óleo de melaleuca com alguma coisa científica adicionada. É seguro, acho.

— Por que estamos falando sobre isso? — perguntou Bessie, lentamente se afastando do balde.

— É pra vocês, pessoal — anunciei —, para ajudar vocês a não acender. — Naquela altura eu não queria dizer "fogo" perto deles, se pudesse evitar. Eu dizia "acender".

— Por que não podemos só continuar fazendo a coisa da respiração? — questionou ela.

— Isso é um nível extra de segurança — explicou Carl, e eu quis muito que o Carl, aquele quadradão, calasse a boca. Ele não estava ajudando. — É tipo um plano B, ok?

— Eu não quero passar isso aí — avisou ela.
— E cadê o troço de bombeiro? — perguntei.
— O Nomex? Ainda estou esperando.
— Por que está demorando tanto? — questionei.
— Primeiro de tudo, só faz uns dias, tá, Lillian? E você acha que é fácil conseguir aquilo? Tipo, você acha que eu consigo encontrar roupas de Nomex para crianças no Walmart? Tipo, para bombeiros minúsculos? Estou tendo que pedir alterações. É complicado. Estou indo além dos meus limites para pensar com criatividade sobre a nossa situação.

Ele pareceu um pouco exausto, na verdade, com o cabelo não perfeitamente penteado. Então, ergui as mãos.

— Tudo bem — falei —, desculpa. Obrigada por tudo o que você está fazendo.

— Eu que agradeço — respondeu ele.

— Ok, crianças — eu falei. — Vamos tentar, tá? É como um experimento científico. Vai ser a nossa lição de ciências de hoje.

— Você primeiro — retrucou Bessie.

— É... sim, claro — aceitei, irritada com o revés, mas agindo como se eu já esperasse aquilo —, é claro que eu vou primeiro. — Olhei para Carl, que ficou um pouco corado. Depois ele enfiou a mão inteira no balde e respirou fundo.

— Frio — ele grunhiu.

O gel era esquisito e viscoso, e ele começou a aplicá-lo no meu braço. Era muito frio, tão estranhamente frio que era gostoso. Ele esfregou para cima e para baixo, cobrindo meu braço. Depois passou no outro.

— Quer passar nas pernas? — perguntou ele, e eu sacudi a cabeça em negação.

— Pra mim está bom.

Ele segurou o isqueiro e acendeu a chama.

— Não se retraia nem nada — disse ele —, não dói.

Ele segurou a chama diretamente sob o meu braço e houve esse momento estranho quando eu tive certeza de que a minha pele estava queimando, que eu estava pegando fogo, mas só rangi os dentes e percebi que não, eu estava bem. Eu não estava queimando. E mesmo por alguns segundos pareceu incrível, como se nada pudesse me machucar. Será que era isso que as crianças sentiam quando estavam queimando? Eu não tinha a menor ideia, mas desejei que durasse para sempre.

Uma vez que Carl apagou o isqueiro, olhei para as crianças e mostrei a elas que estava bem.

— Vejam, é incrível. Putz, é muito bom. E é refrescante. Gostoso nesse tempo quente.

Roland estendeu os braços.

— É tipo uma geleca — afirmou ele, animado. — Que nojento.

Carl meio que sorriu, só um pouquinho, e depois enfiou as mãos no balde. Ele passou no Roland e eu passei na Bessie, braços e pernas.

— É muito frio! — gritou Roland.

Quando finalmente terminamos, olhamos para eles, avaliando como pareciam estranhos, como se um fantasma os tivesse atravessado e os deixado traumatizados.

— Não é... não é maravilhoso — admitiu Carl.

— Talvez seque um pouco? — pensei. — Vai ficar menos... reluzente?

— Eu acho que não — respondeu ele. — Mas vamos lá. Vamos acabar com isso.

EU ME SENTEI NO BANCO DE TRÁS DA VAN COM AS CRIANÇAS, com toalhas no estofamento para proteger do gel, enquanto Carl nos levava até a biblioteca pública. Embora antes estivessem tagarelando sobre sair da propriedade, as crianças agora estavam estranhamente silenciosas no caminho, como se tivessem sido drogadas, o rosto pressionado contra as janelas.

Quando entramos no estacionamento, Bessie disse:

— E se eles não tiverem o livro que queremos?

— Vão ter — falei.

— Talvez você devesse ir lá ver pra gente — sugeriu ela, se escorando no assento.

— Tudo bem por mim — disse Carl. — Digam quais livros vocês querem e eu vou e pego pra vocês.

— Não — contrariei. — Isso acaba com todo o propósito de vir.

— Eu não quero entrar aí — anunciou Bessie. — Todo mundo vai ficar olhando pra gente.

— Ninguém vai ficar olhando pra vocês, Bessie — disse a ela.

— Vai, sim. Vão achar que somos esquisitões.

— Honestamente, Bessie? As pessoas não se importam com ninguém a não ser elas mesmas. Elas não notam nada. Nunca olham pras coisas interessantes. Elas estão sempre olhando para si mesmas.

— Tem certeza? — perguntou ela.

— Eu prometo — respondi, esperando estar certa.

— Vamos lá — chamou Carl. — Vamos nos mexer.

Nós entramos na biblioteca, o ar-condicionado fazia barulho, não tinha muito movimento numa manhã de dia de semana. O bibliotecário, um velho com óculos grossos e um sorriso muito amável com dentes tortos, acenou para a gente. Bessie fez cara feia, suspeitando, mas Roland o cumprimentou:

— Oi!

Segundos depois, passamos por uma senhora com uma pilha de livros nos braços.

— Oi! — cumprimentou Roland, e ela o cumprimentou com a cabeça.

Tinha uma criança que engatinhava na área das crianças, com a mãe, e Roland disse:

— Oi! — E a criança pareceu confusa, mas a mãe respondeu com um cumprimento.

Carl disse:

— Roland, você não tem que dizer oi para todos, tá?

— Não força, Carl — respondi. — Está tudo bem, Roland. Diga oi para quem você quiser.

— Eu vou mesmo — falou Roland, olhando para Carl por cima do ombro e fazendo uma careta.

Andamos até um computador e fizemos uma busca rápida. Carl foi com Roland até uma seção da biblioteca, e Bessie e eu caminhamos até outra estante.

— Eu me sinto esquisita — afirmou Bessie. — Essa coisa fica estranha na minha pele, eu não gosto.

— Eu até que gosto — respondi, olhando para os meus braços.

— Vamos embora — pediu ela, mas eu a direcionei para o corredor de livros e nós procuramos o número de chamada até que encontramos: *Dolly: My Life and Other Unfinished Business*. Dolly parecia uma bruxa boa, como alguém que tinha acabado de arruinar uma rainha do mal com sua bondade.

— Parece bom — comentou Bessie, passando as páginas, se acalmando. — Podemos ir, por favor?

— Tá bom — falei. — Vamos encontrar o Carl e o seu irmão.

Assim que eu disse aquilo, lá estava Carl com sua mão firmemente colocada no ombro de Roland, que segurava dois livros sobre o sargento York.

— Acho que estamos prontos — disse Carl.

— Está bem — respondi. — Vamos retirar os livros.
— Espera aí — falou Carl. — Você tem uma carteirinha?
— Como assim? — eu perguntei. — Não. Eu não tenho uma carteirinha. Eu nem moro aqui.
— Bem, eu não tenho — afirmou Carl. — Não tenho uma carteirinha da biblioteca.
— Carl, por que você não tem uma carteirinha da biblioteca? — questionei.
— Porque — respondeu ele, calmo — eu não gosto de pegar coisas emprestadas. Eu gosto de ter. Gosto de ficar com elas. Então eu não uso a biblioteca. Eu só compro o que eu quero.
— Bem, vai lá fazer a carteirinha. Vai fazer a matrícula.
— Precisa de comprovante de residência — explicou ele —, tipo uma correspondência.
— Você tem isso? — perguntei.
— Se eu tenho uma correspondência com o meu endereço? Aqui comigo? — indagou ele. — Está falando sério?
— Bem, por que você não pensou nisso antes de dirigirmos até aqui?
— Parem de brigar — pediu Roland. — É só perguntar para o bibliotecário se podemos retirar os livros.
— Precisamos da carteirinha — falei, e agora parecia que estávamos presos atrás da linha inimiga com documentos confidenciais. Parecia um filme. Por que eu estava fazendo aquilo? Por que eu simplesmente não coloquei os livros de volta e voltei em outro momento? Por que não agimos como pessoas normais em vez de nos aglomerarmos nas pilhas, com os corpos brilhosos de gel de fogo?
— Eu sabia que não devíamos ter vindo — reclamou Bessie. Era estranho olhar para ela, uma criança que mordia estranhos, que parecia tão brava, se transformando nessa pessoa que tinha

medo do mundo. Eu queria que ela pegasse fogo, que pulasse pela janela. Com aquilo, pensei, eu poderia lidar. Eu podia mitigar os danos. Mas não sabia fazer as pessoas se sentirem melhor.

— Você quer o livro? — perguntei a Bessie.

— Sim — respondeu ela, olhando para a capa do livro da Dolly Parton. — Quer dizer, ela parece uma senhora bacana.

Eu agarrei um livro da prateleira, algo sobre um monastério na Alemanha.

— Me dá o livro da Dolly Parton.

Carl disse:

— Lillian, vamos voltar. Madison com certeza tem uma carteirinha da biblioteca. Ela faz parte do conselho da biblioteca.

— Aqui — falei, dando o livro da Dolly Parton para Carl. — Põe dentro da calça.

— Sem chance — respondeu ele, mas eu soquei o braço dele o mais forte que pude.

— Põe logo — disse para ele.

Carl colocou o livro na parte da frente das calças, e eu chiei.

— Na parte de trás da calça, cara. Vai.

Aí, me virei para Roland.

— Escolhe um desses dois livros e devolve o outro. — E Roland, graças a Deus, simplesmente se virou e jogou um dos livros no corredor, tão forte e tão lindamente que o livro derrapou pelo chão e depois bateu contra a parede.

— Coloca esse na calça — mandei, e ele colocou na parte de trás, enfiando no elástico da cintura e puxando a camiseta por cima.

— Lillian — advertiu Carl —, isso não é...

— Vamos lá — falei. Entreguei o livro do monastério para Bessie. — Segure esse e aja normalmente, ok? Não tem nada pra ver aqui. Ninguém se importa. Ninguém se importa com a gente.

Empurrei todos, um, dois, três, para fora do corredor, e caminhamos para a saída.

— Encontraram o que precisavam? — perguntou o bibliotecário, e eu assenti.

— Fizemos várias anotações — comentei. — Boa pesquisa.

Enquanto passávamos pela porta, o alarme tocou, e eu fiz cara de surpresa. As crianças congelaram e parecia que o Carl ia vomitar. Eu meio que empurrei Carl e Roland para fora da porta pelas escadas.

— Ai, meu Deus — falei, e o bibliotecário se levantou devagar, sacudindo a cabeça.

— Sem problema — disse ele, mas, antes que ele pudesse se levantar, eu olhei para Bessie e peguei o livro das mãos dela. Caminhei até o bibliotecário, que voltou e se sentou, aliviado de não ter que se mover.

— Ela vive pegando as coisas — expliquei, e o homem riu.

— Não foi por mal — afirmou ele, e depois pareceu notar o meu roxo, mas não se perturbou em perguntar. Aquilo me fez adorá-lo.

— Mal nenhum — falei —, é claro que não. — E então saí para onde os três estavam esperando por mim. — Vamos simplesmente continuar andando, supernormal. Não tem nada para ver aqui.

Quando chegamos na van e entramos, Carl e Roland retiraram os livros da calça. Peguei o livro do Carl e entreguei à Bessie.

— Obrigada — agradeceu Bessie. — Você roubou ele pra mim.

— Estamos pegando emprestado, tá? — corrigi. — Só que de um jeito mais indireto.

Por um segundo, houve uma faísca estranha nos olhos dela, aquela maldade que eu amava, na qual eu queria viver. Uma criança má era a coisa mais bonita do mundo.

— Ninguém se importa — concluiu ela.
— Não — respondi.
— Ninguém se importa com a gente — repetiu ela, quase rindo.

Carl deu a partida na van e nós saímos do estacionamento.

— Parecíamos uma família normal lá — comentou Roland, e isso fez Carl respirar pesado pelo nariz.
— Eu acho que sim — disse ao Roland.
— Ainda podemos ir tomar sorvete? — perguntou Bessie.
— Carl? — indaguei.
— Podemos tomar sorvete — confirmou ele. — Tudo bem por mim.

As crianças liam seus livros escoradas em mim e, mesmo que eu não gostasse de ser tocada, deixei acontecer. Eu permiti. Estava tudo bem.

DEPOIS DO SORVETE – COM MUITO GRANULADO –, AINDA delirantes pelo simples fato de andar em um espaço aberto, por não estarmos dentro da nossa casa, nós voltamos alegremente para a edícula e esperamos pelo dia seguinte, quando teríamos o nosso jantar de família.

Naquela manhã, cumprimos muito bem a rotina. Roland era um mestre de ioga agora, e eu, no fim, apenas o deixei comandar, porque meu corpo simplesmente não se segurava nas posições.

— Isso é fácil — falou ele, fazendo uma pose estranha de corvo, o corpo inteiro sustentado pelos seus dois braços de macarrão. — Por que dizem que isso aqui é difícil?

Estudamos um pouco de matemática básica usando Oreos como material. Fizemos anotações para as nossas biografias de Parton e York. Treinamos arremessos em cesta, e mostrei à Bessie o jeito certo, a maciez da coisa, o modo como a bola era só uma extensão do braço. Ela precisou fazer muito esforço, mas estava acertando vinte por cento dos arremessos. E o drible dela, puta merda.

Às vezes, quando as crianças estavam envolvidas com algo, quando elas não pareciam completamente destruídas pela vida de merda que tinham, eu tentava olhá-las de verdade. É claro, os dois tinham aqueles olhos verdes grandes e brilhantes, como se você os tivesse visto em uma capa de um romance de fantasia ruim no qual o herói pode virar algum tipo de ave de rapina. Mas não eram crianças bonitas, o resto do rosto era levemente indefinido. Eles eram meio molambentos. Eu não havia nem tentado arrumar o corte de cabelo deles. Tinha medo de que arrumá-los os deixaria mais sem graça. Eles tinham barriguinhas redondas, já tendo passado do tempo esperado para uma criança perder. Os dentes eram tortos o bastante para dar para perceber que não haviam sido cuidados. Mas ainda assim. Ainda assim.

Quando Bessie conseguia fazer uma bandeja e acertar perfeitamente fora da tabela, seus olhos ficavam loucos; ela começava a vibrar. Quando Roland observava alguém fazendo qualquer coisa, até mesmo abrindo uma lata de pêssegos, parecia que estava torcendo no marco do trigésimo quilômetro de uma maratona. Quando Roland colocava os dedos na minha boca no meio da noite, quando Bessie me chutava no fígado e me fazia acordar assustada, eu não os odiava. Não importa o que aconteceria depois disso, quando as crianças se mudassem para a mansão com Jasper, Madison e Timothy, ninguém jamais pensaria que eles faziam realmente parte daquela família imaculada. Eles sempre meio que pertenceriam a mim. Eu nunca quis ter filhos porque nunca quis que um homem me desse um filho. Pensar naquilo, que nojo, aquela expectativa. Mas se um buraco no céu se abrisse e duas crianças esquisitas caíssem na Terra, se estatelando no chão feito meteoros, isso, sim, era algo com que eu podia me importar. Se algo brilhasse como se radiasse perigo, eu seguraria. Sim.

— Nós vamos nos arrumar para hoje à noite? — perguntou Bessie de repente, me tirando do devaneio.

— Vocês querem se arrumar?

— Aposto que a Madison e o Timothy vão estar arrumados. Eu não quero que eles estejam melhores do que a gente — respondeu ela.

— Posso usar gravata? — questionou Roland.

— Acho que sim — falei, e ele comemorou e saiu correndo, com seu único desejo concedido.

— Você pode arrumar nosso cabelo? — pediu Bessie. — Deixar igual ao da Madison?

— Eu não consigo fazer isso — admiti. Eu tinha que ser pelo menos um pouco sincera com ela. — A Madison tem sorte — expliquei. — Ela é daquele jeito.

— Você pode deixar o nosso cabelo normal? — indagou ela.

— Está meio ruim — falei, e ela concordou como se soubesse. — Não tem muita coisa que dê para fazer agora a não ser deixar crescer pra ficar direito.

— Você pode cortar curto?

— Posso — chutei. Eu tinha aprendido a cortar o cabelo de um dos namorados da minha mãe. Ele ficava bêbado e depois tentava me passar as etapas para deixá-lo bonitinho. Ele sabia do que gostava e eu conseguia, ao fim, chegar naquilo. Ele me deixava barbeá-lo também, o que era assustador, porque eu queria muito cortá-lo, mesmo que ele fosse um dos caras legais.

— Eu odeio ele — comentou ela, querendo dizer o pai. — Mas eu quero que ele ache que somos bons.

— Vocês são bons — falei. — Seu pai sabe disso.

— Não, ele não sabe — afirmou Bessie.

— Ele sabe, Bessie.

Ela não disse nada, e eu só fiquei a olhando ranger os dentes.

— O que você faria com ele? — perguntei.

— Como assim? — perguntou ela com as sobrancelhas arqueadas.

— Se ele estivesse aqui agora, o que você faria? — questionei, curiosa.

— Eu morderia ele — respondeu ela.

— Igual você me mordeu? — perguntei, rindo.

— Não. Eu não conhecia você antes — explicou ela —, me desculpa por aquilo. Ele, eu morderia de verdade. Morderia o nariz dele.

— Você tem dentes bem afiados — falei. — Isso iria definitivamente machucá-lo.

— Eu morderia tão forte que ele ia chorar e implorar para eu parar — concluiu ela. Eu vi o corpo dela se aquecendo, ficando manchado. Não liguei. Estávamos ao ar livre. Tínhamos infinitas roupas. Estávamos praticando.

— E o que você faria se ele implorasse?

— Eu pararia — respondeu ela, como se isso a surpreendesse. A temperatura do corpo dela mudou, como se o sol tivesse baixado sem aviso.

— Parece tudo bem pra mim — comentei. — Tudo bem.

— Você odeia o seu pai? — perguntou ela de repente, como se não quisesse pensar mais no seu próprio pai.

— Eu não tenho pai — respondi, e ela aceitou isso sem questionar.

— Você odeia a sua mãe?

— Sim.

— Você morderia ela?

— Isso não a machucaria.

— Ela foi má com você?
— Sim, ela foi. Não terrível. Ela só, tipo, não se importava comigo. Ela não gostava de pensar em mim. Ficava irritada se soubesse que eu estava por perto.
— Nossa mãe — falou Bessie — fica irritada se não está pensando na gente. A única coisa que ela faz é pensar na gente. E se por um segundo ela achar que não estamos pensando nela, ela fica muito triste.
— Eu acho que talvez os pais sejam muito ruins nessa coisa — concluí.
— Você quer ter filhos?
— Não — respondi —, definitivamente não.
— Por que não?
— Porque eu não seria boa nisso também. Eu seria muito ruim.
— Eu não acho.

E eu senti aquilo me invadindo, eu queria pegar aquelas crianças. Não estou brincando quando digo que eu nunca gostei de gente, porque gente me assusta. Porque sempre que eu dizia o que estava dentro de mim, as pessoas não tinham a menor ideia do que eu estava falando. As pessoas me faziam querer arrebentar uma janela só para ter um motivo para escapar delas. Porque eu não parava de estragar tudo, porque parecia muito difícil não estragar tudo, eu vivia uma vida onde eu tinha menos do que desejava. Então, em vez de querer mais, às vezes, eu só me fazia querer menos ainda. Às vezes, eu me fazia acreditar que eu não queria nada, nem mesmo comida e ar. E, se eu não quisesse nada, simplesmente viraria um fantasma. E isso seria o fim de tudo.

E havia aquelas crianças e elas entravam em combustão. E eu as conhecia havia menos de uma semana, eu não sabia nada delas. E eu queria entrar em combustão também. Pensei: *que maravilha seria se todos se mantivessem a uma distância respeitosa.* As crianças estavam me fazendo sentir coisas, e aquelas coisas eram complicadas, porque aquelas crianças também eram complicadas, estavam muito machucadas. E eu queria pegá-las para mim. Mas sabia que não o faria. E eu sabia que não podia dar a elas a esperança de que faria.

— Bessie — falei finalmente. — Parece que seu pai estragou as coisas, né? Mas eu acho que ele quer ser uma boa pessoa. E a Madison é minha amiga. E eu sei que ela é uma pessoa boa. E o Timothy, que seja, ele é pequeno demais agora, mas ele vai acabar sendo bom. Essa é a sua família, tá? E eu não sei se você entende isso, mas a sua família é muito rica. Eles são mais ricos do que qualquer pessoa que eu já conheci em toda a minha vida. Eles são mais ricos do que todas as pessoas que eu conheço juntas. Isso vai ser bom pra você. O que você quiser, eles vão tentar te dar. E isso pode não parecer um bom negócio agora, mas um dia vai ser. Se você der uma chance à Madison e ao seu pai.

— Eu entendo — replicou ela, mas seu olhar estava muito intenso. Eu não conseguia olhar para ela. Estava falando com um ponto no chão.

— Quanto ainda tem de verão? — perguntou ela, então.

— Um bom tempo — falei. — Um tempo bem longo.

NAQUELA NOITE, SAÍMOS DA NOSSA EDÍCULA E ANDAMOS ATÉ a mansão. Roland estava usando calças cáqui e uma camisa social com uma gravata azul em que tentei por sete vezes dar o nó corretamente, a mecânica era toda estranha em uma criança pequena. Cortei o cabelo dele com bastante facilidade. Cabelo de menino é fácil, é só manter arrumado e ninguém se importa. Não sei se alguma vez na vida ouvi um homem hétero elogiar o cabelo de outro homem hétero. Bessie estava usando um vestido preto de verão com flores, meio grunge, na verdade, bem bacana.

Roland parecia um estagiário de banco, mas Bessie parecia uma garota no terceiro casamento da mãe. Eu tinha cortado os cabelos dela no lado e deixado a parte de cima fofa, e ela não ficou bonita, mas acentuou seus olhos, a coisa selvagem de seu rosto. Eles dois pareciam crianças selvagens disfarçadas, à paisana, mas estava bom o bastante. Jasper provavelmente só queria uma tentativa de normalidade. Era a única coisa que Madison queria, eu tinha certeza. Ela nunca iria querer que eles perdessem sua estranheza verdadeira. O fogo, sim, ok, ela queria que sumisse, mas o que havia embaixo dele, ela apreciaria. Eu sabia que sim.

Eu tinha passado uma fina camada de gel de dublê, embora fosse difícil entender a quantidade certa. Eu estava preocupada com a bagunça que faria na roupa das crianças, nas cadeiras da sala de jantar, mas não importava. Eu sabia que, no momento em que eles vissem Jasper, eu ficaria aliviada de ter passado aquela gosma.

Madison, sempre Madison, como uma porta-voz para o resto do mundo, todas as coisas boas que havia nele, nos recepcionou na porta dos fundos.

— Ah — exclamou ela, olhando para as crianças —, vocês estão maravilhosos! Tão adultos!

Depois, ela deu uma olhada em mim, no meu rosto todo fodido com um roxo e arranhões.

— Ai, céus — ela continuou, sem conseguir esconder a surpresa. Ela não tinha me visto desde que enfiara o cotovelo na minha cara. — Sabe, eu tenho maquiagem que iria... eu não sei, Lillian. Está ruim.

— Não tem problema — falei.

— A Lillian é durona — anunciou Roland, orgulhoso.

— Ela é a pessoa mais durona que eu conheço — concordou Madison. — Mas eu queria que ela não precisasse ser tão durona o tempo todo.

Eu pensei: *então talvez você pudesse não ter virado uma louca num jogo mano a mano na frente das crianças*, mas só deixei passar. Respirei fundo.

E então, cinco segundos depois, lá estava Jasper.

— Olá, crianças — disse ele e, desta vez, parecia mais centrado, mais charmoso. Sem anarruga, graças a Deus. Anarruga era para patetas. Ele sorriu para as crianças. — Eu sei que é difícil pra vocês, pessoal — ele continuou, a timidez adicionando charme, o jeito com que ele olhava para eles como se estivesse contando com seus votos. — Mas eu fiquei ansioso de verdade para isto. E não vou pedir um abraço agora, mas algum dia, quando vocês estiverem prontos, estive pensando em dar um abraço em vocês e dizer que eu estou feliz que vocês estejam aqui.

As crianças só fizeram que sim com a cabeça, meio envergonhadas. Madison tocou Jasper e sorriu para ele, assentindo sua aprovação.

— Quem está com fome? — perguntou Madison.

— Eu estou com fome — respondi por nós todos, e andamos até a sala de jantar.

Timothy já estava lá, com as mãos cruzadas sobre a mesa como se estivesse pronto para rezar ou como se fosse seu chefe e sentisse muito, mas ia ter que demitir você. Quanto mais eu via Timothy, sua formalidade e qualidades robóticas, mais eu gostava dele.

Uma vez, perguntei a Madison sobre as — como refrasear educadamente? — excentricidades do Timothy, e ela assentiu, como se sim, ela soubesse.

— Ele não é muito bom com outras crianças, na verdade — afirmou ela. — Ele é estranho, eu sei. Mas, porra, eu não fui a criança mais normal, Lil. Eu era bonita, de fato. Eu sei que é vaidoso dizer isso, mas eu era. Mas era uma criança, então podia ser feia nos meus pensamentos. E me deixava feliz, às vezes, não ser bonita por dentro. E minha mãe, meu Deus, ela odiava; ela era uma mulher limpa e puritana e realmente linda, e era como se ela nunca tivesse tido um pensamento obscuro na vida. Acho que eu a assustava, como se talvez fosse algo dentro dela que involuntariamente tinha me feito daquele jeito. Cada coisinha que não estivesse em um manual para senhoras, cada aresta, ela tentava lixar. Ela tinha um comentário recorrente de que todas as coisas que eu estava fazendo, eu não sabia fazer, porque eu era uma criança, e ela fazia eu me sentir uma merda. Ela estava acostumada com meus irmãos, uns garotos idiotas do caralho que torturavam o cachorro e quebravam tudo e eram cem vezes piores do que eu, mas eles eram garotos, e tudo bem. Não, ela se concentrava apenas em mim. "Madison, as pessoas vão ficar muito cansadas desses seus pequenos tiques", ela me dizia. Então eu piorei. Eu tentava quebrá-la enquanto ela tentava me quebrar. Nós brigávamos muito, por qualquer coisa. Ela tentava fazer com que eu não jogasse basquete. E, que seja, eu sei que ela me amava. E eu a amava. Ao menos ela se importava de um jeito muito errado, ao contrário do meu pai, que nem parecia saber que eu existia, até que eu fiquei mais velha e pude servir pra alguma coisa. Mas ela me machucou. Ela me machucou no momento em que eu não precisava ser machucada. Então, quando o Timothy se tornou a criancinha estranha que ele era, tipo, fascinado por lenços de bolso, eu decidi que nunca tentaria tolhê-lo. Eu sabia que o mundo faria isso no fim das contas, de todo jeito. Então, eu deixo ele ser estranho. E gosto. Me faz feliz.

 E eu acho que estava começando a entender. Eu estava acostumada com aquilo. Parecia que ele era um artista performático, um mímico convincente, e era assim que ele mexia com as pessoas. O que estou dizendo é que todas as crianças me pareciam legais nesse ponto.

Mary entrou com os braços cheios de pratos. Os adultos receberam salada Caesar com frango grelhado por cima, e Timothy, um prato de nuggets de frango caseiros e macarrão com queijo. E Bessie e Roland receberam o que tinham explicitamente pedido: nuggets de frango congelados.

— Ah, uau — exclamou Roland. — Obrigado.

— Mary se certificou de que vocês tivessem o que queriam — concluiu Madison, e Bessie, envergonhada agora de que o que ela quis era algo que ninguém nunca sonharia querer, olhou para o prato e disse:

— Obrigada, srta. Mary.

— De nada — disse Mary. — Não tem por que fazer crianças comerem o que não querem. Um erro bobo.

— Posso comer um pouco daquela salada também? — pediu Bessie, e Mary simplesmente assentiu e depois voltou com um pequeno prato e uma enorme bisnaga de ketchup Heinz para os nuggets.

— Bem-vindas de volta ao lar, crianças — disse ela e, cara, tinha algum julgamento estranho ali, mas ela peitou, toda fodona. Quem ia impedi-la?

— Que ótimo — exclamou Madison. — Jasper, você quer fazer uma oração?

Jasper fez que sim. Bessie e Roland ficaram perplexos. Madison, Timothy e Jasper todos fecharam os olhos e cruzaram as mãos, mas eu e as crianças ficamos olhando uns para os outros. Obviamente sabíamos o que uma oração era — ou será que as crianças não sabiam? Eles sabiam quem era Deus? Achavam que a mãe deles os tinha feito de barro? Eu não tinha ideia. Mas eu não ia obrigá-los a rezar se eles não quisessem. Nós ouvimos educadamente.

E Jasper falou sobre gratidão, sobre sabedoria divina, sobre famílias reunidas novamente. Ele falou sobre sacrifício e valorização desses sacrifícios. Era difícil saber quem ele pensava que estava fazendo os sacrifícios. Ele? Será que ele era tão idiota? Era um de uma série de homens Roberts que ganhavam tudo o que sempre quiseram antes mesmo de pedir. Será que o sacrifício era simplesmente não tomar as coisas que eram dos outros? As crianças eram o sacrifício que ele estava fazendo? Talvez eu não estivesse dando a ele o benefício da dúvida. Mas, se ele dissesse a palavra "sacrifício" mais uma vez, eu ia socá-lo na cara. Ele finalmente seguiu adiante, falando sobre perdão e o desejo de novos começos. Entediado, Roland pegou um dos nuggets e comeu em uma mordida.

— Amém — Jasper finalmente terminou e, quando abriu e ergueu os olhos, me encarou diretamente, antes que eu pudesse fingir que estava participando, então parecia que eu o tinha encarado o tempo inteiro. Mas ele sustentou meu olhar e sorriu.

— Vamos comer — sugeriu ele.

E estava tudo bem. Era estranho, mas parecia que o tamanho da mansão, de tão chique que era, faria qualquer situação normal ficar desconfortável. Não era ruim. As crianças não estavam pegando fogo. Aquela era a minha nova régua de medição para o que era bom ou ruim. Comer uma salada Caesar e jogar conversa fora não era ruim, não quando a alternativa era arrancar um conjunto de cortinas de mil dólares porque estavam em chamas.

— Como é o seu trabalho? — Bessie finalmente perguntou ao pai, e dava para ver o quanto ele ficou feliz por ela ter tentado, mas ao mesmo tempo aquilo pareceu confundi-lo, porque ele não estava muito seguro ao responder.

— Bem — ele começou genuinamente considerando como responder —, todos no estado do Tennessee confiam em mim para cuidar dos interesses comuns. Por exemplo, eu trabalho com outros senadores para garantir que as coisas de que nossos cidadãos precisam sejam feitas. Eu garanto que trabalhos cheguem a este estado, para que as pessoas possam trabalhar e sustentar suas famílias. E garanto que o país, o país todo, esteja se movendo em direção a um futuro melhor.

— Você cuida de pessoas — concluiu Bessie.

— Meio que isso — concordou ele. — Eu tento cuidar.

— Entendi — disse ela.

— A sua família — contou Jasper a ela —, por gerações e gerações, tem feito do Tennessee a sua casa. É um estado maravilhoso. E eu garanto que fique desse jeito ou, quando ele precisa de ajuda, eu tento conseguir a ajuda para que tudo continue ótimo.

— O vovô dizia que política é só ficar mexendo em dinheiro e garantindo que uma parte dele fique com você — comentou Roland.

— Parece muito algo que o Richard diria — retrucou Jasper. — Mas não é assim que eu tenho tentado fazer o meu trabalho.

— Porque você não precisa de mais dinheiro — acrescentou Bessie.

— Não — concordou Jasper —, não preciso.

— Estamos estudando o Tennessee com a Lillian — contou Roland a todos na mesa.

— É mesmo? — falou Jasper, sorrindo.

— Estamos fazendo biografias sobre famosos nascidos no Tennessee — disse a ele, como se estivesse ainda sendo entrevistada para o emprego ou, talvez, como se esperasse por uma carta de recomendação mais tarde.

— Como quem? — indagou Madison.

— O sargento York — respondeu Roland. — Cara, ele matou tipo vinte e cinco alemães.

— Ele foi um ótimo homem — acrescentou Jasper. — Um bom democrata, um democrata pra vida toda. Ele dizia: "Sou um democrata em primeiro lugar, em último lugar e o tempo todo". Tem uma estátua dele no palácio do estado. Uma estátua maravilhosa. Talvez a Lillian possa levar vocês lá um dia para ver.

— Legal — disse.

— E você, Bessie? — perguntou Madison.

— Dolly Parton — anunciou ela.

— Hum — murmurou Jasper, considerando o nome. — Mas ela é uma comediante, não é?

Bessie pareceu confusa e se virou para mim.

— Ela é uma artista — falei.

— Bem, suponho que sim — comentou Jasper. — Eu consigo pensar em diversos ícones mais verdadeiros que tenham nascido no Tennessee e que podem resultar em um trabalho melhor.

— Não é um trabalho — admiti. — Estamos só pesquisando sobre nossos interesses. — Estiquei a mão para Bessie e toquei seu braço, para sentir a temperatura, mas, com o gel, ficava difícil saber ao certo.

— E Dolly Parton é uma humanista, Jasper — Madison completou. — Ela faz muito pelo estado e pelas crianças do estado.

— Ela é uma atriz — retrucou ele, como se aquilo fosse evidência de algo. Ele estava sorrindo, talvez jogando, mas Bessie parecia envergonhada agora, como se tivesse cometido um erro, e eu fiquei irritada.

— Ela é a melhor pessoa que nasceu no Tennessee em toda a história — afirmei, assertiva.

— Ai, Lillian — falou Jasper, dando uma risadinha.

— Ela escreveu "I Will Always Love You" — disse, chocada, e aquilo não encerrou o debate.

— Lillian — Jasper continuou, seu charme ficando sério, muito arrogante —, você sabia que três homens do Tennessee já foram presidentes dos Estados Unidos?

— Eu sei — respondi a ele. Quando criança, eu tinha memorizado todos os presidentes americanos e poderia citá-los em ordem cronológica ou alfabética. Eu poderia fazê-lo naquele momento, se quisesse. — Mas nenhum deles nasceu no Tennessee.

— É mesmo? — disse Madison. — É mesmo, Jasper?

A cara de Jasper ficou um pouco vermelha.

— Bem, quer dizer... tecnicamente está certo — admitiu ele.

Mas eu interrompi:

— E Johnson sofreu um impeachment. E Jackson, ah, por favor, ele era meio que um monstro.

— Isso não é inteiramente... — Jasper gaguejou.

— A Dolly Parton — falei, olhando para Bessie, esperando até que ela olhasse de volta para mim — é muito melhor do que Andrew Jackson.

Bessie sorriu, mostrando os dentes tortos, e eu sorri de volta, como se tivéssemos feito uma pegadinha com o pai idiota dela.

Parecia que Jasper estava morrendo. Ele segurava o garfo de um jeito que fazia parecer que ele queria enfiar em mim. E eu soube, bem naquele momento, que Jasper encontraria um jeito de me tirar da casa quando fosse prudente, quando eu tivesse feito o que ele precisava que eu fizesse. Jasper, como a maioria dos homens que eu conhecia, não gostava de ser gentilmente corrigido em público. E eu deveria ter sido mais cuidadosa, mas não tinha essa habilidade. Eu não via motivo para ter.

— Podemos ir a Dollywood? — perguntou Bessie, e Jasper agora estava morto como uma pedra. Foi lindo.

Como se conjurado por um feitiço, um encanto criado para intervir quando o senador estivesse sendo sumariamente humilhado, Carl apareceu na sala de jantar.

— Senhor? Lamento interromper este jantar de família, mas estão ligando para o senhor.

— Bem — retrucou Jasper, tentando voltar ao seu natural —, pode esperar até depois da sobremesa?

— É bastante urgente, senhor — respondeu Carl. — E acredito que talvez a sra. Roberts também deva estar a par da informação.

Madison trocou um olhar com Jasper e foi interessante ver os dois trabalhando, o jeito como eles pareciam ser duas metades de uma unidade singular, o jeito como os dois se levantaram ao mesmo tempo. Madison beijou Timothy, que agiu como se talvez seus pais fossem chamados para coisas urgentes o tempo todo, e depois saiu da sala atrás do marido.

— O que está acontecendo? — perguntei a Carl, mas ele sacudiu a cabeça e foi atrás dos dois.

— Isso foi estranho — afirmou Roland.

— Temos que esperar por eles para comer a sobremesa? — perguntou Bessie.

Eu me levantei e fui até a cozinha, onde Mary já estava empratando quatro fatias de bolo de chocolate.

— Estou indo — disse ela —, você não precisava ter se levantado, óbvio.

— Parece bom — comentei, e ela fez que sim.

— Eu sei.

Voltei para a sala de jantar com as crianças, como se eu fosse a convidada mais constrangedora de um casamento. Tentei pensar em algo para dizer, mas aí Mary colocou o bolo na nossa frente e aquilo pareceu retirar a necessidade de uma conversa. Comemos e depois, quando terminamos, nós quatro ficamos lá sentados.

— Podemos ir? — questionou Bessie.

— Acho que não — respondi, como se fosse uma criança que precisava de um adulto para permitir que eu saísse da mesa. — Não podemos deixar o Timothy sozinho aqui.

— Podemos levar ele com a gente — sugeriu Roland.

— Você quer conhecer a casa de hóspedes? — perguntei a Timothy, que só sacudiu os ombros, como se um titereiro tivesse tremido de leve as cordas que o conectavam a Timothy, que se mexeu levemente.

E eu gostei da ideia de levá-lo como refém, de forçar Madison e Jasper a irem buscá-lo.

— Vamos — falei, e ajudei o Timothy a sair da cadeira, e nós atravessamos o gramado bem-aparado da casa, todo aceso, e feliz, e desordenado.

— O que você quer conhecer? — perguntou Roland a Timothy, que novamente só sacudiu os ombros. Bessie ignorou o menino, puxou um livro da estante e fingiu que estava lendo. Eu sabia que ela não queria o menino na nossa casa, já que ele tinha tanto.

Roland mostrou a Timothy um traço-mágico, e cada um deles pegou num botão, trabalhando juntos para fazer uma bagunça na tela.

Sentei perto de Bessie e fiquei olhando os meninos brincando bem juntos, embora não conversassem. A cada instante, Roland pegava o brinquedo e sacudia muito, o que parecia assustar e deliciar Timothy de igual maneira. E então eles recomeçavam, Roland observando mais o Timothy do que a tela.

— Então, não foi tão ruim, certo? — perguntei a Bessie.

— Acho que não — respondeu ela.

— Eu gostei desse vestido — comentei.

— Você não usa vestidos — ela acrescentou. Eu estava de calça jeans e uma blusa bem decente.

— Não — falei —, não mesmo.

— Você acha que a Madison gosta da gente? — questionou ela. Eu sabia o que ela estava sentindo, a necessidade de ter

Madison olhando para você, direcionar aquela luz do sol direto para você.

— Ah, sim — respondi —, ela quis muito ter vocês aqui.

— Eu gostei da comida.

— Mary é a melhor.

— Ela me assusta — afirmou Bessie.

— Pessoas legais são assustadoras, às vezes — disse a ela.

— Você não é assustadora — retrucou ela, e eu não soube o que dizer.

E então Timothy e Roland se cansaram do brinquedo e vieram para o sofá. Timothy estava olhando para Bessie, tentando entendê-la. Quando Bessie, por fim, não pôde mais ignorar, ela olhou para ele, encarando.

— O que foi? — perguntou ela.

— Você pega fogo? — indagou ele, curioso.

Bessie olhou para mim, e eu dei de ombros. Eu não tinha certeza do que íamos ou deveríamos dizer ao Timothy. Mas, pelo jeito, ele sabia. Ou tinha ouvido. Ou simplesmente sentia — a criança era tão esquisita que eu acreditaria que aquilo era possível.

— Sim — respondeu Bessie, e Roland fez que sim com a cabeça.

— Posso ver? — pediu Timothy.

— Não funciona assim — explicou Bessie.

Timothy tocou a mão de Bessie como se pensasse que estaria quente. Bessie deixou.

E então alguém bateu na porta, e Madison e Carl apareceram. Timothy tirou rápido a mão de perto de Bessie e imediatamente começou a ir na direção da porta. Madison entrou.

— Olhem vocês! — exclamou ela. — Está se divertindo? — perguntou ao Timothy, que fez um movimento de sim com a cabeça, ou, pelo menos, o que para ele contava como movimento.

— Bem — disse ela —, é melhor voltarmos para casa.

— Cadê o papai? — perguntou Roland.

— Ah, ele foi chamado para um assunto importante — respondeu ela, tanto para mim quanto para as crianças. — Muito importante. Mas ele vai ver vocês de novo em breve.

Madison pegou Timothy pela mão e eles saíram, mas Carl ficou ali pela porta, o que entendi como um sinal para ir falar com ele.

— O que está acontecendo? — perguntei. — É sobre as crianças?

— O secretário de Estado morreu — sussurrou ele para mim. — Caiu morto na cozinha de casa.

— Ele não estava morrendo? — questionei.

— Bem, ele estava morrendo, mas é um homem poderoso. Ele ia morrer muito lentamente. Isso foi inesperado.

— E agora?

— E agora que ofereceram o cargo para o senador Roberts.

— Puta merda — falei. — Mesmo?

— Tem um processo que começa de fato agora — respondeu Carl —, mas eles já estavam se preparando bem. Parece promissor.

Pensei na Madison, um passo mais perto do que ela queria. Pensei em Jasper, mas não senti quase nada.

— E o que isso significa? — perguntei. — Tipo, pras crianças?

— Vamos ver como vai ficar — falou ele.

— Mas estão levando as crianças em consideração? Como isso afeta os dois?

— Honestamente, Lillian — disse Carl —, não. Não muito. Então, só continue cuidando deles. Faça o que você tem que fazer para manter a ordem.

— Você não quer que eles fodam tudo? — perguntei.

— Eu não quero que eles fodam tudo — repetiu ele.
— Ok, está bem.
— Boa noite — ele me disse. — Boa noite, crianças — falou para os gêmeos, que não responderam.

Ele saiu e eu voltei para as crianças.
— O papai está morrendo? — perguntou Bessie.
— O quê? — respondi. — Não, de jeito nenhum.
— Tudo bem — aceitou Bessie, suspeitosa. Esperançosa? Eu não sabia.
— Era pra ele ter dado um abraço na gente depois do jantar — afirmou Roland.
— Eu não quero que ele me abrace — retrucou Bessie.
— Vocês estão muito lindos! — falei para mudar de assunto.
— Eu vou tirar uma foto.

Encontrei a câmera, aquela que Madison me pediu para usar para documentar suas vidas, como se talvez precisasse de fotos para fazer rapidamente um álbum de fotos felizes para as visitas verem. As crianças estavam atiradas no sofá, cansadas.
— Não precisa sorrir — falei. — Só fiquem do jeito que estão.

A cabeça de Roland estava apoiada no ombro de Bessie. Os braços deles não estavam tão brilhantes como no início da noite. Tirei a foto, depois tirei mais uma.
— Queremos que você esteja na foto — disse Roland.
— Eu não posso — falei. — São só vocês dois.
— Podemos ir para a cama? — pediu Bessie. — Você pode nos ler uma história?
— Ah, eu posso — respondi —, posso total.

Nove

PARECEU QUE NAS TRÊS SEMANAS SEGUINTES O MUNDO GIROU um pouco mais rápido do que o normal, toda aquela atividade estranha fazendo um redemoinho em torno da gente, sem ninguém nos contar nada, mas minha vida com Bessie e Roland não mudou muito. É claro, nós vimos no jornal, na primeira página, que Jasper tinha sido nomeado e todos disseram que era uma decisão sábia da parte do presidente. Todos pareciam amar Jasper, e talvez fosse por causa disso que eu não gostava dele, mas parecia que o que amavam era que ele era inofensivo e cavalheiresco, que parecia que sabia o que estava fazendo. Bom para ele, acho. Se você fosse rico e homem, parecia mesmo que era só seguir certo número de passos e era possível fazer qualquer coisa que quisesse. Pensei em Jane, abandonada, morta, e me perguntei como qualquer tipo de verificação não achava isso importante. Pensei em Bessie e Roland no gramado da frente, pegando fogo. Como aquilo não importava? Mas talvez realmente não importasse. Jasper era um bom senador, fazia ricos e pobres igualmente felizes, o que devia ser algum tipo de truque de mágica.

Madison e Timothy tinham ido para Washington com Jasper para simplesmente serem vistos. Carl estava em casa, mas é claro que estava preocupado com outras coisas, mal parecia se importar com o que as crianças faziam. Nós jogávamos basquete, nadávamos na piscina, líamos livros e fazíamos nosso ioga. Era tranquilo, honestamente, como se o fim do mundo tivesse acontecido e nós houvéssemos perdido. Tanta intensidade havia sido direcionada para aquelas crianças e, agora que todos estavam conseguindo o que queriam, era como se elas fossem invisíveis. Elas não pegavam fogo havia muito tempo, pelo menos me parecia muito tempo. E quando se é estranho, quando seu entorno fica tranquilo, você pensa que talvez não esteja tão fodido. Você pensa, *por que era tão difícil antes?*

Uma manhã, estávamos testando o nível de amido em batatas e Bessie perguntou:

— Tem alguém na mansão?

— Não — respondi. — Bem, quer dizer, o pessoal que trabalha está lá.

— Podemos ir lá? — pediu ela, e eu pensei: *por que não? Quem é que se importa nessa porra? Ou melhor, quem é que vai nos impedir nessa porra?*

Só por segurança, eles colocaram seus trajes de Nomex, que tinham finalmente chegado, um material branco que arranhava e que os fazia parecer que viviam num filme de ficção científica. Eles meio que amaram, exceto por fazê-los suar muito. Eu não tinha certeza se memórias da mansão, há tempos esquecidas, poderiam vir à tona e fazê-los acender.

Então nós andamos até lá, e é claro que as portas estavam trancadas. Batemos na porta de trás até Mary, muito puta por ter sido perturbada, abrir.

— O que vocês querem? — perguntou ela.

— Queremos explorar — disse Roland.

— Está bem — respondeu ela e nos fez sinal para entrar, como se estivesse deixando entrar uma praga se espalhando pela casa e como se não se importasse em viver ou morrer.

— Obrigada, srta. Mary — disseram as crianças.

E ela respondeu:

— Venham aqui mais tarde. Tem pudim de pão. Com calda de uísque.

— Oba! — gritaram as crianças.

Mas, uma vez que estavam na casa, livres, ficaram cada vez mais quietos, mais respeitosos, como se estivessem em alguma catedral europeia, como se o lugar fosse lotado de gente morta e importante dentro.

— Vocês se lembram daqui? — perguntei, mas os dois fizeram que não.

— Aposto que os quartos são lá em cima — falei, e eles subiram as escadas. Eu contei a eles que tinham escondido cavalos no sótão durante a Guerra Civil, mas eles não se importaram mais do que eu tinha me importado.

Andamos pelo corredor, espiando com a cabeça para dentro de cada cômodo. Vimos o quarto do Timothy, com todos aqueles animais de pelúcia, e as crianças arregalaram os olhos. Entraram com cuidado, esperando serem sabotados, e então encararam as pilhas de pelúcia. Bessie enfiou o punho em uma das pilhas e tirou uma zebra com listras tecnicolor.

— Vou levar esse — anunciou ela, um tipo de imposto, e eu fiquei tipo, por mim, tudo bem, então Roland agarrou uma coruja com monóculo e gravata-borboleta.

Nós zanzamos um pouco mais e aí eles pararam no batente da porta de um dos quartos.

— Era esse — afirmou Bessie. — Esse era o nosso quarto.

Eu não tinha a menor ideia de como ela sabia. Agora, era um quarto de ginástica com uma esteira e alguns aparelhos com peso e as paredes todas cobertas com espelhos.

— Era bem na frente daquele banheiro — Bessie lembrou.
— E tínhamos beliches e eu dormia em cima.

— E tinha uma caixa com brinquedos bem debaixo da janela — Roland continuou.

— Era branca e tinha flores pintadas — acrescentou Bessie.

— E cada um de nós tinha uma escrivaninha.

— Onde está tudo aquilo? — perguntou Roland para mim, e eu só sacudi os ombros.

— Talvez tenha ido na mudança com vocês e a sua mãe quando vocês todos saíram da mansão — sugeri.

— Não levamos nada com a gente — respondeu Bessie. — A mamãe não deixou.

— Então onde está? — indagou Roland.

— Acho que podemos perguntar à Madison — falei. — Vocês querem as coisas?

— Não — admitiu Bessie. — Eu só quero saber se ele guardou.

Eles pareciam cansados agora, então nós descemos para a cozinha e Mary nos deixou comer o pudim de pão, que tinha mesmo um toque de uísque, mas deixei as crianças comerem mesmo assim. Nos sentamos lá, nós três, comendo aquele doce, Mary nos observando, nos tolerando. Quando terminei a minha cumbuca, sem pensar, enfiei o dedo na cobertura que tinha se acumulado e Roland lambeu tudinho direto do meu dedo, esfomeado.

— Que visão — exclamou Mary, e senti que talvez ela estivesse sendo sincera, que éramos algo notável.

UMA MANHÃ, CARL APARECEU NA PORTA.

— Temos que levar as crianças no médico — afirmou ele, e eu sabia que ele tinha praticado como me diria aquilo e decidido que uma frase direta, como se não estivesse aberto a discussões, era o melhor jeito de proceder. Eu o imaginei falando aquilo para o seu reflexo no espelho.

— Por quê? — perguntei.

E, como se ele também estivesse se preparado para essa resposta, como se já soubesse que porra viria, ele revirou os olhos.

— Lillian? Por que você acha que as crianças podem precisar ir ao médico?

— Porque elas pegam fogo? — sugeri.

— Sim, porque elas pegam fogo — respondeu ele.

— Mas por que agora? — perguntei. — É isso que não entendo.

— Só uma medida de precaução — explicou ele. — Só pra garantir que tudo esteja igual. Nem melhor. Nem pior. Entende?

— Por causa da coisa de ser secretário de Estado? — chutei.

— Sim — admitiu ele, cansado. Era um pouco mais fácil falar com ele quando estava cansado.

— Eu gostaria que você tivesse me dito antes — falei. — Tenho que passar o gel neles e leva um tempo.

— Não — retrucou ele. — Precisamos deles em estado natural. Para o exame.

Eu não sabia se havia um jeito de falar a palavra "exame" sem que soasse esquisita, mas, se houvesse, Carl não tinha descoberto.

— Carl, é um médico de verdade? — questionei.

— É complicado — respondeu ele, que não é o que se quer ouvir de jeito nenhum quando se pergunta se a pessoa que você vai ver é um médico com diploma.

Mas eu também sabia que não adiantava nada ir contra ele, que isso tinha vindo do Jasper, ou da Madison, mais provavelmente. Ia acontecer. Ao menos as crianças poderiam tomar sorvete depois.

— Eu vou estar lá o tempo todo, ok? Nós dois, na real — disse a ele.

— É claro — ele aceitou.

Uma vez que estávamos vestidos e prontos, Carl estacionou um Honda Civic verde, um carro supreendentemente feio, considerando o quão desinteressante era. Parecia um tipo de carro que um homem que vendia calendários de porta em porta dirigiria.

— De quem é esse carro? — perguntei.

— É meu — respondeu ele.

— Eu pensei que você tivesse o Miata.

— Eu tenho dois carros.

— Por que você tem esse carro?

— Porque às vezes você não quer aparecer num carro esporte vermelho — explicou ele para mim. — Às vezes, você precisa aparecer num Honda Civic. E me conta aí, que carro você dirige?

— Não importa —falei. — Vamos, crianças.

O interior era imaculado, como se tivesse acabado de sair da loja. Era tão impressionante que sorri para Carl, assentindo em aprovação.

— Podemos ouvir música? — perguntou Roland.

— Absolutamente não — respondeu Carl, olhando pelo espelho retrovisor. E partimos.

ESTÁVAMOS INDO EM DIREÇÃO A UMA PEQUENA CIDADE AO norte de Nashville chamada Springfield. Passamos por hectares de tabaco em estradas federais até estacionarmos em uma casa de dois andares com cerca branca de madeira com a bandeira do Tennessee tremulando em um mastro no meio do pátio.

— Então — comecei —, é só a casa de alguém? Não um consultório médico?

— Você vai ver — disse Carl, já saindo do carro. Enquanto eu pegava as crianças, que estavam entediadas e com calor, vi um homem ancião aparecer na varanda, usando uma enorme gravata-borboleta vermelha, uma camisa azul, calça cáqui e suspensórios vermelhos. Ele usava óculos redondos e pequenos. Parecia Orville Redenbacher, o cara da pipoca. Tinha cara de louco daquele jeito das pessoas que fazem muito esforço para escolher roupas ridículas. Rezei para ele não ser o médico.

— Eu sou o médico — anunciou ele, acenando para as crianças.

— Ai, Deus — falei, e Carl furtivamente me acertou um soquinho de lado.

— Olá, Carl — cumprimentou ele.

— Dr. Cannon — respondeu Carl.

— Bem, entrem — disse o dr. Cannon para as crianças, descendo os degraus da varanda. — Vamos dar uma olhada em vocês. — As crianças pareciam atordoadas com o homem e seu entusiasmo. Mas não estavam com medo. Foram na direção dele.

— Venham ao meu consultório — chamou ele, e todos nós o seguimos pela casa até um pequeno prédio branco, de um cômodo só, no quintal. — Isso aqui pertenceu ao meu avô, se vocês acreditam — contou ele. — É de 1896. Toda cidade de um tamanho notável tinha um bom médico de família, é claro. Agora isso caiu em desuso faz muitos, muitos anos, mas, desde que me aposentei da medicina, gosto de ficar aqui. Gosto de me sentar aqui e pensar.

O chão de madeira estava pintado de cinza e as paredes eram todas brancas. Parecia minúsculo lá, com todos nós amontoados. Havia instrumentos médicos que pareciam muito velhos, que eu esperava que não fossem usados naquele dia. Tinha uma mesa de madeira bamba estofada em couro preto. Havia lampiões de óleo e garrafas velhas com rótulos de vários tipos de comprimidos de charlatão. Parecia algo que se encontraria numa casa de museu, numa vila histórica. Parecia algo que uma pessoa louca teria em seu quintal.

— Isso é maravilhoso de verdade, dr. Cannon — disse Carl.

— Então o senhor é um médico aposentado? — perguntei a ele.

— Ah, sim. Pratiquei medicina por cinquenta anos. Agora, veja, eu era médico da família Roberts quando o senador Roberts, isto é, o pai do Jasper, ainda estava vivo. Fui considerado o melhor médico em Nashville, em todo o estado do Tennessee.

— Legal — respondi, sem certeza do que mais dizer.

— Eu valorizo muito minha relação com a família Roberts — ele acrescentou. — E eles, é claro, valorizam a minha discrição.

Aquilo tudo soava estranho, como se tivesse que ser algo sobre doenças venéreas, então eu só continuei falando "legal" e torcendo pelo melhor.

— Mas essas crianças! — ele continuou, aumentando a voz. — Que interessante. Agora, tenho certeza de que Carl disse a vocês, eu não sou apenas um doutor de medicina.

— Ele não me disse — respondi, olhando para Carl, que nem tinha tirado os óculos de sol ainda.

— Eu também sou um doutor em paranormalidade, que é um tipo próprio de ciência, eu os asseguro. E, imaginem só, eu já fiz bastante pesquisa sobre combustão espontânea em humanos.

— Ah, é mesmo? — falei, pronta para gritar.

— Mas medicina e paranormalidade, mesmo que igualmente importantes, são duas coisas diferentes. Então as mantemos separadas, ou ao menos eu mantenho. Deixe-me examinar essas crianças. Pulem aqui, um de cada vez, aqui nesta mesa.

Roland pulou. O doutor mediu sua temperatura, graças a Deus, valendo-se de um pequeno saco preto com instrumentos modernos, e depois mediu a pressão e examinou os olhos, ouvidos e garganta. Ele fez o mesmo com Bessie, que ficou me olhando o tempo inteiro, tentando se manter calma. Mas o médico foi cuidadoso e diligente com as crianças. Ele não foi invasivo. Simplesmente os observou e fez anotações.

— Está tudo bem e bom — garantiu ele. — Eles estão perfeitamente saudáveis, é claro. Eu já sabia, só de olhar para eles, que estariam.

— Que maravilha, dr. Cannon — afirmou Carl.

— É isso? — perguntei.

— Bem, pelo que eu sei, o que Jasper me disse, vocês pegam fogo, certo, crianças?

As crianças olharam para mim e eu fiz um sinal positivo para elas, que, então, fizeram que sim em concordância.

— Que fascinante. Eu gostaria de poder ver, mas não, eu entendo que não é uma boa ideia. Vocês não se machucam?

As crianças fizeram que não.

— É interessante, porque, na maioria dos casos de combustão espontânea humana, a pessoa infligida tipicamente morre com o fogo. Ou com a fumaça. Ou um, ou outro. O caso de vocês não é, creio eu, tão direto assim. E também é diferente porque entendo que vocês podem sentir quando a combustão chega. É isso mesmo?

— Sim — admitiu Bessie.

— Onde, querida? — perguntou ele.

— Onde? — repetiu Bessie, confusa.

— Na cabeça? No estômago? No coração?

Bessie olhou para Roland, que então assentiu, na comunicação silenciosa deles.

— Meio que começa no nosso peito e depois vai para fora, tipo pros nossos braços e pernas e cabeça.

— Sim, faz sentido. Um tipo de calor radiante. Interessante. Interessante — afirmou o médico, fazendo mais anotações. — Isso é tudo muito fantástico. Quer dizer, as crianças entram em combustão, mas não se machucam. É muito incomum. Mas podemos tentar ser científicos, seguir preceitos médicos.

— Isso seria perfeito — assegurou Carl.

— Minhas ideias iniciais têm a ver com cetose. Vocês sabem o que é isso? — perguntou ele às crianças, que fizeram que não. Eu estava sacudindo a cabeça também, sem perceber. Carl, é claro, estava fazendo que sim. Claro que ele sabia.

— É só um processo metabólico normal que acontece no nosso corpo. Se você não tem glicose o suficiente no seu corpo para produzir energia, seu corpo começa a queimar gordura. Como uma vela, talvez, se isso ajudar. E, então, algumas pessoas falam que isso é bom e algumas falam que pode ser ruim. Eu não estou interessado nisso, porque acho que o caso de vocês está além dessas preocupações. Mas, se vocês pudessem fazer uma dieta que evitasse a cetose, então, e isso é só uma teoria, poderiam evitar que o corpo criasse tão facilmente um tipo de combustão espontânea. Isso faz sentido?

— Suponho que sim, dr. Cannon — respondeu Carl.

— Podemos tomar sorvete? — questionou Roland.

— Bem, sorvete tem muita gordura, mas tem açúcar, então, eu acho que seria ok — respondeu o dr. Cannon. Ele rasgou um pedaço de papel e deu para Carl, que colocou no bolso. — É simples — o dr. Cannon continuou —, vocês talvez já estejam fazendo isso sem saber, o que significaria que essa visita foi inútil. Receio que não posso oferecer mais do que isso enquanto mantivermos protocolos restritos de privacidade, sem mais testagens.

— Isto está bom — concluiu Carl. — Somos muito gratos.

— Agora, crianças — disse o dr. Cannon, redirecionando seu foco —, se sairmos da medicina e olharmos para o paranormal, podemos pensar na ideia do fogo e como ele existe dentro de um receptáculo humano.

— O quê? — indagou Roland.

— Bem, o único fogo que eu sei que existe dentro do corpo humano é o Espírito Santo.

— Como é que é? — perguntou Bessie.

— É o quê? — eu questionei.

— O Espírito Santo? A revelação da epifania de Deus? — ele continuou, fazendo uma careta. Parecia que estava num programa de perguntas e respostas e não conseguia acreditar que sua dupla ainda não tivesse entendido a resposta. — A Santíssima Trindade?

— Ah, entendi — disse Bessie finalmente, tentando seguir em frente. — Tipo, a alma?

— Não, querida — respondeu ele, rindo —, não é bem isso.

— Dr. Cannon — falou Carl —, precisamos ir em...

— Então, o Espírito Santo — o dr. Cannon interrompeu, seguindo, ainda encarando as crianças — mora no coração de vocês. E portanto, se vocês, crianças, estão experimentando esses momentos quando o fogo se manifesta externamente, bem, isso poderia significar algumas coisas. Talvez vocês sejam profetas, escolhidos por Deus...

— Precisamos ir — repetiu Carl.

— Profetas? — perguntou Roland, experimentando a palavra, gostando do som dela.

— Vocês talvez sejam emissários para a segunda vinda de Jesus Cristo, nosso senhor e salvador — o médico elaborou.

— Carl? — falei.

— Ou, e isso é radicalmente diferente, pode ser que o diabo, em seu mal multitudinário, esteja lutando com o Espírito

Santo dentro de vocês. Isso faria de vocês dois, Bessie e Roland, demônios. Ou talvez, simplesmente possuídos por demônios. Qualquer que seja o caso, é possível que haja um demônio dentro de vocês que precise ser expurgado.

— Ok — falei —, não mesmo. — Peguei as crianças, puxando-as da mesa.

— Mas eu quero ouvir mais — pediu Roland.

— Obrigada, dr. Cannon — Carl agradeceu rapidamente, abrindo a porta do consultório e levando as crianças para fora.

— Cetose. Muito bom. Temos tudo o que precisamos.

— Dê um oi ao Jasper por mim — disse ele, acenando. — Ele sempre foi um ótimo paciente. Não consigo lembrar uma vez em que ele tenha estado doente.

Apressamos as crianças para o carro, e Carl logo voltou para a estrada. Eu olhava fixamente para ele, mas, com os óculos, ficava muito difícil ver de verdade a cara dele.

— Quem quer ouvir rádio? — perguntou ele, ligando sem nem esperar pela resposta, o que fez Roland comemorar.

— Isso foi um erro — admitiu ele, mantendo a voz baixa. — Não sei se o senador Roberts tem tido contato com o dr. Cannon em algum tempo. Não sei se ele sabe o quadro geral de suas, humm, condições.

Eu não disse uma palavra sequer, só continuei olhando para ele.

— Ele é um dos médicos mais reverenciados de todo o estado — Carl continuou. — Atendeu todos os governadores e estrelas da música country. Um monte de artigos publicados.

— Fascinante — respondi.

— Eu só estou fazendo o que os Roberts mandaram — afirmou Carl, olhando para trás para ter certeza de que as crianças não estavam ouvindo. — E, honestamente, os médicos de verdade, os especialistas que viram as crianças logo depois que a Jane morreu, não nos disseram muito mais do que isso. Eu acho que um deles mencionou cetose. Então, não tem mal algum.

— Agora as crianças pensam que podem ser demônios — falei.

— Bem, eu não sei o quanto eles entenderam. — Ele rapidamente se virou para as crianças. — Sundae de duas bolas, ok?

Grunhi e desliguei o rádio. Eu olhei para eles. Pareciam entediados, mas eu via que estavam trabalhando em algo em sua mente, passando a fita para a frente e para trás.

— Olha — falei, por fim —, vocês não são demônios, ok? Nem fodendo. Aquele homem era um louco.

— Talvez a gente seja profeta, então — sugeriu Roland.

— Não — respondi, minha voz subindo. — Vocês são crianças normais, ok? Vocês pegam fogo, mas são crianças normais.

— Tá bom — Bessie aceitou. — Acreditamos em você.

— Ok — concluí. Por alguns quilômetros, dirigimos em silêncio, mas aí Roland começou a rir. Eu me virei. Bessie estava com uma cara de dor e alívio ao mesmo tempo. Ela olhou para mim. Começou a rir um pouco também.

— Não somos demônios — disse ela, e eu sacudi a cabeça. E soube que eles eram minhas crianças, que eu os protegeria, porque eles acreditavam em mim. Naquele momento, no carro, eles confiavam em mim. Eles não eram demônios.

NAQUELA NOITE, COBERTA DE CRIANÇAS NA CAMA, OUVI MA-dison sussurrando acima de mim.

— Lil — chamou ela, e eu pensei que era um sonho porque, honestamente, eu sonhava bastante com Madison.

— Sim? — falei.

— Voltei — falou ela, ainda sussurrando. — Timothy e eu acabamos de chegar em casa. Vem comigo. Vamos fazer alguma coisa. Vamos conversar.

Dei-me conta de que ela era real e me senti acordando. Olhei para ela. Eu não conseguia distinguir suas feições, somente sua forma, na penumbra vinda do banheiro do corredor.

— As crianças vão acordar — falei.

— Não, não vão. Vamos logo.

Parecia que talvez ela estivesse bêbada, a voz um pouco rouca.

— Bessie? — sussurrei, e a garota se afastou de mim antes de se virar novamente e abrir os olhos.

— O que foi? — perguntou ela. — Você está bem?

— A Madison está aqui — expliquei, fazendo um gesto para Madison, que acenou.

— O que você quer? — Bessie quis saber.

— A Lillian — respondeu Madison. — Só por um tempinho.

— Eu volto logo — disse a ela —, continue dormindo.

— Tá — respondeu Bessie —, tudo bem.

Eu saí da cama, Roland roncando forte, e segui Madison enquanto ela saía pé ante pé. Na saída, agarrei uma calça e uns tênis.

— Vamos lá fora — sugeriu ela —, eu fiz margaritas. Para comemorar.

— Comemorar o quê? — perguntei, sendo chata, sendo idiota, porque estávamos em círculos muito diferentes no raio de explosão daquela boa notícia.

— O Jasper! — exclamou ela. — Você sabe que é o Jasper, sua boba.

Sentamos nos degraus que davam para a casa e lá estava a porra de um jarro novamente, naquela bandeja. Havia algo meio robótico naquilo de tudo ser servido em jarros, em vez de, não sei, enfiar a cara numa bacia gigante de ponche e só sugar tudo.

Eu não sei o que eu queria. Acho que eu queria que Madison fosse um pouco mais como eu e um pouco menos o tipo de pessoa que era preciso ser para viver naquele tipo de riqueza. E ainda assim, ali estava eu, vivendo naquela propriedade, com minha conta bancária recheada, não tendo que gastar nem dez centavos enquanto andava por ali. Aquela era a minha vida, uma boa parte dela, odiar outras pessoas e depois me odiar por não ser melhor do que elas.

Ela serviu o drinque e estava muito bom, gelado e forte.

— Deu certo — contou ela. — Eu meio que não consigo acreditar que essa porra deu certo.

— Toda a verificação? — perguntei. — Eu pensei, não sei, que eles viriam falar comigo.

— Não — afirmou ela —, eu os mantive longe de todos. Fiz se sentirem mal. A coisa que pensamos que seria muito ruim, o suicídio da Jane, o abandono das crianças, na verdade, nos deu a chance de mantê-los distantes, senão pareceriam demônios perseguidores, sabe?

— Acho que sim — respondi. E continuei bebendo.

— Quer dizer, eles definitivamente queriam se certificar de que Jasper não tinha matado a Jane ou qualquer coisa do tipo. E tinham relatórios indiretos sobre as crianças, o fogo, mas é tão inacreditável que eles não podem fazer muito com isso.

— Ah, que bom — falei. Ser rico, é claro, significava que era mais fácil continuar conseguindo o que se queria. Era preciso cada vez menos esforço para continuar.

— E eles só queriam mesmo se certificar de que Jasper não fosse um golpista, que ele não tivesse amarras financeiras a nada que parecesse ruim. Que ele não tivesse irritado as pessoas erradas. Foi tudo muito mais fácil do que pensamos.

— Foi tudo tão rápido — comentei.

— Porque o cara morreu! — exclamou ela, eufórica pra caralho. — Como a gente ia saber? Pensávamos que ia se alongar e, sabe, quanto mais alongado, mais as pessoas iam querer se meter. Mas Jasper é firme. Ele é muito bom.

— Então o que vai acontecer agora? — perguntei.

— Bem, há uma audiência de confirmação. É mais uma formalidade. Eu treinei o Jasper, de todo modo. Ele só tem que ser tão evasivo que na verdade pareça que não sabe de nada. Ele vai continuar falando sobre o quanto espera explorar essas questões e encontrar a melhor maneira de proceder. É uma coisa muito garantida.

— Bem, ok — falei. — E depois, o que acontece?

— Depois ele é o secretário de Estado — respondeu ela.

— Eu nem sei o que é isso — admiti.

— Assuntos estrangeiros. Coisa grande. Ele é tipo o braço direito do presidente, aconselhando-o. O quarto na linha de sucessão à presidência, na verdade.

— Uau, acho que eu não tinha me dado conta disso.

— E, honestamente, isso é enorme pra mim. É o tipo de visibilidade que significa que eu posso começar a advogar pelas pautas que quero. O partido já está falando sobre como me usar daqui para a frente.

— Bem, que legal — falei, e me senti a maior nerd do mundo, fingindo que sabia como era beijar, o que os meninos queriam.

— Vamos ter que nos mudar para Washington D.C., é claro — Madison continuou.

— Sério? — perguntei.

— Com certeza. Já tem gente olhando uma propriedade pra gente.

— E as crianças? — perguntei. — Acha que elas vão ficar bem?

— O Timothy consegue lidar com qualquer coisa — afirmou ela, sem nem olhar para mim, sua mente correndo quatro ou oito anos à frente. — As escolas em Washington D.C. são cem vezes melhores do que as daqui, de qualquer forma.

— E o Roland e a Bessie?

— Bem — falou ela. — Quanto a eles, eu não sei. Não sei mesmo.

— O que você não sabe? — perguntei.

— Eu não sei se eles vão conseguir lidar com a cidade. É muito mais pública, bem mais estressante.

— Eles nunca vão ver o Jasper, não é? — falei, mas, tipo, é claro que não iriam e, bom, como eu ainda não sabia daquilo?

— Não muito — admitiu ela. — Quem sabe? Talvez seja melhor. Jasper é um bom pai na teoria, olhando para as ações e para os valores dele à distância. Eles ainda vão ter acesso ao que ele pode *prover* para eles, Lillian. É isso que importa.

— Então você vai cuidar deles? — perguntei.

— Eu não vou poder nem cuidar do Timothy direito — retrucou ela. — É uma responsabilidade imensa.

— Então você quer que eu fique com eles? — questionei, meu coração batendo forte, porque eu não sabia exatamente o que queria que ela respondesse.

— Não — respondeu ela, muito animada e feliz —, você já fez tanto por eles. Já fez tanto por nós. Eu não pediria pra você fazer isso.

— Ah, está bem — respondi. — Então, o quê? Você vai pegar uma governanta de verdade?

— Bem, não tivemos muito tempo para pensar nisso, entende? Tipo, há coisas grandes acontecendo agora. Mas eu acho que talvez um internato seja bom para eles.

— Eles têm dez anos de idade — retruquei.

— Na Europa — Madison continuou —, as crianças vão para colégios internos quando têm oito anos. Vai ser muito bom eles irem para o exterior, experimentarem o mundo depois de ficarem enfiados naquela casa com a Jane todo aquele tempo.

— Eu acho que é uma ideia horrível — confrontei —, quer dizer, o que acontece se eles pegarem fogo, sabe? Não acha que mandá-los para longe vai fazer tudo ficar pior?

— Sinceramente, é melhor se eles pegarem fogo na Europa do que em Washington D.C. — respondeu ela. — É menos visível, menos verificável.

— Eles já sofreram tanto — lamentei.

— Nós fomos para Iron Mountain — disse ela — e não foi tão ruim, foi? — E, antes mesmo que eu pudesse responder, o rosto dela se fechou, e ela gaguejou. — Bem, digo, era uma boa escola, certo?

— Vocês vão mandá-los para algum lugar longe? — questionei. — Isso é ruim pra caralho, Madison.

— O que mais podemos fazer? — indagou.

— Vocês podem cuidar deles! — respondi.

— Tá bom, Lillian — disse ela, respirando fundo —, eu agradeço por você ter ajudado quando eu precisei. Mas, sério, você cuidou deles por quase nada de tempo. Você acha que é tão fácil. Mas você não sofre o tipo de pressão que Jasper e eu sofremos. Você pode se concentrar inteiramente nessas crianças, porque é só isso que você precisa fazer. Temos que planejar nosso futuro de longo prazo.

— Isso não está certo — afirmei.

— É isso que eu não gosto em você às vezes, Lillian — admitiu Madison, e eu sabia que o que viria esmagaria a minha alma. Eu sabia que ia doer. — Você age como se fosse superior e como se o mundo todo devesse algo a você porque as coisas foram duras. E você julga loucamente as pessoas. Tipo, eu sei que você odeia o Jasper. Eu sei que você pensa que ele não é legal. Mas você nem deu uma chance pra ele. Você só viu que ele era rico e isso te deixa desconfortável, e aí você pensa que ele é um cara ruim. Você nunca tentou nada de verdade. Teve uma coisa ruim que aconteceu, você foi expulsa da escola e deixou o problema lá pra sempre, como se fosse a pior coisa que já aconteceu a alguém no mundo.

Eu sinceramente não sabia dizer se Madison se lembrava do passado de verdade. Todos aqueles anos em que eu fiquei pensando em por que ela nunca tinha me agradecido nem uma vez por ter levado a culpa por ela, eu tinha presumido que era porque ela tinha vergonha. Mas, agora, parecia que talvez ela não lembrasse, como se a versão dela do passado fosse que eu fui pega com cocaína e expulsa da escola. E que ela tinha permanecido minha amiga porque era uma boa pessoa. E que eu tinha fodido as coisas porque eu era daquele jeito.

— O seu pai pagou a minha mãe para que eu fosse expulsa da Iron Mountain no seu lugar — lembrei.

— Tá bom — disse ela, como se estivesse só querendo me agradar, me deixando criar essa teoria da conspiração, já que era disso que eu precisava.

— E você deixou. Você deixou seu pai fazer aquilo porque não queria ser expulsa. E porque você pensou que não importava pra mim se eu fosse expulsa, porque eu não me encaixava naquele lugar mesmo.

— Isso é muito injusto — contestou ela. — Eu era sua amiga. Eu gostava de você. E você nunca pensou no que eu estava passando, nas coisas com as quais eu tinha que lidar. E, Lillian, mesmo que você se formasse na Iron Mountain, o que você teria feito? Você acha que teria a minha vida? Você acha que isso seria possível?

— Eu não quero a sua vida — disse a ela. — Sua vida parece uma merda. Parece triste.

Ela se levantou de repente, e pensei que fôssemos brigar. Fechei as mãos em punhos, meu rosto tão machucado que já não importava o que mais fosse acontecer com ele. Mas Madison só começou a correr para longe de mim. Ela correu de verdade. Correu até a quadra de basquete e acendeu os holofotes, a quadra inteira agora iluminada. Ela começou a driblar, fazer exercícios e acertar a tabela. Parou na linha de lance livre e deu alguns saltos. E aquele som, a bola quicando na quadra, a forma como a rede balançou, simplesmente me abriu, me fez sentir como se não houvesse uma única emoção em meu corpo. Me fez não querer matá-la. Eu estava tão grata por aquele adiamento de meio segundo do desejo de que todos estivessem mortos. E fui até a quadra.

Por um momento, fiquei só olhando-a arremessar. E ela me ignorou. E, se eu estava na cabeça dela, o jogo não mostrava. Ela acertava quase tudo, com facilidade.

— Você é mesmo a minha melhor amiga — disse ela finalmente, sem olhar para mim. — E sim, eu sei o quanto isso é patético, porque eu não te via desde nosso ano de calouras na escola. Mas você foi. Por aquele pequeno período, você foi a melhor amiga que eu já tive, e eu nunca mais conheci uma pessoa como você. Mas fiquei com tanta vergonha pelo o que meu pai fez, ou pelo o que eu fiz, que seja, que eu meio que pensava em você como minha amiga, mas congelei lá, naquele dormitório. Eu escrevia pra você e me deixava feliz compartilhar a vida com alguém que se importava comigo, porra. E eu gostava de saber de você, saber o que você pensava de mim. Eu queria ter sido uma amiga melhor pra você. Queria ter feito a coisa certa e levado a culpa. Honestamente, eu ainda estaria aqui. Nada me impediria de estar aqui. Mas, tá, talvez a sua vida tivesse sido melhor.

— Eu estava apaixonada por você — contei a ela.

— Eu sei que estava — admitiu ela. Ela arremessou e a bola parou no aro, e aquilo me deu uma pequena esperança.

— Era muito fácil estar apaixonada por você naquela época. E eu gostava, porque, enquanto eu estivesse apaixonada, não precisava amar mais ninguém — expliquei. — E eu sempre meio que estive apaixonada por você. Eu ainda meio que estou apaixonada por você.

Ela fez que sim com a cabeça e depois olhou para mim. Madison era tão bonita, e eu me lembrei daquelas noites no dormitório quando ela me olhava e aceitava a minha esquisitice. Ela ficava ao meu lado e nada mais importava. Ela era boa para mim. Mesmo que só tivesse sido por alguns meses, era mais tempo do que qualquer um tinha sido.

Esperei que Madison dissesse algo, e ela só me encarou, tentando me compreender. Eu não sei o que eu pensei que haveria lá, nos olhos dela. Ela só deu de ombros, como se perguntasse: "o que que se pode fazer?". Eu sabia que Madison sentia muito. Isso me deixou muito triste, e eu sabia que uma boa parte da minha vida havia sido gasta na espera daquela tristeza para que eu pudesse superá-la.

Eu não pensei que ela fosse dizer algo, mas aí ela começou a falar, não para mim de verdade, para a escuridão, para o universo, que, é claro, não podia ouvi-la.

— Eu sei, Lil. Eu sei. Eu sei. Eu sei. Mas e aí? O que você acha que eu faria com isso? Que tipo de vida teríamos? Nós? Eu penso nisso, tá? Eu penso em você. Mas não dá pra ser nada mais do que é. No minuto em que se tornasse algo a mais, o que ia acontecer? Seríamos muito infelizes.

— Eu não seria — falei, olhando para ela. — Eu não seria infeliz.

— Você não tem ideia — retrucou Madison.

— Você pode só me dizer, então? — perguntei a ela. Se eu a ouvisse admitir, se ouvisse as palavras na voz dela, eu poderia me lembrar delas, poderia tocá-las de novo na minha cabeça. Talvez fosse o suficiente.

— Não posso — admitiu ela. — Lillian, eu não posso.

E foi isso. O que mais eu poderia fazer?

— Por favor, não mande as crianças para um internato — pedi.

— Você quer ficar com elas? É isso? — perguntou ela. — Você acha que isso faria você feliz?

— Eu só quero que alguém cuide deles — falei.

— E por que tem que ser eu? — indagou ela. — Por que tem que ser o Jasper?

— Porque vocês são os pais deles agora! — falei, e pensei que talvez fosse uma pergunta capciosa.

— Eu odeio o meu pai — confessou ela. — Fiquei feliz de me livrar dele. E a sua mãe, puta merda, Lillian.

Eu sabia que nada do que eu dissesse mudaria qualquer coisa.

— Eu quero que você fique com eles até o final do verão — ela continuou. — Aqui na propriedade. E depois eles vão para o exterior. E o Jasper vai vê-los, ok? Ele vai vê-los nas férias e feriados. Eles vão ter a poupança deles. Eles vão fazer parte da família.

Eu estava chorando muito, mas não sabia quando tinha começado, qual tinha sido a coisa exata. Não consegui dizer nada.

— Me desculpe, Lillian — disse Madison, mas eu não soube pelo que ela se desculpava. Ela fez outro arremesso, facilmente, e a bola quicou de volta para os braços dela, que já esperavam.

DE VOLTA NA CASA, BESSIE E ROLAND AINDA ESTAVAM DOR-
mindo, e eu me arrastei para a cama. Embora eu tenha tentado ser o mais silenciosa possível, Bessie acordou.

— Você está chorando — afirmou ela, a voz mole e onírica.

— Não é nada — falei.

— O que aconteceu? — perguntou ela.

— Nada — respondi.

— Está brava com a gente? — ela quis saber.

— Não — eu falei. — Céus, não, nunca.

Roland se virou, chegando perto, e depois se ergueu, acordando para o quarto ao redor.

— É de manhã? — perguntou ele.

— A Lillian está triste — Bessie contou a ele.

— Por quê?

Eu queria me arremessar para o céu como um cometa. Eu era uma mulher adulta, chorando, cercada por crianças de fogo que não eram minhas. Ninguém que olhasse para a cena se sentiria bem com ela.

— A vida é dura — respondi. — É isso. Vamos, crianças. Cama. Vamos dormir.

Eu me ajeitei na cama e eles se reposicionaram ao meu redor. Fechei os olhos, mas sabia que Bessie ainda estava me encarando, querendo saber o que tinha dentro de mim. E eu soube o segredo de cuidar de alguém, aprendi naquele momento. Você cuida das pessoas não deixando elas saberem o quanto você quer que sua vida seja diferente.

— Lillian? — sussurrou ela quando Roland começou a roncar de novo.

— O quê?

— Eu queria que você nunca nos deixasse — assumiu ela.

— Eu também — respondi.

— Mas eu sei que você vai — ela continuou, e, puta merda, aquilo me rasgou. Fez com que eu quisesse morrer.

— Ainda não — disse a ela, e soou tão molenga que eu me odiei.

— Posso contar uma coisa? — perguntou ela.

— Vamos conversar de manhã — falei.

— Não — ela continuou —, agora. Sabe o fogo?

— Dentro de você? — perguntei.

— Sim. Ele só vem, sabe? Só acontece.

— Eu sei, meu bem.

— Mas às vezes não é assim — admitiu ela. E eu sabia que isso era importante para ela. Então eu a deixei falar. — Às vezes, eu consigo fazer ele vir.

— Tudo bem — falei —, não é culpa sua.

— Olha. — Ela saiu da cama. Arregaçou as mangas. — Geralmente acontece quando eu estou irritada. Ou com medo. Ou quando eu não sei o que está acontecendo. Ou quando alguém me machuca. E me dá medo, porque eu não consigo fazer parar. Mas, às vezes, se eu pensar sobre o fogo com força e me segurar, se eu quiser, ele vem.

— Volta pra cama, Bessie — pedi.

— Olha — disse ela. Ela fechou os olhos como se estivesse fazendo um desejo para o mundo inteiro. Estava muito escuro, eu não conseguia enxergar a pele dela, mas consegui sentir o calor, a leve mudança na temperatura, o jeito que se movia em ondas. E então, depois de quinze segundos de completa imobilidade, silêncio total, surgiram umas pequenas chamas azuis nos braços dela. Eu queria apagá-las, alcançá-la, mas não conseguia me mexer. E as chamas rolaram pelos braços dela para a frente e para trás, mas nunca ultrapassaram esses parâmetros, nunca aumentaram mais do que aquilo. E a luz do fogo fez o rosto dela brilhar. E ela sorria. Ela sorria para mim.

Depois, lentamente, o fogo rolou braços abaixo para as mãos dela, e houve uma chama agitada que ela estava segurando. Ela segurava a chama nas mãos juntas em concha. Tinha a aparência que o amor devia ter, quase sem estar ali, tão fácil de extinguir.

— Você consegue ver, né? — perguntou ela, e eu falei que conseguia.

E depois se foi. Ela respirava de um modo constante, uma máquina perfeita.

— Eu nunca quero que isso vá embora — confessou ela. — Eu não sei o que eu faria se nunca mais voltasse.

— Eu entendo — falei, e entendia mesmo.

— De que outro modo nos protegeríamos? — questionou ela.

— Eu não sei — respondi. Como as pessoas se protegiam? Como qualquer pessoa conseguia evitar que o mundo as arruinasse? Eu queria saber. Eu queria muito saber.

Dez

JASPER ESTAVA NA C-SPAN, O CANAL DO SENADO, SORRINDO, ouvindo atentamente, fazendo sim com a cabeça, era tanto sim com a cabeça, como se ele estivesse entendendo cada porra de coisinha que já tinha acontecido no mundo inteiro. Eles cortavam para outros senadores que estavam no comitê e era como uma pegadinha, porque todos pareciam exatamente a mesma pessoa. Eu tinha deixado no mudo, então, na verdade, não sabia o que estava acontecendo, mas não era difícil imaginar. Não era difícil saber o que viria depois. De qualquer modo, aquilo era só a reprise da audiência de confirmação, o canal preenchendo o tempo até que entrasse a votação oficial do Senado.

As crianças estavam no sofá, lendo livros. Fediam a cloro da piscina, um cheiro que eu amava. Eu estava andando pela casa, escovando o cabelo, passando hidratante no rosto, cortando as unhas, todas essas coisinhas para me deixar apresentável e, toda vez, eu me olhava de novo no espelho e parecia que nada tinha mudado.

Na mesinha de centro, havia uns cartões com todos os ex-secretários de Estado listados, tipo, sessenta cartões espalhados. Eu estava fazendo as crianças memorizarem alguns deles, porque Madison tinha dito que poderia ser legal se eles soubessem alguma coisa sobre o cargo, como se as crianças precisassem de ideias para iniciar uma conversa com o próprio pai. Então, estudamos os nomes. Eu nunca tinha ouvido falar deles. Era interessante olhar para os seis secretários de Estado que tinham sido presidentes. Eu sabia que isso era algo em que Madison e Jasper pensavam muito. Mas era mais divertido para mim olhar os três que tinham perdido as eleições. Fiz Bessie e Roland memorizarem os nomes deles primeiro, antes dos outros.

Madison achava que era melhor se Roland e Bessie ficassem fora daquela loucura dos processos, serem levados de um lugar para outro seria exaustivo para eles. E ela não estava errada. Quer dizer, sim, eles provavelmente não deveriam ter ido para uma das maiores cidades dos Estados Unidos para apoiar o pai, um cara que eles meio que odiavam. Mas pensei no Smithsonian, um lugar que eu sempre quis visitar e sabia que nunca visitaria. O Monumento a Washington. O Lincoln Memorial. Pensei, puta merda, no Túmulo do Soldado Desconhecido, aquela chama eterna. Eu queria que eles vissem essas coisas. Até mostrei à Madison o figurino das crianças: uma camada de gel antichamas, a roupa de baixo de Nomex, roupas que se usaria na escola católica, tudo coberto.

— É uma questão de risco e recompensa, sabe? — disse ela para mim. Nós não conversamos sobre aquela noite entre nós, nem uma palavra. Não agimos como se não tivesse acontecido. Isso teria sido tosco. Mas agimos como se, caso conversássemos sobre aquilo, apenas continuaria acontecendo, o mesmo resultado, a mesma dor, e qual era o objetivo? — Mas eu quero que eles assistam a tudo — ela continuou —, e leia o jornal pra eles, tá? Eu quero que eles valorizem o pai. Acho que isso pode ajudar eles a verem o quanto ele é importante.

— Eles sabem que ele é importante, Madison — expliquei a ela. — Eles não acham que *eles* são importantes.

— Bem — falou ela —, você tem que fazê-los pensar de outro jeito.

— É isso que eu tenho feito, tá? — respondi, ficando irritada.

— Não vamos brigar — pediu ela, tocando meu braço, um movimento tão calculado, a pele dela na minha. Deixei que a mão dela ficasse ali, como uma borboleta no meu braço, as asas só batendo.

— Desculpa — falei. — Tá bom, você está certa. Tudo bem.

— É assim que o mundo funciona — ela continuou, e queria dizer que era assim que o mundo *dela* funcionava, como se eu já não soubesse. — As coisas são ruins e loucas e caóticas. Mas você dá um jeito e não deixa que te machuque, e depois tem um período de tempo muito calmo e perfeito. E era isso que sempre esteve esperando por você.

— Está bem — eu falei, pronta para encerrar aquilo tudo.

— É isso o que você diz a eles — sugeriu ela, retirando a mão do meu braço. É isso que você tem que fazê-los compreender.

DEPOIS QUE ALMOÇAMOS, A VOTAÇÃO COMEÇOU, SEM SUR-presas, e Jasper Roberts, pai de Bessie e Roland, era o novo secretário de Estado dos Estados Unidos da América. Eu finalmente aumentei o volume da TV, mas eram apenas mais palavras, nada que importasse de verdade.

— O pai de vocês conseguiu — contei a eles.

— Ah, tá bom — afirmou Roland.

Bessie disse:

— Eu lembrei uma coisa. — E remexeu os cartões até que segurou um nome, Elihu B. Washburne. Ela virou o cartão, e atrás havia um ou dois fatos interessantes que tínhamos escrito. Ela me mostrou. — Esse cara só foi secretário por onze dias — afirmou ela. — Talvez o papai seja assim.

— Talvez — disse a ela.

E então, nos degraus do Capitólio, havia um púlpito e muita gente em volta. Eu me sentei no sofá com as crianças. Estava procurando Madison, queria ver o que ela estava usando. E então ouvimos aplausos e eu vi os três, Jasper, Madison e Timothy, andando até o púlpito. Vi Carl atrás deles, oficial e sério. Madison estava com Timothy no colo, apoiando o menino no quadril. Ele usava uma jaquetinha esportiva com uma bandeira americana presa na lapela. Madison estava usando um vestido justo marrom, meio Jackie O. ou algo assim. Jasper, quem se importava?, vestia um terno cinza muito sem graça, mas estava bonito o suficiente. Eles eram uma família bonita, era inegável. Pareciam bem completos, compactos, muito perfeitos. Nós estávamos ali, eles estavam lá, e isso para mim fazia perfeito sentido.

Jasper começou a falar, e foi como quando ele rezou no jantar naquela noite, só banalidades, como se um programa de computador as tivesse escrito baseado em uma mescla de frases da Bíblia e da Constituição. Ele falou sobre responsabilidade e proteger o país e ainda assegurar seu crescimento e sua prosperidade. Falou sobre o próprio serviço militar, sobre o qual eu não sabia. Falou sobre diplomacia, mas eu não estava assistindo a nada daquilo. Estava olhando por cima do ombro dele, para Madison, que brilhava. Ela estava estonteante, a leveza de sua postura, o quanto ela estava relaxada agora que tinha o que queria. E descansando em seu ombro, lá estava Timothy, com uma cara estranha. Ele estava franzindo a testa, como se ouvisse um som que ninguém mais podia ouvir. E então, houve um barulho, como fogos de artifício explodindo, e alguém arfou. Por um segundo, pensei que alguém tinha levado um tiro.

Bessie e Roland se levantaram, focados na tela. E nós três vimos muito claramente. Estava bem ali.

Timothy estava pegando fogo.

Ele estava completamente em chamas, não crepitando e bruxuleando, não eram pequenas faíscas. Era fogo de verdade. Madison gritou, deixando-o cair no chão, fora do alcance das câmeras. O vestido dela estava soltando fumaça, só uns pequenos focos de fumaça saindo dela. Jasper parecia não entender o que estava acontecendo, continuou olhando para a frente, como se virar para trás fosse um grande sinal de fraqueza, como se alguém fosse dar conta daquilo. Mas agora Madison estava gritando e lá estava Carl, tirando o paletó, batendo com ele no chão, onde imagino que Timothy estivesse. E enfim, a câmera meio que se moveu, ajustada de modo que Jasper estivesse agora fora de quadro, ninguém estava nem aí para ele, e lá estava Timothy meio que agachado no chão, queimando de um jeito tão perfeito, brilhantemente pegando fogo. Ouvi um amontoado de vozes, mas, por cima de todo o barulho, havia a voz de Jasper, distorcida e irritada, gritando o nome de Madison sem parar.

— Puta merda — Bessie e Roland falaram ao mesmo tempo.

E depois, como mágica, Timothy não estava mais pegando fogo. Ele estava bem. Estava até sorrindo, sem um fio de cabelo sequer fora do lugar. Carl embrulhou-o na jaqueta e o pegou no colo, e alguns outros homens de terno e óculos escuros meio que bloquearam tudo de ser visto, e todos eles correram para uma fila de carros pretos idênticos. E os carros saíram. E foi isso. Eles cortaram de volta para o estúdio, onde um homem com terno de lã parecia ter comido veneno. Ele fez um chiado meio seco como se nós todos não tivéssemos acabado de ver uma criança pegando fogo, e disse:

— Um dia histórico em que o Senado confirma...

Eu olhei para as crianças quando senti a temperatura da sala mudar sutilmente. E eles estavam rígidos, olhando para a tela da

TV, seus olhos arregalados. E, mesmo com as roupas de Nomex, eu vi que eles estavam começando a queimar.

— Para fora! — gritei, porque sabia que aquela porra de exercício de respiração não funcionaria. Eu sabia o que estava por vir. Mas as crianças não se mexiam, e agora estavam mesmo soltando fumaça, e o ar cheirava a produtos químicos, denso e acre. — Bessie! — berrei. — Roland! Vamos, crianças. Vamos lá pra fora.

Comecei a empurrá-los, e eles finalmente pareceram sair do transe. Andaram comigo até a porta da frente e nós saímos, o tempo estava claro, tão perfeito. O sol estava alto no céu. Bessie e Roland caminharam até o gramado. E eles estavam rindo. Estavam rindo muito. E era difícil olhar para eles, eles estavam tão brilhantes, uma luz branca e ofuscante. E, então, pegaram fogo também, em chamas vivas amarelas e vermelhas. Eles ficaram lá parados, queimando. E eu estava feliz. Sabia que eles estavam bem. Sabia que eles não podiam se machucar. A grama ficou preta aos pés deles e o ar ao redor, cintilante. Era bonito. Eles eram bonitos.

Dentro da edícula, o telefone tocava e tocava e tocava sem parar, mas eu não me mexi. Olhei do outro lado do gramado, e Mary estava parada na varanda de trás, observando as crianças, completamente indiferente, como se estivesse observando pássaros comuns em um comedouro. Acenei para ela, que esperou um segundo antes de acenar de volta para mim.

As crianças corriam em círculos, as chamas deixando um rastro atrás delas e caindo no chão, onde a grama pegava fogo por um segundo antes de soltar fumaça. Eles queimavam e queimavam como se fossem eternos. Mas eu sabia que aquilo morreria, que arrefeceria, para dentro deles, onde quer que se escondesse. Sabia que, logo mais, eles voltariam a ser as crianças que eu conhecia tão bem, com seus corpos estranhos e suas manias. Eu não tentei pegá-los nem apagá-los. Deixei que queimassem. Sentei na varanda, um dia perfeito, e assisti a eles queimando. Porque eu sabia que quando acabasse, quando o fogo desaparecesse, eles voltariam direto para mim.

Onze

NÓS MAL DORMIMOS NAQUELA NOITE, DE TÃO ACELERADOS, não tinha nada que pudéssemos fazer. No minuto em que o sol nasceu, as crianças pularam da cama. Os lençóis estavam grudentos do gel, não dava para salvar, e os dois se revezaram no chuveiro para tirar o resto de gel do corpo. Eu não tentei impedir. Parecia inútil. Ou eles queimariam a casa inteira, ou não queimariam.

QUANDO FINALMENTE ATENDI O TELEFONE NO DIA ANTERIOR, Carl, que parecia estar sem fôlego, disse que eles estavam voltando de carro para Nashville. Explicou que Madison estava lidando com o gerenciamento de crise, que eu não podia falar com ninguém. Mandou que eu mantivesse as crianças dentro de casa e as cobrisse de gel.

— Mantenha-os a salvo, tá? — pediu ele, e antes que eu pudesse perguntar sobre Timothy, ele desligou.

Bessie e Roland queriam ver de novo, o tempo todo, Timothy pegando fogo, mas eu tirei a televisão da tomada, sabia que aquilo só pioraria as coisas, que a imagem já estava queimada dentro de nossas pálpebras. É claro, eu ficava pensando no que estava acontecendo fora da nossa casa, no que os jornais diriam, mas só afastei o pensamento da mente. Foquei naquelas duas crianças.

Depois que eles finalmente pararam de pegar fogo, nós havíamos tirado o Nomex arruinado e vestido um conjunto de roupas fresquinhas. Eu os tinha feito sentar no sofá, despejado um bocado de maçãs na mesinha de centro e ficáramos lendo histórias de Penny Nichols, minha voz zunindo e zunindo, avançando no mistério até o momento em que tudo é revelado. Era assim que sobreviveríamos, juntos, com palavras em páginas, o fim de uma história e um momento de silêncio antes de começar uma nova. E nós conseguimos. As crianças estavam felizes. Tinham adicionado mais uma ao seu grupo. Eles não queriam tocar fogo no mundo. Só queriam ser menos sozinhos nele.

PRECISOU DE ALGUM CONVENCIMENTO, MAS CONSEGUI QUE eles fizessem trinta minutos de ioga e, enquanto comiam cereal, corri até a mansão para pegar uma cópia do jornal. Eu não conseguia imaginar o ângulo, como a narrativa seria arranjada. Queria saber se Bessie e Roland seriam mencionados, para estar preparada. Bati na porta dos fundos até que Mary abriu para mim.

— Quer algo para comer? — perguntou ela, e eu meio que queria um sanduíche de bacon, mas ignorei o desejo e fui logo ao ponto.

— Eu queria uma cópia do jornal — pedi a ela. Ela ficou me olhando, sem piscar. Eu não tinha nem ideia se ela sabia do Timothy. Eu queria dizer algo, mas é uma coisa difícil de colocar em uma conversa educada.

— Entre — disse ela finalmente.

Todas as luzes da casa estavam apagadas, sem atividade.

— Meio assustador aqui — comentei.

— Todos estão de folga esta semana — explicou ela.

— Que bom, eu acho.

— Aqui está o jornal. — Ela me entregou uma cópia do *The Tennessean*. E lá estava a manchete: CONTRATEMPO COM FOGO ESTRAGA A CONFIRMAÇÃO DE ROBERTS.

— Que merda — exclamei, olhando para a foto de Jasper, a cara dele confusa e furiosa, sendo enfiado no carro, Madison bem atrás dele. Procurei Timothy e Carl, mas eles já deviam estar dentro do carro.

— Hummm — murmurou Mary, evasiva, quase entediada.

— Você viu na TV? — perguntei.

— Eu não vejo televisão — respondeu ela.

— Mas você nos viu ontem — falei. — No quintal. A Bessie e o Roland.

— Eu vi, sim — confirmou ela.

— Foi o que aconteceu com o Timothy — contei a ela.

— Imaginei — disse ela. Eu não sabia se era por causa da posição dela na casa, de serviçal, ou se seu comportamento natural simplesmente não lhe permitia demonstrações de emoção às pessoas que não mereciam.

Eu li o artigo, que repetia a declaração oficial de Jasper Roberts, que era a de que uma faísca tinha feito a camiseta de Timothy, que havia sido muito engomada antes da coletiva de imprensa, momentaneamente pegar fogo. O menino havia sido tratado para queimaduras leves, assim como Madison, e recebido alta do hospital no mesmo dia. E continuava, afirmando que Jasper retornaria ao Tennessee para que Timothy pudesse ser examinado pelo médico da família. E só. Folheei as seções, procurando por mais alguma informação, mas não havia mais nada. Tinha outro artigo sobre quais eram as implicações para a segurança nacional, como Jasper continuaria o trabalho do secretário anterior e desenvolveria esse trabalho. Eu não conseguia acreditar que algo tão estranho pudesse ser recebido com uma pré-disposição tão fácil de desacreditar o que tinha acontecido. Uma porra de camisa engomada? Sério?

Peguei o *The New York Times*, mas havia ainda menos sobre Timothy, nem uma foto da coletiva de imprensa, em vez disso, um retrato oficial de Jasper. Era tudo tão formal, tudo era política, governabilidade. Quem se importava um caralho com aquilo?

— Você sabia? — perguntei a Mary.

Ela assentiu.

— Quem contou? — eu quis saber.

— Eu vi — respondeu ela finalmente. — Nesta cozinha. Eu vi a menina pegar fogo.

— Quando eles ainda moravam aqui?

— Sim — confirmou ela. — Logo antes do senador Roberts mandar a sra. Jane e as crianças embora, quando eles brigavam o tempo todo. A menina, Bessie. Ela desceu e pediu uma coisa para comer. E então o senador Roberts entrou e disse que ela não podia comer nada até a hora do jantar. E ela gritou que estava com fome. O senador Roberts agarrou o braço dela e falou que era ele que ditava as regras, que ele decidia o que era melhor para todos daquela família. Ela simplesmente explodiu em chamas, e o senador saltou longe. Ele ficou olhando para ela. Os alarmes de fumaça começaram a disparar. Eu peguei um jarro d'água e derramei na menina. Ainda pegando fogo. Enchi e derramei de novo. Ainda pegando fogo. Peguei outra. E ela finalmente parou de queimar, nada de fogo. E ela parecia inteiramente bem, muito vermelha, mas não chorava. Então a sra. Jane gritou da sala sobre o alarme, e o senador disse que eu tinha queimado um sanduíche de queijo quente. Disso aí eu não gostei.

— Sim, que sacanagem — respondi.

— Ele levou a garota para cima. Quando ela desceu, vestindo outras roupas e com o cabelo ainda ensopado, não tinha nem sinal do senador Roberts, e ela disse que gostaria de um sanduíche de queijo quente. Então, eu fiz um pra ela. Fiz dois, acho. E foi isso. Não muito depois, eles foram embora.

— Jasper falou sobre o assunto? — perguntei.

Ela sacudiu a cabeça.

— Mas eu recebi um aumento generoso — afirmou ela. — Muito dinheiro.

— Essa família — falei, balançando a cabeça.

— Não é pior do que qualquer outra família — sugeriu Mary. E deu de ombros.

— Não — admiti —, talvez não.

— Você quer guardar o jornal? — perguntou ela. Eu lembrei que as crianças estavam na edícula, me esperando.

— Guarda pro Jasper — respondi. — Talvez ele queira colocar no álbum de recortes dele.

— O TIMOTHY VAI VIR MORAR COM A GENTE? – PERGUNTOU Roland.

Eu não tinha considerado aquilo completamente.

— Não sei — admiti —, talvez.

Que importância tinha? Outra criança na cama, outro par de pulmões respirando, segurando e soltando o ar. Fiquei me perguntando se Jasper tinha tido algum outro filho fora do casamento. Será que uma nota deveria ser enviada às mães dessas crianças? Um panfleto? A edícula se tornaria um lar para crianças geniosas que entravam em combustão espontânea.

Fiquei feliz em saber, depois que todos pareceram tão convencidos de que Jane era a responsável, que eram os genes fodidos do Jasper que tinham feito aquilo acontecer. Fez sentido para mim, essas famílias privilegiadas voltando-se para si, tornando-se incestuosas, como a velha realeza. Uma hora aconteceria. E era tudo culpa dele. E ainda me preocupava um pouco, se Jasper soubesse sem dúvida alguma que era ele quem fizera essas crianças de fogo, o que ele faria com elas. Quanto de si ele via nelas? Muito ou pouco parecia perigoso para mim.

Apenas esperamos eles chegarem em casa. Eu não tinha ideia de quanto tempo levava para vir de carro de Washington D.C. a Franklin, então, nós tentamos fazer as coisas normais do nosso dia, mas, não importava o que eu sugeria — cartões de matemática, máscaras de animais feitas com massinha de modelar —, eu pegava as crianças de repente olhando para o nada. A pele deles estava manchada, quente ao toque, mas o fogo nunca vinha para a superfície, como se eles o estivessem segurando para quando precisassem de verdade. Ou talvez eles tivessem queimado tudo no dia anterior. Eu devia estar fazendo anotações, uma pesquisa científica, usando óculos de proteção. Havia um monte de coisas que eu deveria estar fazendo, que eu poderia estar fazendo, mas nada fazia porra de sentido algum para mim. Eu só os alimentava, os fazia lavar as mãos, ouvia qualquer bobagem que eles quisessem me contar. Eu cuidava deles, sabe?

Estávamos lá fora na quadra de basquete quando o lusco-fusco começou, a luz vermelha e dourada e perfeita. Bessie estava tentando acertar cinco arremessos livres consecutivos e, quando conseguiu, ela fez o sexto, depois o sétimo. Ela tinha um bom arremesso, meio desajeitado, mas dava para trabalhar nele. Sempre que ia atrás da bola depois de errar, ela praticava driblar entre as pernas, dando umas passadas estranhas, deixando a cabeça erguida como um general supervisionando o campo de batalha. Com seu cabelo e sua carranca determinada, ela parecia uma punk no basquete do apocalipse. Roland estava do outro lado da quadra, fazendo lances livres astutos e acertando muitos deles, como Rick Barry, embora o garoto parecesse não estar planejando nem colocando qualquer esforço naquilo, o que, é claro, também me deixava feliz.

Eu os chamei para um jogo de arremessos, nós três nos alinhamos em uma fila única. Antes que tivessem tempo de pensar, Roland estava fora, Bessie já estava no terceiro arremesso e eu estava invicta. Eu sabia que crianças, assim como adultos, queriam ganhar em tudo o que faziam, mas eu achava que aquilo era uma boa lição educacional, mostrar a eles o quanto é difícil ser bom em algo, alegrar-se quando se consegue melhorar um pouco. As crianças não pareciam se importar, gostavam de me ver acertar os arremessos mais difíceis um atrás do outro sem esforço e acabar com elas.

— Falta quanto tempo até o fim do verão? — perguntou Bessie.

— Ainda tem um tempinho — disse a ela.

— O que você vai fazer quando acabar? — ela continuou.

— Eu não pensei nisso ainda — respondi, e era verdade que eu realmente não tinha pensado. — Eu não tive tempo para pensar nisso. Estive pensando em vocês.

— Pra onde você vai? — perguntou ela, seguindo o assunto. — Você vai ficar aqui?

— Não — admiti. — Provavelmente vou voltar para casa. — Pensei na minha mãe, naquele quarto no sótão, e quis chorar. Mas eu tinha dinheiro agora, embora não tivesse conferido a minha conta bancária desde que chegara. Eu poderia ter o meu próprio apartamento. Um lugar decente, alguma coisa com janelas, onde gente normal se reunisse.

— Você vai cuidar de outras crianças? — Roland quis saber.

— Provavelmente não — falei. — Eu provavelmente as odiaria depois de ter ficado com vocês. Elas seriam muito chatas.

— Elas seriam uma droga — sugeriu Bessie, me ajudando. Roland fez que sim em aprovação; como as outras crianças poderiam ser outra coisa além de uma droga?

— É — concordei. — Eu posso voltar para a faculdade. Isso seria uma coisa inteligente a se fazer. — Eu tinha quase um ano e meio de créditos da faculdade comunitária e da escola noturna, tudo meio que aos trancos e barrancos, de quando eu dizia a mim mesma que ia pôr minha vida em ordem e depois nunca durava o suficiente para me salvar. Rezei para que eles não me perguntassem no que eu me formaria, porque para mim era um enigma, todos os passos que eu teria que dar para oferecer uma resposta a eles.

— Talvez você conheça alguém — sugeriu Roland. — E se case. E tenha filhos.

— Duvido — disse a ele.

— Talvez — retrucou ele. — Nunca se sabe, certo?

— Acho que não — eu falei. Eu não queria esmagá-lo com a minha vida, o que eu ganharia com isso? Eu me virei, encarando a cesta oposta, e joguei a bola por cima da minha cabeça. Eu me lembrei daqueles jogos em que você ia com o fluxo, quando parecia que tudo o que você tinha que fazer era manter os pés firmes no chão e não errava nunca. Se você pensasse, se tentasse imaginar por que algo estava acontecendo, perdia e dava para sentir no lance seguinte. Já era. Então você baixava a cabeça, corria pela quadra, ficava na marcação do seu jogador e só esperava até que o fluxo voltasse para você. E você prometia a si mesma que não perderia de novo, que você se agarraria àquilo daquela vez.

OUVIMOS O CARRO CHEGAR NA ENTRADA E PARAMOS DE AR-remessar, ao observá-los estacionar na rotatória, bem na frente da casa. Bessie deixou a bola cair e os dois começaram a correr na direção do carro. Eu os chamei de volta, mas depois apenas comecei a correr atrás deles, imaginando o que estaríamos perseguindo, se não deveríamos estar correndo na direção oposta.

Eu vi Carl saltar do lado do motorista, todo desleixado, com a camisa para fora das calças, e ele deu a volta correndo até a outra porta. Naquela hora, eu tinha alcançado as crianças e nós apenas ficamos lá parados, observando tudo se desenrolar como se fosse na televisão, como se não fosse de verdade mesmo.

Madison saiu do carro meio abaixada, segurando Timothy, que estava enrolado em uma toalha azul-bebê. Ele estava dormindo, mas, assim que ela se afastou do carro, ele abriu os olhos e olhou para a mansão.

— Ei — falei, sem graça pra caralho. Madison olhou para mim, respirou fundo e depois fez que sim com a cabeça.

— Podemos dar oi? — perguntou Roland a Madison, que parecia muito cansada. Ela não disse que não, só ficou parada, e as crianças foram até ela.

— Ei, Timothy — chamou Roland.

Timothy pareceu olhar para eles por um momento, tentando entender.

— Olá — disse ele.

— Você foi incrível — Roland elogiou, mas Timothy só caiu de volta na Madison.

— Ele não lembra — falou Madison para mim. — Ao menos eu acho que não lembra.

Jasper saiu do carro e, vendo as crianças, falou, com uma irritação correndo na voz.

— Madison, vamos levá-lo para dentro. Por favor, podemos entrar?

Qual era o cumprimento formal para um secretário de Estado? Sr. Secretário? Aquilo parecia um cavalo que tinha terminado por último em um derby do Kentucky. Ele me olhou por um segundo, como se eu fosse a responsável por toda essa merda, e depois, uma vez que Madison entrou na casa, ele a seguiu.

Carl me pegou pela mão, apertando forte.

— Temos que conversar — afirmou ele.

— Nós vimos na TV — contei a ele. — Puta merda.

— Foi... inoportuno — admitiu ele.

— O que aconteceu? — perguntei. — Depois?

Ele olhou para as crianças. Eu disse para eles irem pedir alguma coisa de comer para Mary, e eles saíram correndo para dentro da casa antes que alguém pudesse impedi-los.

— Foi o caos. Ninguém entendeu nada do que aconteceu, ainda mais que o Timothy não se machucou. É claro, nós sabemos o que aconteceu, mas esse não é o primeiro instinto de um ser humano, presumir que uma criança entrou em combustão espontânea nas escadarias do Capitólio. Madison fez tudo. Ela se virou bem rápido, chamou a mídia toda, deu a eles as atualizações. Tipo dois segundos depois de tudo acontecer, ela tinha uma resposta pronta. Foi bem impressionante — explicou ele.

— Então, tipo, o Jasper vai renunciar? — perguntei.

— Você tá louca? — falou Carl. — Não tem qualquer chance de ele renunciar. Porque uma criança pegou fogo? De jeito nenhum. E por que eles retirariam o cargo? Acabaram de confirmá-lo. Eles pareceriam idiotas.

— Mas e se acontecer de novo? — perguntei. — Por que arriscar?

— É complicado — comentou Carl.

— Todos ficam dizendo isso — disse a ele. — Não parece tão complicado pra mim.

— Vamos entrar — ele me disse.

— O que está acontecendo? — eu quis saber.

— Lillian — ele começou. — Tenta pensar nisso racionalmente. Tenta considerar a situação.

— Eu quero falar com a Madison — pedi. Corri na frente dele para dentro da casa. Na cozinha, Bessie e Roland estavam sentados no balcão, enquanto Mary esquentava uns nuggets de frango. — Fiquem aqui — disse a eles. Voltei para a sala, onde pela primeira vez tinha tomado chá gelado com Madison. Jasper estava lá, andando ao redor da mesinha de centro, passando a mão pelos cabelos prateados.

— Cadê a Madison? — perguntei.

— Ela está colocando o Timothy na cama — respondeu ele. Carl entrou na sala e parou do meu lado.

— Lillian — Jasper continuou —, como você pode imaginar, foram dias estressantes. A audiência de confirmação por si só, meu Deus, mas agora... agora isso.

— É uma loucura — falei, mas Carl se inclinou para perto de mim, um sinal para eu ficar quieta. Calei a boca.

— Eu quero agradecer pelos seus serviços — afirmou ele.

— Você nos ajudou imensamente, e estamos muito gratos por isso. Eu sei que você fez tudo o que estava ao seu alcance para garantir que Roland e Bessie fossem cuidados.

— Tudo bem — respondi. Agradecer pelos *meus serviços* parecia estranho, mas senti que fosse algo que políticos diziam em referência a uma série de coisas estranhas que as pessoas faziam por eles.

— Receio que as circunstâncias tenham mudado, que nós talvez tenhamos sido um pouco inocentes de pensar que poderíamos fazer isso sozinhos, que você, sem qualquer treinamento, pudesse lidar com isso.

Olhei para Carl.

— O que está acontecendo? — perguntei.

Jasper continuou falando.

— Não precisamos mais dos seus serviços. Nós encontramos outras acomodações para os gêmeos.

— Colégio interno? Eu sei disso. Você acha que é uma boa ideia mandá-los embora? Para a Europa?

Jasper pareceu confuso e olhou para Carl, que então falou:

— Na verdade, eles ficarão no Tennessee. Há uma escola alternativa, um tipo de rancho, onde profissionais treinados trabalham com crianças problemáticas. Fica nas Smoky Mountains. É muito privativo. Muito discreto.

— Quando você decidiu isso? — perguntei.

— Carl encontrou esse lugar faz algum tempo — respondeu Jasper —, mas eu fui teimoso demais para ouvir.

— Você fez isso? — perguntei a Carl, que ficou vermelho.

— Bem no início dos procedimentos — explicou ele —, minha tarefa era encontrar quantas opções fossem possíveis para o cuidado e o tratamento das crianças.

— Crianças problemáticas? — repeti, e só de ouvir fiquei irritada.

— Você não acha que Bessie e Roland sejam problemáticos? — questionou Jasper, pasmo. — Essa instituição vai trabalhar com eles física e psicologicamente.

— Que bobagem — exclamei. — O que é esse lugar? Você disse "escola" e depois você disse "rancho" e depois "instituição".

— Tem múltiplos propósitos — Carl completou. — É meio que um centro de reabilitação.

— Chamam de academia — Jasper acrescentou.

— Cala a porra da boca, Jasper — retruquei. — Carl, você sabe que isso é uma bobagem. Vocês vão esconder essas crianças e se esquecer delas.

— Não temos muitas opções, Lillian — confessou Carl.

— Eu sou secretário de Estado agora — afirmou Jasper, subindo o tom de voz. — Você não pode nem imaginar os sacrifícios que eu tive que fazer. Minhas responsabilidades...

— Honestamente, eu podia dar na sua cara agora mesmo, Jasper — falei.

— Lillian — disse Carl. — Eu também não gosto disso tanto quanto...

— Então não faz essa porra, seu imbecil. Seu idiota de merda — eu falei. — Isso é muito injusto. E o Timothy? Como vocês vão cuidar dele? Por que o Roland e a Bessie é que serão punidos?

Carl olhou para Jasper, que estava sacudindo a cabeça. Depois, ele disse:

— Pelos próximos seis meses, o Timothy vai ficar internado em uma instituição, para ser observado.

— Você é a pessoa mais estranha que eu já conheci, Jasper — disse a ele.

— Não há nada de sinistro nisso — retrucou ele. — Você pensa o pior de nós. É como a clínica Mayo, medicina de ponta. Só que... particular.

— Parece sinistro pra caralho. Parece... — Eu procurava com muita dificuldade as palavras certas, mas não conseguia pensar direito. — Nada bom — finalmente completei.

— Parece mesmo sinistro pra caralho — disse Madison, agora parada no pé da escadaria.

— Nós conversamos sobre isso — falou Jasper.

— Não pro Timothy — retrucou Madison. — Não foi o que você disse.

— É temporário — Jasper completou.

— Seis meses — afirmou Madison —, nem fodendo, Jasper. — Ela se virou para Carl. — Onde é esse lugar?

Carl engoliu em seco de verdade, não estava preparado para aquilo.

— M-Montana.

— Nem fodendo — repetiu Madison, e estava fabulosa. Ela brilhava com um tipo de ferocidade que não dá para ensinar a alguém, com a qual a pessoa tem que ter nascido. — Vou pegar o Timothy agora mesmo. — Ela se virou para subir as escadas. — Vamos ficar na casa dos meus pais. Está me ouvindo? Eu vou viver com os meus pais horríveis. Meus irmãos vão vir aqui pra te dar um pau.

— O que mais podemos fazer? — indagou Jasper, quase chorando.

— Por que vocês estão gritando? — Roland quis saber, entrando na sala. Bessie estava ao lado dele, olhando feio para Jasper.

— Carl? — chamou Jasper, fazendo um gesto para as crianças, como se Carl fosse dar uma paulada na cabeça deles e colocá-los num saco. — Carl?

Carl hesitou, encarando as crianças.

— Talvez precisemos repensar nosso plano de ação, senhor — sugeriu ele finalmente.

— Vocês arruinaram a minha vida! — gritou Jasper, o cabelo caindo mole no rosto, agora vermelho. Não estava muito claro com quem em específico ele estava falando. Todos nós, provavelmente.

— Você que arruinou a nossa vida — berrou Bessie, e eu corri para ela e me ajoelhei ao seu lado.

— A mãe de vocês arruinou a vida de vocês — retrucou Jasper, baixinho, como se estivesse apelando.

— Seu idiota do caral... — comecei a falar, pulei e agarrei a camisa dele, tentando arranhar os olhos dele, mas Bessie já estava pegando fogo antes que eu pudesse fazer qualquer estrago. Depois, Roland pegou fogo. Eu gritei para Madison pegar o Timothy, e ela subiu correndo.

Quando eu me virei, Jasper me empurrou tão forte que atravessei a mesa de centro, espatifando o vidro. Carl foi imobilizar Jasper, agarrando-o por baixo da axila e pelo pescoço, obrigando-o a sair pela porta da frente.

Madison veio correndo pela escada, segurando Timothy, e olhou para mim por um segundo antes de finalmente sair da casa. Timothy olhou para o fogo através de pálpebras pesadas, como se não pudesse se dar ao trabalho.

Bessie e Roland estavam simplesmente tocando objetos, as almofadas do sofá, uma pintura na parede, botando fogo em tudo, calmamente se movendo pela casa.

Ainda lá deitada, eu me virei e vi Mary, segurando umas panelas caras, sair pela porta da frente sem olhar para trás. Desejei a ela tudo de melhor no mundo, todas as coisas boas.

Levantei-me da mesa. Eu estava bem arranhada, mas sem cortes fundos, nada sério. Corri para as crianças, que agora estavam no corredor.

— Vamos — falei —, nós temos que ir.

Eles olharam para mim, confusos.

— Vocês e eu — falci —, vamos. Vamos embora.

— Só nós três? — perguntou Bessie, e eu fiz que sim.

Eles fecharam os olhos e fizeram respirações profundas. Eu queria abraçá-los, pegá-los no colo, mas fiquei parada o mais perto que pude do calor e observei enquanto eles lentamente puxavam o fogo de volta para dentro de si. Havia muitos pequenos focos queimando na mansão e nós os encaramos, pasmos com a bagunça que tínhamos feito. Não era nada bonito, mas era difícil não olhar.

Bem nessa hora, Carl correu de volta para a mansão.

— Deem o fora daqui — gritou ele. Peguei as crianças e fomos até a porta, mas ele nos parou. — A porta dos fundos.

Vão pegar umas roupas, façam as malas. O mais rápido que puderem. — Ele me deu um molho de chaves e indicou uma delas. — O Civic está na garagem, pode pegar. Não me diz pra onde vocês vão. Só vai.

— Obrigada — falei, pegando as chaves.

— Desculpa — disse ele.

— Tudo bem — respondi. Ele correu até a cozinha para pegar um extintor de incêndio, e nós saímos pela porta dos fundos.

— Peguem umas roupas — instruí às crianças no instante em que entramos na edícula. — Qualquer coisa, não importa.

Levamos cinco minutos, talvez menos, as crianças sacudindo suas roupas queimadas e colocando as de Nomex. Peguei minha carteira, uma barra de chocolate, tentando me concentrar, mas não conseguindo. Quando saímos da edícula, vimos o interior da mansão se acender, tremeluzindo por causa das chamas. Fomos pé ante pé até a garagem e entramos no Honda. Eu dei a partida, disse às crianças para colocarem os cintos de segurança. Olhei para Madison, que ainda estava segurando Timothy. Enquanto eu dirigia, ela se virou para olhar para mim. Acenei para ela. Ela sorriu. Acenou de volta. E então se virou para a casa, assistindo.

Mais longe no caminho da entrada, vi Mary e diminuí a velocidade para oferecer uma carona. Ela disse que o namorado estava vindo pegá-la e acenou para eu seguir. As crianças deram adeus e depois eu acelerei, observando a mansão pelo retrovisor o tempo todo; as crianças se viraram para olhar também. Uns minutos depois, dois caminhões de bombeiros, com as sirenes tocando, passaram correndo na direção oposta do nosso carro, para a propriedade.

Naquele momento, ainda quase hiperventilando, eu não conseguia entender o quanto as coisas estavam ruins. O quão ilegal era o que eu tinha feito? Sequestro? Incêndio criminoso? Agressão física ao secretário de Estado? Aposto que havia outras tantas incriminações que eu não estava nem considerando, que eu só saberia quando o juiz lesse todas para mim no tribunal, enquanto eu ficava acenando para as crianças, dizendo que tudo estava superbem, tudo numa boa.

Eu honestamente só saí dirigindo por um tempo, sem considerar de fato onde estava ou para onde estava indo. Parte do problema era que eu não sabia de verdade aonde ir. Pensei que deveria conseguir um quarto de hotel, mas ia parecer suspeito. Eu estava toda arranhada da mesinha de centro.

Finalmente encontrei a interestadual e entrei nela, acelerando para me juntar ao tráfego. As crianças estavam quietas, provavelmente traumatizadas, mas não havia nada que eu pudesse fazer sobre aquilo agora. Botar fogo na casa da sua infância, aquilo parecia muito carregado de símbolos. Olhei no espelho retrovisor e vi que os dois estavam bem acordados, me encarando.

— Ei, crianças — chamei, sorrindo.

— Estamos encrencados? — perguntou Bessie.

— Um pouco — admiti.

— O que vamos fazer? — indagou Roland.

— Ainda não sei — falei.

— Bom, para onde vamos? — Bessie quis saber.

E eu soube, pelo jeito como tudo se encaixou, a única opção que eu tinha. O carro já estava indo para lá. Era inevitável.

— Vamos para casa — respondi para eles.

— Casa de quem? — questionaram eles. Eles tinham passado por coisas demais nos últimos meses.

— A minha casa — falei, quase chorando, irada comigo mesma.

— Tá bom — disseram as crianças.

Doze

MINHA MÃE ABRIU A PORTA, VIU BESSIE E ROLAND UM DE cada lado meu, e só fez que sim com a cabeça, sem dizer uma palavra. Era completamente possível que ela tivesse ignorado detalhes pertinentes da minha vida por tanto tempo que aceitava a ideia de que eu fosse mãe de um casal de gêmeos de dez anos de idade.

— Oi — falou Roland.

— Aham — murmurou minha mãe. Apesar de ela ter parado de fumar havia dez anos, sempre parecia que estava prestes a dar uma longa tragada em um cigarro e soprar a fumaça bem na sua cara.

— Ei, mãe.

— Você está sangrando — disse ela, fazendo um gesto para o sangue na manga da minha camisa, dos cortes de quando eu caíra no vidro da mesa.

— Eu sei — falei. — Podemos entrar?

— É sua casa também — disse ela, o que me fez querer chorar, mas eu não tinha clareza do porquê.

— Esta é a Bessie e este é o Roland — apresentei, colocando uma mão na cabeça de cada criança.

— Você é a governanta deles, certo?

— Eu não sei o que eu sou para eles, mãe — respondi —, está meio embolado no momento. Estou cuidando deles. Precisamos de um lugar para ficar, para mantê-los a salvo.

— Você está encrencada? — perguntou ela, ainda olhando para as crianças.

— Tipo isso — falei. — Meio que sim e meio que não.

— Bem, o seu quarto ainda está aí — afirmou ela. — Não fui lá desde que você foi embora.

— Obrigada, mãe — falei, mas ela fez um gesto com a mão, me enxotando.

Eu apressei as crianças para cima, no sótão, que estava sufocante porque nenhum dos ventiladores estava ligado. Coloquei as crianças na frente de dois dos grandes e botei no máximo, o que fez com que um monte de poeira voasse pelo quarto, pequenas partículas pairando no ar. Tinha um pedaço de pizza velha numa caixa, petrificado. Era vergonhoso mostrar para essas crianças como tinha sido a minha vida antes deles. Eu devo ter feito evaporar qualquer confiança que eles tinham de que eu pudesse saber o que estava fazendo. Eu meio que chutei a caixa de pizza para baixo da cama, mas os dois viram.

— Estamos com fome — disse Bessie. Eu me dei conta de que, durante aquele verão, eles tinham se acostumado a um estilo de vida no qual simplesmente alguém abria a geladeira ou o armário e a comida imediatamente aparecia. A pizzaria fazia entregas, mas eu estava paranoica com a polícia.

— Minha barriga — falou Roland. — Ouve ela roncar.

— Tá bom, tá bom. Eu entendi. Fiquem aí que eu vou trazer algo.

— Não podemos descer? — perguntaram eles. — Está calor demais aqui.

— Precisamos dar um espaço para a minha mãe — contei a eles. — Ela não é boa com crianças.

Corri escada abaixo, arfando. Coloquei a mão nas costas, toquei em um ponto bem acima da cintura do meu jeans e senti um caquinho de vidro enfiado. Tentei puxar, mas estava bem fundo. Não doía, mas agora eu sabia que ele estava lá e só conseguia pensar nisso. Não podia ser uma coisa boa ter feridas abertas e ficar naquele sótão bolorento. Eu estava perdendo o foco. Fui até a cozinha, e a minha mãe estava lá, lendo uma revista e ouvindo soft rock no rádio.

— Humm — falei, envergonhada. Eu odiava precisar de coisas, e odiava ainda mais quando eu precisava de coisas da minha mãe. — As crianças estão com fome.

— Somos três — comentou ela, ainda olhando para a revista, que era sobre casas na praia ou alguma bobagem parecida.

— Eu tenho dinheiro — falei. — Pode pedir pizza para todos nós?

Ela olhou para o teto, pensando.

— Não estou muito a fim de pizza — respondeu ela.

— Qualquer coisa — respondi. — McDonald's? Subway?

Ela suspirou, se levantou da mesa e começou a olhar nos armários, abrindo as portas e depois batendo para fechar.

— Eu tenho macarrão com queijo — afirmou ela. Depois olhou na geladeira: — E salsicha.

— Está ótimo. — Peguei uma panela e enchi de água. Ela jogou as salsichas no balcão ao lado do fogão e voltou para a mesa. Enquanto eu esperava a água ferver, fiquei olhando para ela. Quando eu era criança, houve tantas noites como aquela, geralmente a minha mãe e um dos namorados dela assistindo à televisão, desses modelos pequenos que ficam na cozinha, enquanto eu fazia macarrão com manteiga ou uma salada murcha e empapada de molho pronto Thousand Island, cortando pepinos e pimentões verdes como se fôssemos as pessoas mais saudáveis do mundo por minha causa.

Eu fui até as escadas, chamei para ver se as crianças estavam bem e elas gritaram que sim. Quando entrei de volta na cozinha, minha mãe disse:

— Eu sabia que você estava vindo.

— É mesmo? — perguntei, sentindo minha pele coçar e meu coração bater mais forte.

— Um homem ligou faz pouco tempo. Cal, ou Carl, ou... algo assim. Perguntou se eu tinha notícias suas.

— O que você disse a ele? — questionei.

— Eu disse que não tinha visto você durante o verão todinho, que eu não tinha nem falado com você — respondeu ela.

— Ok — eu falei, porque sabia que vinha mais.

— Ele disse que era para eu ligar para ele se você aparecesse com duas crianças — ela continuou, agora finalmente olhando para mim. — Disse que me pagaria pelo incômodo.

— E você ligou pra ele?

Ela sacudiu a cabeça em negação.

— Ele era tão travado, tão formal. Eu não gostei do tom dele. Então, não, eu não liguei de volta pra ele.

A água estava finalmente fervendo e eu joguei o macarrão.

— De nada — disse ela.

— O marido da Madison — falei —, ele é...

— Eu não quero saber — ela me interrompeu.

— Bem, as crianças, Bessie e Roland. Tem uma coisa que você precisa saber...

— Não, eu não preciso saber — ela me cortou. — Eu não vou impedir você de fazer o que quer...

Eu bufei, minha vez de interromper.

— Faça o que quiser, mas só me deixe ficar em paz — pediu ela depois de alguns segundos.

Quando eu olhei para ela, ela me pareceu muito velha, mesmo que tivesse só quarenta e sete anos, e eu sabia que às vezes ela adotava os maneirismos e posturas de alguém muito mais velho para evitar ter que fazer coisas que não queria fazer. Se eu fosse um homem, se eu fosse bonito, ela não estaria lendo uma revista sobre morar no litoral e bocejando. Acho que, talvez, se eu fosse outra pessoa que não a filha dela, ela agiria de outro modo, mas eu a fazia se sentir velha, porque eu era dela.

Mexi a massa, comecei a pôr as salsichas na panela.

— Eu nunca imaginei você com filhos — comentou ela —, você não parecia o tipo.

— Somos duas, então — respondi.

— Estamos com muita fome! — gritou Roland do sótão.

— Deixa eles descerem — sugeriu minha mãe, indicando a mesa. Ela ficou em pé e encheu quatro copos plásticos com água.

— Podem descer! — gritei para eles, e a casa bamba fez o som viajar pelas paredes e pelo chão, e então eles galoparam escada abaixo.

— Oi! — disse Roland de novo, acenando para minha mãe, que pegou sua revista e puxou a cadeira para perto da janela.

Eu esquentei as salsichas, quase as queimei porque estava também tirando a água do macarrão, e depois misturei tudo junto na panela. Peguei uns pratos e os servi.

— Não quer um pouco? — perguntou Roland à minha mãe.

— Acho que sim — respondeu ela, e puxou a cadeira para a mesa. Ela deu uma garfada e fez que sim com a cabeça. — Está bom. — Ela sempre gostava quando eu cozinhava para ela, não importava o quê. — Você é quieta — comentou minha mãe, apontando a colher para Bessie.

— Estou um pouco cansada — respondeu Bessie.

— Ela é uma graça — afirmou minha mãe para mim, com a colher ainda na direção da Bessie, que ficou toda animada.

— Estamos em viagem — anunciou Roland, querendo a atenção da minha mãe.

— Por quanto tempo? — indagou ela. Fiquei pensando em quanto tempo fazia que ela não falava com uma criança. Com qualquer um.

— Não sabemos — respondeu Roland. — É difícil saber.

— Por um tempinho — eu contei a todos, sem fome, mexendo na comida do meu prato.

— Não ficamos nos lugares por muito tempo — admitiu Bessie.

— Bem — afirmou minha mãe —, é melhor do que ficar em um lugar só a vida toda.

— Eu não acho — respondeu Bessie, olhando para mim, como se quisesse que eu falasse algo, mas minha cabeça estava em outro lugar, não naquela casa. Acontecia muito, do meu corpo estar bem ali, na casa onde eu cresci, mas minha cabeça pairar lá fora, tentando descobrir o que eu ia fazer.

DEPOIS QUE AS CRIANÇAS FORAM DORMIR, EU AINDA ESTAVA muito ligada para fazer qualquer coisa. Estar de volta naquela casa, no sótão, era como escorregar no maior tobogã do mundo, uma baita piada cósmica. Eu tentei imaginar a minha vida antes do verão, todas as vezes que eu me mudei e depois voltei para aquele lugar. Eu era muito esperta e depois, quando as coisas não saíam exatamente como eu esperava, eu empurrava a curiosidade para dentro de mim. Desperdicei tanto tempo.

Eu pegava emprestados livros de Ursula Le Guin, Grace Paley e Carson MacCullers. E depois os escondia da vista de todos que passavam, porque eu tinha medo de que me perguntassem sobre eles, como se pudessem pensar que eu estava me exibindo ou tentando ser alguém que eu não era. Tinha vezes que eu me sentia feroz, como se não tivesse tido uma educação apropriada quando precisava ter, e agora eu estivesse perdida.

 E ali estava eu, e naquele momento tinha duas crianças, com os braços agarrados em mim, tão apertado que eu mal podia respirar. E de repente, agora que eles eram completamente meus, agora que nós não tínhamos a segurança daquela casa naquela propriedade, eu me preocupava que aquelas crianças tivessem perdido aquela oportunidade também, que elas estivessem perdidas. E fiquei pensando se eu era cruel por fingir que havia qualquer coisa que eu pudesse fazer por eles. Eu sabia que chegaria um momento em que eu teria que devolvê-los. E, céus, eles me odiariam. Por toda vida. Mais do que odiavam a mãe deles. Mais do que odiavam o Jasper, até. Eles me odiariam porque eu lhes tinha feito pensar que eu poderia resolver as coisas.

 Tirei os braços deles de mim, e eles resmungaram, o corpo muito suado naquele sótão úmido. Rearrumei os ventiladores para que eles ficassem mais perto das crianças e depois desci, as escadas estalaram e gemeram alto, até que vi minha mãe no sofá da sala. Ela não estava vendo TV, nem lendo, nem fazendo nada. Ela nem tinha uma bebida. Só estava olhando para o nada.

 Não muito tempo depois que eu tinha voltado para casa, depois de ser expulsa da Iron Mountain, nós estávamos na entrada da garagem, minha mãe estava prestes a me levar para a escola. E quando ela deu a partida no carro, uma fumaça começou a sair do capô, com um estrondo horrível. Mais fumaça. Eu corri para dentro da casa para pegar água, e minha mãe usou uns trapos para proteger as mãos enquanto abria o capô. Voltei correndo com uma jarra de água, derramando por tudo e, naquela hora, o motor estava pegando fogo, as chamas estavam bem altas. E eu parei a alguns metros da minha mãe, que estava só observando o fogo, com o mesmo olhar que ela tinha agora. Era como se ela pudesse ver algo dentro da chama, alguma profecia. Ou talvez ela pudesse ver toda a sua vida até aquele ponto, como ela chegara naquele momento, parada sobre seu carro arruinado.

Eu fui até ela e levei a jarra, mas ela só balançou a cabeça.

— Olha — disse ela, fazendo um gesto na direção do motor —, só fica olhando. — Eu não sabia o que ela queria que eu visse, se nós podíamos mesmo ver a mesma coisa. — É até meio bonito — falou ela finalmente. E ficamos lá paradas, olhando o fogo, até ela finalmente pegar a água e jogar por cima do motor, o que não adiantou muito. — Você não precisa ir para a escola hoje — ela continuou, suspirando profundamente. — Eu não vou trabalhar. — Eu fiz que sim e sorri um pouco, porque pensei que talvez passássemos o dia juntas, vendo um filme, mas, quando voltamos para dentro de casa, ela acendeu um cigarro e fechou a porta do quarto dela, me trancando para fora, e não a vi até a manhã seguinte. E foi ali que percebi que, mesmo enquanto afundávamos cada vez mais em nossa vida, estávamos sempre separadas. E fiquei pensando em como seria cair, mas ficar se segurando em alguém só para não estar sozinha.

E então, ali estávamos, de volta àquela casa. O que eu queria fazer, se aquilo fosse um sonho, era andar até aquele cômodo. Eu queria me sentar ao lado da minha mãe. E eu queria perguntar: "Por que você me odiava?". E queria que ela dissesse: "Você está olhando do ângulo errado. Eu não odiava você. Eu te amava muito. Eu protegi você. Protegi dos perigos". E eu diria: "Ah, é?". Ela faria que sim com a cabeça. Eu perguntaria a ela quem era o meu pai e ela contaria que ele era o pior homem que já tinha nascido. Ela diria que desistiu de tudo na vida para escapar dele. E ela tinha me criado sozinha, do melhor jeito que pôde. E eu diria: "Obrigada". E ela me abraçaria e não seria esquisito. Seria como é quando alguém abraça outra pessoa. E a minha vida inteira, tudo que tinha vindo antes, desapareceria. E as coisas seriam muito melhores.

Fiquei olhando para ela por alguns segundos e não conseguia imaginar o que se passava na cabeça dela. Eu não a odiava. Mas não havia como eu me sentar no sofá. Não havia como dizer qualquer coisa para ela. Eu dei meia-volta, os degraus estalando tão alto que ela deve ter me ouvido; como ela não teria me ouvido? E ali estavam as crianças, ainda enroladas no formato do sono, seus corpos rígidos e soltos ao mesmo tempo. Eu voltei para a cama. E Bessie abriu os olhos.

— O que vai acontecer? — perguntou.

— Não sei — disse a ela. Porque eu não tinha a menor ideia, mal tinha conseguido chegar até ali.

— A gente vai ter que voltar? — ela me perguntou.

— Um dia — admiti. — Sim, vai.

Ela pensou sobre aquilo. Estava tão escuro no sótão. Eu não conseguia vê-la bem e não tinha certeza de que queria.

— Tá bom — ela aceitou.

— Tudo bem — falei. — De verdade.

Ela me deu um beijo, era a primeira vez que uma das crianças tinha me beijado. Eu fiz carinho no cabelo dela, no cabelo esquisito dela, naquela menina esquisita.

— Quanto ainda falta para acabar o verão? — perguntou ela.

— Um tempão — respondi. — Nós ainda temos um tempão.

— E aquilo foi suficiente. Ela caiu no sono de novo. E, então, logo depois, eu também caí.

QUANDO ACORDEI, CARL ESTAVA PARADO ME OLHANDO DE cima, a mão levemente apoiada na bochecha, como se eu fosse arte abstrata, como se ele estivesse vendo algo que o interessava, mas ele não soubesse muito bem o que significava, como se pensasse que eu era algo que uma criança poderia ter desenhado. E, honestamente, eu não fiquei tão chocada. Ele nos deixara ir, mas eu sempre soube que, em algum momento, seria ele a nos levar de volta.

— Olá, Carl — falei, e ele sacudiu a cabeça, observando as circunstâncias.

— Não tinha outro lugar aonde você pudesse ir? — perguntou ele.

— Eu... eu não tenho muitos amigos — contei a ele. — Quando ela ligou pra você?

— Tarde, na noite passada — respondeu ele. Eu nem fiquei brava com ela. Não sei o que pensei que poderia acontecer. Talvez eu quisesse que aquilo tudo acabasse, tinha chegado no limite do que poderia dar conta. Mal tinha passado um dia, o que parecia patético.

— Então foi aqui que você cresceu? — questionou ele, olhando ao redor do sótão.

— Não, Carl. Eu cresci num quarto normal. Lá embaixo. Este quarto é onde eu acabei vindo parar.

— Entendo.

As crianças nos ouviram conversando e abriram os olhos. Quando viram que era o Carl, simplesmente grunhiram, se viraram de lado e puxaram as cobertas por cima da cabeça.

Eu deveria ter tido mais medo, depois de tudo o que aconteceu, mas Carl, mesmo que me irritasse tanto, não me dava medo. Se fosse a polícia, aí, sim, eu teria medo. Eu me dei conta de que Madison e Jasper não tinham contado a ninguém sobre mim nem sobre as crianças.

— Por favor, me diga que a mansão não queimou todinha? — pedi.

— Está tudo bem — afirmou ele. — Alguns danos por causa da fumaça, um mês de reformas. Tudo bem. Podia ter sido bem pior.

— Como você explicou para os bombeiros? — perguntei, genuinamente curiosa. Meu chute, se eu tivesse apenas uma chance, era de que houvera dinheiro envolvido.

— O chefe dos bombeiros é um amigo próximo do secretário Roberts — explicou Carl. Bem, ok, eu entendi, favores. Favores de pessoas ricas eram melhores do que dinheiro. E depois notei o título que o Carl tinha usado, secretário.

— Ele não vai renunciar? — questionei.

— Não estou aqui para falar disso — respondeu Carl. Ele segurava um telefone celular.

— Com quem você quer que eu fale? — perguntei a ele.

— Com a sra. Roberts — disse ele. — Foi ela quem armou tudo isso. Ela quer conversar com você.

— Carl, eu não sei se eu posso falar com ela. Legalmente, não tenho certeza de que...

— Só fala com ela, tá? — sugeriu ele. Ele pôs o telefone na minha mão — Só aperta o botão verde. — Ele sacudiu a cama, puxando as cobertas das crianças. — Vocês querem tomar sorvete?

— Acho que não — respondeu Bessie.

— Bem, vocês querem sair deste sótão horrível e pegar um ar fresco? — ele tentou.

— Com você? — questionou Roland, desdenhando.

— Está tudo bem — disse a eles. — Carl tem sido legal com a gente. Eu só preciso conversar com a Madison rapidinho.

— Você não vai abandonar a gente? — perguntou Bessie, cautelosa.

— O Carl só vai levar vocês lá embaixo e vocês ficam com a minha mãe — disse a ela. — Está tudo bem.

OLHEI PARA O TELEFONE. SE EU O JOGASSE NO LIXO, SE EU conseguisse fugir para o andar de baixo e sair de fininho pela janela, poderia voltar para a estrada sozinha. Eu resisti àquela vontade, que era bem comum para mim, a mínima fricção me fazia sair fora de qualquer coisa que estivesse em movimento. Eu ficava um pouco machucada, arruinava minha reputação, mas a fuga sempre parecia valer a pena. E então imaginei aquelas crianças sentadas com Carl e minha mãe, um destino tão triste. Coloquei o telefone no ouvido e esperei para ouvir aquela voz, que eu ficara repetindo na minha mente por tantos anos.

— Lillian? — chamou Madison.

— Sou eu — respondi.

— Está bem — disse ela. — Graças a Deus. Só me fala logo, você fez alguma coisa idiota?

— Não — respondi, um pouco magoada. — Bem, quer dizer, eu voltei para a casa da minha mãe.

— Bem, sim, isso é idiota, mas não é disso que estou falando. Não falou com nenhum repórter? Não chamou atenção para as crianças?

— Não. Nós viemos para a minha mãe. Comemos macarrão com queijo. Dormimos no colchão mais desconfortável do mundo. Está tudo certo.

— Bem... que bom — concluiu ela.

— Quanto você pagou à minha mãe pra ela contar onde eu estava? — perguntei.

— Mil dólares — revelou ela. Eu não disse nada. — Por quê? Isso é mais ou é menos do que você esperava?

— Eu honestamente não tenho ideia — falei. Eu realmente não sabia mais como o dinheiro funcionava.

— Nós nunca tivemos a chance de conversar de verdade, Lil. Tem sido uma loucura. Tem sido insano. Quer dizer, a confirmação, tudo aquilo. Mas, você sabe, o Timothy... pegando fogo... sendo uma criança de fogo. Tudo aquilo.

— Você o protegeu — disse a ela.

— Bem, eu deixei ele cair — afirmou ela. — Meu Deus, ele me queimou pra caralho.

— Mas você o protegeu quando precisou — insisti.

— Quando o Jasper ameaçou levá-lo para algum lugar esquisito de testes? Sim, aquilo nunca ia acontecer. Eu o teria destruído. Foi um sinal de fraqueza ele chegar a considerar.

— Mas vocês iam mandar as crianças para o rancho, seja lá que porra for aquele lugar — disse a ela.

— Estava aberto a discussões, Lil. Só isso. Eu sei que você não acredita, mas eu tenho consciência. Eu me sinto mal com algumas coisas. Pode demorar mais tempo do que para uma pessoa normal, mas eu me sinto mal de verdade.

— Mas agora você tem a sua própria criança de fogo — falei.

— Exatamente — concordou ela. — Exatamente. Aconteceu e foi horrível, mas depois o Timothy ainda era o Timothy. Ele é um doce. É meu. E me senti, tipo, tá, eu dou conta. Quantas vezes acontecer, eu dou conta.

— Foi bem impressionante como você deu um jeito em tudo.

— Sinceramente, não foi tão difícil — admitiu ela. — Tudo se resolveu antes mesmo de entrarmos no carro. Tem muitas coisas boas em ser rico, mas uma das melhores é que você pode falar qualquer coisa e, se falar com confiança, sem piscar, as pessoas fazem muito esforço para acreditar em você.

— Então o Timothy está com você? — perguntei.

— Ah, sim — ela confirmou —, eu fiz o Jasper entender aquilo, e ele aceitou. Conversamos bastante ontem à noite, e tivemos que ficar na edícula que, aliás, é muito boa, mesmo que o Jasper não tenha conseguido parar de chorar por causa da casa da família dele, e eu precisei fazê-lo entender um monte de coisas. Eu tinha que fazer com que ele entendesse o quanto eu poderia arruiná-lo. O quanto todos nós poderíamos acabar com ele. Então ele pode ser secretário de Estado. Deixa ele ficar com isso. É o mais perto que ele vai chegar da presidência.

— Então, você vai ficar com ele? — perguntei, meio que já sabendo a resposta.

— Sim — respondeu ela. — Tudo bem. Eu vou ter o que quero. Neste ponto, Jasper me dá acesso às coisas que importam para mim e eu não quero dizer apenas dinheiro. Eu quero dizer liberdade para ter minhas próprias ideias e minha própria vida. Além disso, honestamente, eu ainda meio que gosto dele. Ele é idiota, mas eu gosto bastante dele. E, ei, adivinha? Alguém conversou comigo sobre concorrer à cadeira do Jasper no Senado. Quer dizer, não seria doido?

— E se o Timothy pegar fogo de novo? — perguntei.

— Não sei se isso importa, sinceramente — disse ela. — Eu vou inventar alguma coisa. Talvez até contar a verdade. O Timothy está indo bem. Eu vou garantir que ele esteja bem. Quer dizer, você fez isso com duas crianças; eu dou conta de uma.

— Talvez *ele* seja presidente — sugeri.

— De jeito nenhum — retrucou ela. — O Timothy vai ser modelo da Tommy Hilfiger. Ele vai se casar com alguém da realeza. As coisas vão ser fáceis para ele.

Era tão bom escutar a voz dela e ouvi-la falar sobre o que ela queria. Eu nunca soube bem o que eu queria, as cartas que eu mandava para ela eram tão água com açúcar e tão sacais. Já Madison queria coisas pra caralho. E quando ela falava ou escrevia sobre elas, com aquela intensidade, você queria dar o que quer que fosse para ela, você queria que ela tivesse aquilo. E era tão fácil, eu estava de novo apaixonada por ela, a rotina do nosso relacionamento, que ela ia me machucar, mas eu permitiria. Eu viveria com aquilo.

— E as crianças? — perguntei finalmente, esperando por más notícias. — E Bessie e Roland?

— Eles não vão para aquele lugar, seja lá o que for, aquele centro educativo maluco. Tudo bem. E além do mais, quer saber? Ia custar quinhentos mil dólares por ano para os dois. Isso é absurdo. Sem chance.

— Mas o Jasper vai cuidar deles? — perguntei. — O que vai acontecer?

Madison ficou quieta e eu pude ouvi-la respirar. Eu fiquei pensando em onde ela estava agora, se estava na varanda com uma jarra de chá gelado. Imaginei se ela estava num jatinho particular, voando de volta para Washington D.C. para procurar apartamento. Eu queria imaginá-la claramente na minha cabeça.

— Bem, é complicado — respondeu ela. — O Jasper quer fazer a coisa certa, Lil, quer mesmo, de verdade. Ele fodeu tudo. Ele fodeu tanto que eu não acho que a Bessie e o Roland algum dia precisem perdoar o pai. Eles estariam no direito deles. Mas eles vão ser cuidados.

— Como? — eu falei. — Madison... — Eu estava quase chorando. — Como?

— Você quer ficar com eles, Lillian? — perguntou ela.

— O quê? — Houve um pequeno raio de luz. Eu quase podia tocá-lo com a ponta dos meus dedos. Era tão fraco, mas eu poderia estender a mão e estaria bem na ponta dos meus dedos. E eu mal conseguia respirar. Mal conseguia me mexer.

— Por quanto tempo? — perguntei.

— Pelo tempo que eles quiserem. Pelo tempo que você quiser. Para sempre. Permanentemente.

— Como? — perguntei. — Por quê?

— Não é tão complexo. Bem, é, mas o Carl me explicou tudo. Ele é muito esperto. Ele é o melhor. Eu tive a ideia, mas foi ele quem resolveu as coisas. Então, você não os adotaria, ok? Porque isso significaria, tipo, que você seria responsável por eles. E o Jasper é um homem bom, mas é melhor se ele tiver que ser um homem bom *legalmente*. É uma guarda legal. Você já ouviu falar disso, certo? Você seria a guardiã legal deles. Mas o Jasper garantiria que eles fossem bem cuidados. Ele é que proveria tudo. Ele pagaria as despesas. Se você quiser que a Bessie vá para a Iron Mountain...

— Nem fodendo — falei, mas eu estava meio que rindo. Eu estava meio que chorando e meio que rindo. Eu devia estar parecendo louca.

— Bem, que seja, não a Iron Mountain, mas uma escola boa. Uma escola boa, mas normal, pros dois.

— Eles seriam meus? — perguntei.

— Sim — respondeu Madison. — Isso deixaria você feliz?

— Honestamente, eu não sei — admiti.

— Lil, não era isso que eu esperava ouvir. Eu estive trabalhando nisso desde que você quase botou fogo na porra da nossa casa.

— Não — falei. — Me deixaria. Me deixaria feliz. Eu só... eu só tenho medo de não fazer um bom trabalho.

— Quem iria julgar você? — questionou ela. — Quem você conhece que fez um bom trabalho? Fala o nome de um pai ou mãe que você acha que fez um bom trabalho sem foder os filhos de algum modo específico.

— Não consigo pensar em ninguém agora — respondi.

— Não tem ninguém — afirmou ela, ficando irritada, querendo que eu estivesse grata, querendo compensar tudo o que ela tinha feito comigo.

— Está bem — falei. — Eu fico com eles.

— Lillian? — ela me chamou. Houve um silêncio.
— Sim?
— Eu acho que consertei tudo.
— Não — falei. — Acho que não. Mas você evitou que ficasse pior.
— Isso é consertar — falou ela. — Você evita que piore.
— Tá bom. Obrigada, eu acho.
— Eu vou te ver, tá? — ela prometeu. — Nós vamos nos ver. O Timothy vai ver o Roland e a Bessie. Quando for a hora certa, Jasper vai ver o Roland e a Bessie. Só não com frequência, não um montão. Mas vai continuar acontecendo.
— Está bem, Madison — falei.
— Eu te amo, Lillian — ela finalmente me disse.
— Eu também te amo — respondi, mas o que mais poderia ser dito? O que mais poderia ser feito? — É melhor eu ir.
— Tchau, Lillian.
— Adeus — eu falei. E desliguei o telefone.

E, agora, como dizer aquilo? Como dizer aquilo de forma que seja compreendido? Talvez não existisse um jeito de dizer. Eu estava feliz. Eu estava feliz que Bessie e Roland seriam meus. Mas você consegue me compreender? Eu estava triste. Estava triste, porque eu não tinha muita certeza de que os queria. Eles tinham aparecido, como mágica, mas eu não era mágica. Eu era meio ferrada. Eu estragava as coisas. E eu sabia que ter duas crianças, duas crianças que pegavam fogo, seria difícil. Me deixaria triste. Seria muito fácil arruiná-los.

Alguma coisa estava chegando ao fim. Mesmo que tivesse sido péssima, minha vida estava chegando ao fim, e eu sentia como se não fosse mais minha vida. Era a de outra pessoa. E eu tinha decidido que viveria dentro dela, para ver se ninguém notava, e talvez ela se tornasse minha. Talvez eu a amasse.

Só estou tentando dizer que eu consegui algo que desejava. Mas eu sabia que não era um final feliz, não importava o que Madison pensasse, não importava o quanto ela tivesse se convencido de que tudo ficaria bem. Era só um final. E, no andar de baixo, havia um novo começo. E eles estavam esperando por mim. Mas eu fiquei sentada lá no sótão, onde eu nunca, na vida, tinha sido feliz. Fiquei lá sentada me segurando naquele momento, antes que o novo começo iniciasse. Fiquei pensando em quanto tempo eu poderia ficar naquele momento. Fiquei pensando em quantas vezes na minha vida inteira eu voltaria naquele quarto, para aquele momento exato no tempo. Fiquei pensando no que eu sentiria, olhando para trás.

Levantei-me da cama. Coloquei um short e uma camiseta tosca com uma caricatura de Dominique Wilkins serigrafada, com as cores desbotadas. Coloquei meu tênis de basquete, que eu amava e tinha pensado que nunca mais veria. E embaixo da cama, ainda lá, tinha uma bola de basquete, quase lisa de tão gasta. Tinha uma quadra de merda perto de casa, cheia de mato e sem qualquer marcação, e nem rede na cesta. Mas eu queria que eles experimentassem, que se acostumassem com uma vida que poderia ser de todos nós.

NO ANDAR DE BAIXO, BESSIE E ROLAND ESTAVAM SENTADOS no sofá. Carl estava construindo um castelo de cartas para eles, mas tudo ficava desmoronando. Minha mãe não estava em lugar algum, é claro. Eu imaginei que ela já estivesse no caminho para Tunica, para apostar com o dinheiro que Carl tinha dado a ela.

— E aí, você falou com ela? — perguntou Carl, chamando atenção.

— Sim — respondi. Eu não queria ficar dando explicações. Entreguei o telefone para Carl. Dei um abraço nele, e percebi que ele não gostou ou não esperava. De todo modo, eu só meio que segurei ele por um segundo.

— Nós formamos um bom time — afirmou Carl, parecendo encabulado.

Eu fiz que sim.

— Digam tchau ao Carl, crianças — eu falei. E ele se foi pela porta. Fiquei me perguntando se algum dia eu o veria novamente.

— O que está acontecendo? — Bessie quis saber.

— Vocês querem ficar comigo? — eu perguntei a eles. — Para sempre?

— Sim — eles disseram sem hesitar.

— Vocês não são obrigados — expliquei a eles.

— Sim — eles disseram de novo. Estavam vibrando.

— Não vai ser igual na mansão — falei. — Não vai ser divertido o tempo todo.

— Não era divertido o tempo todo lá — lembrou Roland. — Era horrível, às vezes.

— Bem, então, vai ser assim agora, também.

Eles só assentiram. Não estavam sorrindo, não exatamente. Tinham um olhar meio atordoado.

— Você quer a gente? — perguntou Bessie de repente.

— O quê? — respondi. Meu coração parou.

Eu quis dizer sim imediatamente, mas era inquietante o jeito como ela estava me olhando. Eu senti que ela sabia o que estava no meu coração, mesmo que eu não dissesse. E ela não piscava.

— Sim — finalmente falei —, eu quero os dois. Quero cuidar de vocês.

E ela não sorriu. Não disse uma palavra sequer. Ela só ficou olhando para mim. Eu vi a pele dela ficando vermelha, manchada. Eu conseguia sentir o calor saindo dela. Sabia que, se ela pegasse fogo, eu a puxaria para perto de mim. Eu deixaria acontecer.

Mas ela não pegou fogo. A pele empalideceu; ela inspirou.

— Você quer a gente de verdade — disse ela finalmente. — Sim, quer mesmo.

— Vamos sair desta casa — disse a eles, segurando a bola. Ficamos na porta, o mundo inteiro se abrindo pra gente. Céus, tinha tanto mundo. Saímos daquela casa e eu os guiei na direção de seja lá o que viesse depois. Passei a bola para Bessie, que foi quicando pela calçada, batidas regulares como as de um coração.

Bessie tinha acreditado em mim. Ela sabia que eu os queria, que eu sempre cuidaria deles. E então decidi acreditar nela. Decidi que era verdade. Era um pequeno fogo. E eu o segurei. Ele me manteria quente. E nunca, nunca se apagaria.

Agradecimentos

AGRADEÇO:

Julie Barer e todos do Book Group, especialmente Nicole Cunningham.

Zack Wagman, um editor incrível, e todo mundo na Ecco.

A University of the South e seu Departamento de Inglês, com gratidão especial a Wyatt Prunty.

A Corporation of Yaddo e o Hermitage em St. Mary's, pelo tempo e espaço para escrever.

Minha família: Kelly e Debbie Wilson; Kristen, Wes e Kellan Huffman; Mary Couch; Meredith, Warren, Laura, Morgan e Philip James; e as famílias Wilson, Fuselier e Baltz.

Meus amigos: Aaron Burch, Manuel Chinchilla, Lucy Corin, Lee Conell, Lily Davenport, Marcy Dermansky, Sam Esquith, Isabel Galbraith, Elizabeth e John Grammer, Jason Griffey, Kate Jayroe, Kelly Malone, Katie McGhee, Matt O'Keefe, Cecily Parks, Ann Patchett, Betsy Sandlin, Matt Schrader, Leah Stewart, David e Heidi Syler, Lauryl Tucker, Claire Vaye Watkins, Caki Wilkinson e Becca Wells Williams.

E, como sempre, com todo o meu amor: Leigh Anne, Griff e Patch.

Este livro foi impresso pela Lis gráfica,
em 2022, para a HarperCollins Brasil.
O papel do miolo é pólen soft $80g/m^2$,
e o da capa é cartão $250g/m^2$.